DER
RHEINHESSEN-KRIMI

4

W0415697

Walter Passian wurde 1949 in Kassel/Hessen geboren. Bis 1995 arbeitete der gelernte Kartograph bei der Deutschen Bundesbahn, in Kassel, Frankfurt/Main und Mainz.

Heute lebt er in Worms und ist vorwiegend schriftstellerisch tätig. Er veröffentlichte bisher drei Musicals: »Bühnenträume«, »Tandaradei« und »Adam und Evas« (Musik von Alexander Talmon).

Ferner schrieb er viele Komödien für die Wormser Volksbühne und das Theater Hemshofschachtel in Ludwigshafen. Mit »E Lied fer die Palz« gewann er den 3. Preis beim Mundartwettbewerb der Stadt Frankenthal 1998. Passian spielte in einigen Stücken mit und führte auch Regie.

Außer der Neuerscheinung »Die Mörder vom Kellerweg« erschienen von Walter Passian ebenfalls im Kehl-Verlag die Rheinhessen-Krimis »Mord am Geiersberg«, »Tief im Rhein ...« und »Höhlengesänge«.

Dies ist ein Roman. Selbstverständlich sind eventuelle Ähnlichkeiten mit lebenden oder verstorbenen Personen unbeabsichtigt. Tatsächlich vorhandene landschaftliche oder architektonische Besonderheiten dienen lediglich als Spielmaterial für die Fantasie des Autors.

Den Kellerweg in Guntersblum gibt es, das gleichnamige Fest ebenfalls, aber das Haus der fiktiven Brauereifamilie Landvogt existiert in der Realität ebenso wenig wie das Brauereigebäude in Mainz.

Walter Passian

Die Mörder vom Kellerweg

VERLAG STEFAN KEHL
HAMM AM RHEIN

Impressum

© 2005 Verlag Stefan Kehl, Hamm am Rhein
Alle Rechte vorbehalten

Künstlerische Umsetzung, Titelbild Umschlag
Renate Böhm-Schewe, Worms

Illustration, Seite 6
Walter Passian, Worms

Lektorat
Heike Benetti M.A., Gau-Odernheim

Gesamtherstellung
Druckerei Stefan Kehl, Hamm am Rhein

ISBN: 3-935651-08-2

Für die Mädels:

Barbara, Birgit, Dorota, Heike, Kira, Petra,

Pia, Renate, Resi und Stefanie

FRANKFURT/M
Nahe
Bingen
Rhein
Main
HESSEN
MAINZ
RHEIN-
HESSEN
Rhein
Naturschutz-
gebiet
Kühkopf
GUNTERSBLUM
Stockstadt
WORMS
Rhein

Prolog
Worms
Heute, Juli, Sonntag, später Nachmittag

Fischer liebte seinen Beruf immer weniger. Aber in dem Augenblick, als er auf der Tastatur seines Handys die Nummer von Hauptkommissar Bühler eintippte, schien einer der raren Momente gekommen zu sein, in denen er stolz darauf sein konnte, Privatdetektiv zu sein.
Der Mann von der Mainzer Mordkommission meldete sich sofort.
»Ach, Herr Fischer, ich habe im Augenblick keine Zeit. Ich rufe Sie demnächst mal wieder in Ruhe an.«
»Ich glaube, Sie wollen mich jetzt sprechen.«
In Bühlers Tonfall glomm Neugier auf: »Etwas Wichtiges?«
»Würde ich Sie sonst belästigen?«
»Sie klingen nach Genugtuung, lassen Sie mich teilhaben.«
Fischer lächelte: »Dr. Senf ist hier!«
In die ruhige Stimme des Hauptkommissars mischte sich eine Spur Erregung: »Wo ist ›hier‹?«
Fischer lächelte immer noch, ohne sich bewusst zu machen, dass Bühler ihn gar nicht sehen konnte. »Worms«, sagte er »Nibelungenmuseum.«
Bühler fragte: »Haben die nicht um diese Zeit geschlossen?«
›Kluger Hauptkommissar‹, dachte Fischer. Die Kenntnis der Öffnungszeiten eines Museums in Worms gehörte für einen Sektenex-

perten der Mainzer Mordkommission nicht unbedingt zum Pflichtwissen.
»Seit siebzehn Uhr«, bestätigte Fischer. »Senf ist ja auch nicht im Museum, er sitzt auf den Eingangsstufen und liest.«
»Ist er allein?«
»Ja, völlig allein. Wie zum Abschuss freigegeben.«
»Wo sind Sie?«
»Auf der anderen Seite der Petersstraße. Ich habe ihn gut im Blick.«
Er schaute an der alten Stadtmauer entlang über die Straße zum Nibelungenmuseum hin, das in den beiden alten Türmen der Mauer beherbergt war. Vier silbergraue spitzbögige Pavillons aus Metall und Glas waren nebeneinander in die Bögen des Mauerwerkes eingebaut worden. Der vierte Pavillon, von Fischers Standort aus gesehen, diente als Eingang. Dahinter erhob sich ein dritter Turm aus den gleichen Materialien und in der gleichen Farbe wie die Pavillons. Eine Rampe für Rollstuhlfahrer und eine vierstufige Treppe führten im rechten Winkel zum Portal.
Der Mann, um den es Fischer und Bühler ging, saß auf der obersten Stufe der Treppe und schien die Welt um sich herum vergessen zu haben. Fischer konnte zwar nicht genau erkennen, welches Buch der Mann auf seinen Knien hielt, aber er hätte Wetten angenommen, dass es sich um die Bibel handelte. Allerdings keine, die sich den beiden großen Konfessionen verpflichtet fühlte, sondern eine ganz eigene Fassung der Sekte, deren Oberhaupt dieser Mann war.
Fischer kannte ihn nur von Abbildungen in Zeitungen und im Internet. Aus Zeiten, bevor die ›Jünger des Senfkorns‹ verboten worden waren. Später allerdings, als Dr. Senf als Verdächtiger in zwei Mordfällen innerhalb seiner Sekte untergetaucht war, erschien sein Bild des öfteren im Fernsehen.
Und jetzt war er hier, in Worms. Ein hochgewachsener Mensch mit kurzem, blonden Haar und einem durchtrainierten Körper, was man an diesem sehr warmen Julitag deutlich sehen konnte. Er trug ein Khaki-Hemd und seine Oberarmmuskeln sprengten fast die kurzen Ärmel.
Fischer seinerseits trug auch ein kurzärmeliges Hemd, aber er wäre

nie auf die Idee gekommen, seinen Bizeps mit dem des Sektenführers zu vergleichen. Er kam sich sowieso nackt vor ohne seine schwarze Lederjacke, die er üblicherweise selbst bei höheren Temperaturen trug. In den letzten Tagen hatte sich das Thermometer allerdings bei 31 Grad eingependelt und da musste sogar er Zugeständnisse machen.
Der Hauptkommissar fragte am Handy: »Wie lange sitzt er schon so da?«
»Seit ich gekommen bin. Vor knappen zwei Minuten. Keine Ahnung, wie lange er vorher da war«, antwortete Fischer.
»Gut, sprechen Sie weiter mit mir, aber lassen Sie sich nicht entdecken. Die Wormser Kollegen werden gerade unterrichtet.«
Fischer stellte sich vor, wie Hauptkommissar Bühler bei der ersten Nennung des Namens Senf den Mithörknopf gedrückt und beim Erwähnen von Fischers Standort seinen Assistenten mit einem kurzen Kopfnicken angewiesen hatte, die Kripo in Worms zu alarmieren.
»Das dürfte nicht lange dauern, schätze ich«, sagte der Privatdetektiv. Die Polizeidirektion in der Hagenstraße lag nur wenige Gehminuten vom Nibelungenmuseum entfernt.
»Wenn er gehen sollte, folgen Sie ihm so unauffällig wie möglich und lassen Sie Ihr Handy an«, forderte Bühler so sanft, dass es wie die Bitte um eine Gefälligkeit klang. Dann fragte er nach: »Wie und wodurch sind Sie auf seine Spur gestoßen?« Fischer konnte nicht vermeiden, dass seine Antwort sehr selbstwusst klang, fast ein wenig angeberisch. Das war sonst nicht seine Art, selbst sein Neffe Edgar fand ihn manchmal zu bescheiden, aber er brauchte endlich mal wieder ein Erfolgserlebnis und heute lief es darauf hinaus. »Nun«, sagte er, »ich observiere gerade die Tochter eines Geschäftsmannes aus Worms-Horchheim. Sie hat plötzlich ihre religiöse Ader entdeckt und da hat der Papa Angst, dass sie unter schlechten Einfluss gerät. Beim Recherchieren im ›Ohne Gleichen‹ hörte ich gestern den Namen der ›Jünger des Senfkorns‹ und habe nachgehakt. Und wenn man sich in üblen Kreisen auskennt, wie das nur ein Privatschnüffler kann, dann lernt man die merkwürdigsten Leute kennen. Heute Nachmittag habe ich mich dann mit einem getroffen, der

Spaß am Denunzieren hat und der erzählte, dass sich um diese Zeit am Nibelungenmuseum zwei wichtige ›Senf‹-Leute treffen wollen.« Bühler fragte: »Verraten Sie mir den Namen des Denunzianten?«
Fischer überlegte eine Sekunde, dann sagte er: »Rechtzeitig.«
»Er hat nicht gesagt, welche Leute sich treffen?«
»Nein, ich habe auch jeden erwartet, nur nicht den Meister selbst.«
»Dann hätten Sie mich noch früher verständigt?«
»Selbstverständlich!« Fischer lächelte wieder. Er war sich seines Sieges gewiss. Es war so wichtig, diesen Schweinehund dort vorn auf der Museumstreppe zu erwischen. Fischer hatte in den Medien seit Monaten die Hatz nach Dr. Ewald Senf verfolgt und bei gelegentlichen privaten Telefonaten mit Hauptkommissar Bühler auch dieses Thema erwähnt. Bühler wusste von Fischers eigener Sektenvergangenheit, seit sie sich beide, Bühler beruflich und Fischer damals noch als Privatmann, vor einigen Jahren beim Mord an einem Sektenführer am Bechtheimer Geiersberg zum ersten Mal getroffen hatten.
»Einen Moment mal«, sagte der Hauptkommissar. Leichtes Rauschen und gedämpfte Stimmen waren aus dem Handy zu vernehmen.
Senf las derweil noch immer in dem, was Fischer für die Bibel der ›Jünger des Senfkorns‹ hielt. Ganz ruhig saß er da, den Kopf gesenkt, auf den Stufen des Museums. Auf der Petersstraße flanierten hin und wieder Passanten in leichter Sommerbekleidung. Der Autoverkehr war nicht sehr dicht, jetzt, Sonntags, um 18 Uhr. Und auf dem Weg, der direkt am Nibelungenmuseum vorbei führte, war kein anderer Mensch zu sehen. Der reglos lesende, große, blonde, nordisch anmutende Mann sah aus wie eine lebensechte Puppe. Er wirkte, als hätten ihn die Museumsbetreiber dort hingesetzt, als modernes Symbol des ewigen Siegfried.
»Unsere Leute sind gleich da«, meldete sich Hauptkommissar Bühler aus dem fünfzig Kilometer entfernten Mainz, »Zwei werden die Petersstraße entlang an Ihnen vorbeigehen und zwei kommen von der anderen Seite über Bauhofgasse und Fischerpförtchen zum Eingang des Museums. Wie sind Sie gekleidet?«

»Schwarze Hose, weißes, kurzärmeliges Hemd.«
»Irgendwas dabei? Fototasche, Nelke im Knopfloch?«
»Das Handy, sonst nichts, aber damit kann ich auch fotografieren«.
»Keine Waffe, keine Videocamera? Ich kann nicht glauben, dass Sie unvorbereitet zu einer solchen Begegnung gehen«.
Fischer ärgerte sich über diese Bemerkung und sein Dauerlächeln erlosch. Aber auch das konnte Bühler nicht sehen. »Mein Informant hat mir erst vor einer Viertelstunde von dem Treffen berichtet. Ich traf ihn beim Dom. Ich hatte keine Zeit mehr, mich auszurüsten«.
»Empfindlich, Herr Fischer?«
»Erregt!«
»Gut, was macht Senf im Augenblick?«
»Unverändert!«
»Hoffen wir, dass es so bleibt!« Bühler war die Ruhe selbst.
Fischer fragte: »Woran erkenne ich Ihre Leute?«
»Gemischte Paare. Sie werden turteln.«
Fischer sah auf die Uhr. Es wurde allmählich Zeit, dass die Kripobeamten auftauchten. Jeden Augenblick konnte die Person erscheinen, mit der Dr. Senf verabredet war und dann würde es schwierig werden.
Eine Frau um die vierzig bog in diesem Moment von der Petersstraße in den Weg zum Museum ein. Sie schob einen rosafarbenen Kinderwagen vor sich her. Das musste eine zufällige Passantin sein. Fischer konnte sich nicht vorstellen, dass die Kripoleute so schnell ihre Taktik änderten. Obwohl der Kinderwagen ein gutes Versteck für Waffen darstellte. Allerdings konnte es sich auch um die Person handeln, mit der Senf verabredet war.
Die Frau näherte sich der Museumspforte, schlug einen leichten Bogen um den großen sitzenden Mann und ging zügig weiter.
»Eben ging eine Frau mit Kinderwagen an Senf vorbei. Ist aber schon hinter dem Museum außer Sicht«, meldete Fischer dem Hauptkommissar. »Gut«, brummte der Polizist knapp. Der Privatdetektiv schwieg wieder und beobachtete weiter.
Jetzt erschien von rechts ein Pärchen. Beide waren um die dreißig, hielten sich an den Händen und sahen nicht sonderlich verliebt aus.

Aber welche Pärchen sahen heutzutage schon verliebt aus, außer den ganz jungen?! Fischer schämte sich dieser Gedanken gleich darauf und schimpfte sich einen ›neidischen alten Sack‹. Und gerade auf diese zwei Exemplare brauchte er nicht eifersüchtig zu sein, denn es konnte sich nur um die erwarteten Kripoleute handeln.
»Ihre Leute scheinen da zu sein«, meldete er. »Gut«, antwortete Bühler.
Vor den Sperrpfählen an der Mauer blieben sie stehen. Der Mann blickte auf seine Uhr, flüsterte mit seiner Partnerin, die umarmte ihn steif und hatte damit die richtige Haltung, um über die Schulter ihres Partners in Richtung Museumseingang zu spähen. Hoffentlich fielen sie nicht auf, so ungeschickt wie sie da standen.
Nach wenigen Sekunden lösten sie sich voneinander, nahmen sich wieder bei den Händen und verschwanden nach links durch den großen Torbogen, unter dem die Petersstraße durchführte.
»Fehlanzeige«, knurrte Fischer ins Handy, dann allerdings fügte er hinzu: »Moment, jetzt geht's doch los.« Wieder erschien, rechts von der Petersstraße her, ein Pärchen, deutlich jünger, deutlich verschmuster und somit auch deutlich echter. Gleichzeitig sah Fischer hinter dem Eingang ein zweites Pärchen auftauchen. Die Verschmusten bogen in den Weg zur Treppe vor dem Portal ein. Nun hatten sie den Sektenführer in der Zange. Fischer vergaß vor lauter Aufregung, dem Hauptkommissar seine Meldung zu machen. Seltsam, dass Senf nicht von seiner Bibel aufsah.
Jetzt hatten sie ihn erreicht. Sie standen um ihn herum und nahmen Fischer für einen Moment die Sicht. Als die Frau des verschmusten Pärchens zur Seite trat, sah Fischer, wie die Gestalt auf der Treppe zur Seite umkippte. Ein Gegenstand polterte zu Boden, genau der, den Fischer für die Bibel der ›Jünger des Senfkorns‹ gehalten hatte. Es war ein Karton, dessen Deckel sich beim Fallen öffnete. Was da auf Treppe und Weg vor dem Nibelungenmuseum prasselte, waren Pralinen.
Fischer stürmte über die Straße.
»Aus dem Handy erklang Bühlers Stimme. »Herr Fischer ...!« Der männliche Teil des ersten Pärchens ging ihm zwei Schritte entge-

gen. »Sind Sie Fischer?«
»Ja!« Der Privatdetektiv war atemlos.
»Senf ist tot. Er muß schon eine Weile hier leblos gesessen haben. Es sieht so aus, als habe man ihn regelrecht hier hin drapiert. Ist Ihnen denn nichts aufgefallen?«
Fischer sah jetzt die Leiche aus der Nähe. Sie lag auf der Seite, in fast der gleichen Stellung, wie sie eben noch gesessen hatte. Der Mund war leicht geöffnet und zwischen makellos weißen Zähnen klemmte ein kleines Stück schwarzer Zunge.
Fischer hob langsam das Handy. »Ihre Kollegen sind da«, sagte er tonlos. »Senf ist tot.«
»Wie bitte?«, fragte Bühler.
»Er hatte kein Buch auf seinen Knien, sondern eine Pralinenschachtel. Er muss schon die ganze Zeit über tot gewesen sein.«
»Mahlzeit«, sagte Bühler.
»Ich gebe Ihnen einen Ihrer Kollegen«. Der Privatdetektiv reichte dem jungen Kripomann sein Handy und starrte den toten Sektenführer an.
Wie gesagt: Fischer liebte seinen Beruf immer weniger.

1
Guntersblum
Rückblick, 13. April 1992

Die alte Frau griff noch einmal zum Füllfederhalter und setzte als letztes ihre Initialen unter den Brief: Das **I** für Illona besaß den üblichen Schwung, aber der Querstrich am **H** für Heller geriet ihr etwas wackelig. Früher hätte sie wegen einer solchen Kleinigkeit den gesamten Brief noch einmal geschrieben. Form und Gestaltung waren ihr stets genauso wichtig gewesen wie Inhalte. Aber nun, mit der Gicht in den Fingern, war ihr die Mühe zu groß. Im Grunde war es unnötig, ihren Nachnamen unter den Brief zu setzen. Der Adressat wusste sehr wohl, wer ›Illona‹ war, aber sie war es seit jeher gewohnt, dass ihr Vorname und der Nachname ihres verstorbenen Mannes zusammengehörten, so dass sie nicht im Traum daran dachte, ihn einmal wegzulassen. Selbst bei einem Brief dieses sehr privaten Inhaltes. Sie beschrieb noch rasch den Umschlag: ›Für Kurt‹. Der Schrägstrich beim **K** verwackelte ihr ebenso wie das **H** bei Heller. Aber auch diesmal korrigierte sie den Schönheitsfehler nicht. Nachdem sie den Brief hinein geschoben hatte, versiegelte sie das Kuvert, was sie schon seit Jahrzehnten nicht mehr getan hatte.

Vom Fenster her drang das Geräusch eines bremsenden Zuges an ihre Ohren. Illona Heller hatte das schon tausendfach gehört und sich nie darum gekümmert. Heute aber war es anders. Ein hastiger Blick zur Wanduhr. Jetzt in dieser Minute würde unten auf dem Gunters-

blumer Bahnhof jemand den Zug aus Richtung Mainz verlassen. Jemand, vor dem die alte Frau Angst hatte, von dessen Absichten sie wusste, dessen Gesicht sie aber nicht kannte.
Nach einer Weile, deren Dauer die Frau nicht einzuschätzen vermochte, nahm sie das Geräusch des anfahrenden Zuges wahr. Er würde sich Richtung Worms in Bewegung setzen. Der Gast aber war jetzt hier, in Guntersblum.
Illona Heller hörte Schritte hinter sich. Sie wandte sich mit ihrem Drehstuhl zur offenen Türe um.
Ihre Nichte Clarissa stand dort: »Ich habe deine Medikamente in deinem Schlafzimmer gefunden, Tante Illona.« Clarissas Stimme klang wie meistens völlig emotionslos. »Du hast doch versprochen, dass du sie immer mitnimmst.« Stephanie, Illonas zweite Nichte, hatte einmal gesagt, dass es auf der ganzen Welt wahrscheinlich keine zwei anderen Menschen geben würde, die so eng zusammen lebten und sich so wenig füreinander interessierten wie Clarissa und ihre Tante. »Wenn ihr euch wenigstens hassen würdet«, hatte Stephanie weiter gesagt, »aber ihr seid wie zwei Sessel, die nebeneinander im Wohnzimmer stehen. Jeder hat nur Kontakt zu dem jeweiligen Hintern, der sich auf ihn setzt, es gibt keinen Austausch über die Erfahrungen, jeder kümmert sich nur um seine eigene Sitzfläche.«
Die alte Frau dachte wie immer wehmütig an Stephanie, wenn die sich nicht in Guntersblum aufhielt. Schade, sie würde erst übermorgen hier eintreffen. Gerade heute aber hätte Illona Heller etwas vom Optimismus Stephanies gebrauchen können. Statt dessen war da Clarissa mit ihrer in Familienroutine erstarrten Besorgnis.
»Ich werde nicht sterben, wenn ich die Pillenschachtel nicht vor der Nase liegen habe«, sagte Illona, »und wenn, tue ich damit einigen Menschen in unserer Familie einen Gefallen, dich eingeschlossen.«
»Ich habe sie dir trotzdem mitgebracht.« Die junge hochgewachsene Frau mit dem aufgetürmten Blondhaar stand vor Illona Heller wie eine antike Statue, ihre Lippen bewegten sich kaum und der Klang ihrer Stimme war noch etwas eisiger geworden. Die alte Frau löste ihren Blick von der Gestalt der jungen. »Na, gut, Clarissa, ich bin angemessen beeindruckt von deiner Fürsorge, lege sie mir auf den

Sekretär«.
»Die Fürsorge?«, fragte Clarissa mit einem kühlen Lächeln.
»Dein Humor lässt zu wünschen übrig!«, wies ihre Tante sie zurecht.
Als sich Illona mit ihrem Stuhl wieder dem Sekretär zugewandt hatte, gewahrte sie rechts neben sich die dünne, schmalgliedrige, fast weiße Hand ihrer Nichte, die ein kleines, braunes Kästchen auf die Platte stellte, direkt neben den Brief. Die langen Finger glitten in einer seltsamen Streichelbewegung über das Kästchen, bevor sie sich davon lösten und aus Illonas Blickfeld verschwanden.
›Wie eine Wasserspinne‹, dachte die Tante und fühlte einen Schauer in ihrem Rücken. Sie merkte, dass Clarissa stehenblieb, fühlte förmlich den Blick über ihrer Schulter.
»Soll ich den Brief für dich aufgeben, Tante Illona?«
»Das wird nicht nötig sein, ich gebe ihn übermorgen Stephanie mit. Die muß sowieso zu dem Adressaten.«
»Soll ich dir Tee machen?«
»Nein danke, ich gehe gleich hinauf in mein Schlafzimmer.«
»Gut, du weißt, wo du mich findest, falls du doch noch etwas brauchst.«
»Ja, danke«. Illona hoffte inständig, dass sich ihre Nichte jetzt endlich entfernen würde. »Du beginnst zittrig zu schreiben«, fügte Clarissa nach einer gefühlten Ewigkeit hinzu, »der Schrägstrich vom ›K‹. Du solltest das morgen Doktor Lehning sagen... er kommt doch morgen?«
»Ja, ich sage es ihm.«
›Verschwinde‹, Illona musste aufpassen, dass sie diesen dringenden Wunsch nicht laut ausrief.
Aber Clarissa ging noch nicht fort. Sie sagte statt dessen: »Der Besucher müsste jetzt im Ort sein.«
Die alte Frau erschrak, aber es gelang ihr, mit fester, klarer Stimme zu entgegnen: »Wir sprechen hier nicht davon, hast du das schon vergessen?«
»Nein, ich habe es nicht vergessen.« Illona Heller hörte ihre Nichte leise seufzen, dann kam ein kaltes »Schönen Tag noch, Tante«, und endlich entfernten sich die Schritte. Mit einem dezenten Knacken

fiel die Tür ins Schloss.
Die alte Frau atmete einen Augenblick tief durch, dann räumte sie mit ihrer üblichen Pedanterie den Sekretär auf, erhob sich, schloss ihn ab und ging mit dem kleinen Schlüssel und dem Brief in der linken Hand zur Tür. Das Gehen fiel ihr noch nicht allzu schwer, jedenfalls dann nicht, wenn sie sich langsam fortbewegte. Selbst die Stufen in den zweiten Stock zu ihrem Schlafraum konnte sie immer noch ohne die Zuhilfenahme eines Stockes bewältigen.
Als sie gerade die Klinke der Türe herunterdrücken wollte, fiel ihr ein, dass sie die Tablettenschachtel im Zuge des Aufräumens oben auf den Sekretär gelegt hatte. Gewiss würde Clarissa nachsehen und ihr die Medikamente hinterher tragen. Aber es war wirklich nicht nötig, die Tochter ihres Bruders Reinhard öfter als unbedingt erforderlich zu sehen. Also machte Illona Heller kehrt und ging langsam zum Sekretär zurück. Bevor sie zur Pillenschachtel griff, blickte sie noch einmal zum Fenster. Diesmal, im Stehen, sah sie mehr von den Dächern Guntersblums als vorhin. Irgendwo dort unten lief jetzt der Gast durch die Straßen des Dorfes. Oder er saß in einem Lokal im Ortskern. Oder ... er war bereits auf dem Weg hierher. Sie schüttelte den Kopf über sich selbst. Im Grunde war es müßig, sich darüber Gedanken zu machen. Was jetzt geschah, was der Besucher veranlassen würde, und vor allem wann, lag weder in Illonas Hand noch in der irgendeines anderen Mitgliedes der noch verbliebenen Familie.
Illona Heller sah die Schule und die Kirchturmspitzen. Weit hinten, auf der fernen B9 konnte sie die vorüberfahrenden Autos mehr ahnen als sehen. So alltäglich war das alles, so dörflich, so... friedlich. 92 Jahre lang lebte die Familie nun hier in diesem Ort. 72 Jahre davon sie selbst. Und obwohl viele der Nachbarn sie immer als Fremdkörper angesehen hatten, sollte es hier einmal zu Ende gehen. Aber bitte nicht zu schnell. Bitte nicht in den nächsten Tagen und bitte nicht durch fremde Hand.
Sie löste sich von dem Anblick der Dächer von Guntersblum, nahm die Pillenschachtel und verließ endgültig den Raum.
Draußen in dem dunklen, breiten, aber sehr kurzen Flur fiel ihr

Blick zunächst auf die einen Spalt breit geöffnete Eingangstür, durch die ein Streifen nachmittägliches April-Licht fiel. Dann sah sie zur Kellertüre hin, die ebenfalls nur angelehnt war. Clarissa schien gerade unten zu sein, denn die diffuse Beleuchtung an der Kellertreppe war eingeschaltet. Es musste Clarissa sein, denn die wenigen anderen Bewohner des Hauses waren unterwegs. Eine Erinnerung wollte sich den Weg ins Bewusstsein bahnen, wurde aber rasch wieder ins Unterbewusstsein zurückgedrängt. Illona wandte sich nun der Treppe, die in die oberen Stockwerke führte, zu, ging vorbei an der Tür zur Küche, verharrte einen Augenblick und sah wieder zum Eingang zur Straße. Dort kam eine männliche Gestalt im Laufschritt heran. Harald, Stephanies Verlobter. Illona Heller mochte den jungen Mann nicht. Ein Armeleutesohn aus Bingen. Der wollte hier einheiraten, sich ins gemachte Nest setzen. Stephanie hatte weiß Gott etwas Besseres verdient. Illona wollte ihn jetzt nicht sehen. Sie setzte den rechten Fuß auf die unterste Holzstufe, als sich plötzlich etwas ereignete, was Illona Heller erst ein einziges Mal erlebt hatte, in den fünfziger Jahren im italienischen Siena. Damals hatte sie sich mit ihrem Mann Erwin im Hotelrestaurant aufgehalten, als die Erde zu beben begann. Der Kellner hatte alle Gäste angewiesen, sich unter die Tische zu ducken, was sie auch taten. Im Hotel selbst war der Schaden gering gewesen, aber es hatte im Ort etliche Unfälle und abgedeckte Dächer gegeben und in den Vororten einige komplett eingestürzte kleinere Ziegelhäuser. Keine Toten, aber über 200 Verletzte.
Die alte Frau vermochte sich genau an das Gefühl zu erinnern, das sie damals beherrscht hatte. Und sie hasste nichts mehr als von jemand oder etwas beherrscht zu werden, auch nicht von ihrem inzwischen verstorbenen Mann.
Heute schickte sich die Natur an, wie einst in Siena die Rolle des Beherrschers zu übernehmen.
Der gepflasterte Boden im Flur schien sich zu bewegen. Nein, er bewegte sich wirklich, in einer nicht sichtbaren, aber fühlbaren Wellenbewegung. Illona taumelte, ihre Arme ruderten durch die Luft, suchten einen Halt, ihre rechte Hand berührte die Wand am Trep-

penaufgang, rutschte nach unten, bekam das Geländer zu fassen, krallte sich um das Holz.
In der Küche klirrte es mehrfach gleichzeitig.
Die Eingangstür hinter Illona wurde aufgerissen. Sie sah Harald nicht, aber sie hörte seinen Ruf. »He, verdammt, was ist ...« Er fluchte häufig.
Aus dem Keller kamen ein lautes Krachen und der spitze Schrei einer Frauenstimme. Clarissa?!
Illona knickte in den Knien ein, musste das Geländer loslassen, dabei drehte sich ihr Körper einmal um die eigene Achse und sie sah, wie in Zeitlupe, Harald auf sich zukommen. Es sah aus, als würde er auf dem unebenen Fußboden Schlittschuh laufen. Zwischen Küchen- und Kellertür löste sich das Geweih eines Hirsches von der Wand, den Illonas Mann kurz vor seinem Tod 1985 im Odenwald geschossen hatte. Das Geweih knallte zu Boden, es knackte grässlich. Harald war jetzt da, griff nach ihr, bekam sie am rechten Arm und an der Taille zu fassen.
Aus dem Keller wiederholte sich der Schrei, ging über in eine Art Gurgeln. Draußen vom Kellerweg her waren Rufe verschiedener Stimmen zu hören. Illona hing förmlich in Haralds Armen, atmete laut und heftig. Brief, Schlüssel und Pillenschachtel hatte sie längst verloren, sie lagen vor der ersten Treppenstufe. Harald gab einen Kommentar der Art von sich, wie ihn Illona in einer solchen Situation von ihm erwartete: »Meine Fresse!«
Das Beben hatte aufgehört.
Auf der Straße wurde es lauter, Die Alarmanlage eines Autos jaulte aus der Ferne. Immer mehr Stimmen riefen immer mehr durcheinander.
Illona schwitzte und auch Haralds Gesicht glänzte vor Schweiß. Sie klammerte sich an ihn. Wäre die Frau mit etwas mehr Humor gesegnet gewesen, wäre ihr in den Sinn gekommen, dass sie hier wie ein Liebespaar nach hitziger Umarmung standen. Eine sehr alte Frau und ihr jugendlicher Liebhaber. Aber solche Überlegungen waren ihr fremd.
Sie begriff erst allmählich, dass die Erde nicht mehr bebte. Zögernd

löste sie ihren Klammergriff. Harald tätschelte beruhigend ihren Rücken und machte sich dann seinerseits von ihr frei.
»Wahnsinn«, stieß er hervor. »Ein Erdbeben, hier bei uns. Alles in Ordnung Frau Heller?« Er war zwar mit Stephanie verlobt, aber das war noch lange kein Grund, dass ihm Illona das »Du« angeboten hätte.
»Mir fehlt nichts, Harald, aber vielleicht sollten Sie mal im Keller nachsehen. Mir scheint, dass Clarissa geschrien hat.«
»Ja, hörte sich so an. Bleiben Sie hier und schnaufen Sie erst mal richtig durch.«
Er tätschelte noch einmal ihren Rücken, dann lief er zur Kellertreppe und verschwand, laut polternd, auf den Stufen nach unten.
Illona bekämpfte ihre Kurzatmigkeit nach diesem Schreck mit diszipliniertem tiefem Ein- und Ausatmen.
Sie starrte hinter Harald her, dann aber zwang sie etwas, zur Eingangstür zu sehen. Die stand noch offen, weil Harald sie beim Hereinstürmen nicht geschlossen hatte. Draußen auf der gegenüberliegenden Straßenseite sprachen einige Nachbarn erregt über das soeben Erlebte. Die Autosirene heulte noch immer.
Im Vordergrund, nahe bei der Tür, war ein Schatten aufgetaucht, der sich über das Pflaster auf die Tür zuschob und bald mit dem dunklen Inneren des Flures verschmolz. Illona hatte Angst. Nicht eine Panik wie eben, als die Erde gebebt hatte. Nein, es war eine kalte, klare Angst, die sie nicht lähmte, ihr aber auch nicht den Ausweg des Entkommens ließ. Die Gestalt, die jetzt in der Türe erschien und die zu dem Schatten gehörte, wollte allerdings so gar nicht zu dem Angstgefühl passen. Es war so, als würde sich der Urheber von Graf Draculas Schatten als Verwandter von Micky Maus herausstellen.
Der Mann war klein, cirka vierzig Jahre alt und zeigte ein offenes, freundliches Lächeln in einem runden Gesicht, das nicht recht zur hageren Resterscheinung passen wollte. Er trug eine blaue Reisetasche.
Illona nahm diese Optik blitzschnell in sich auf, ohne dass die Angst verflogen wäre.
»Entschuldigung«, sagte der Fremde, »ich sah den jungen Mann

eben hier herein laufen. Ich habe mich vor ein paar Minuten mit ihm unterhalten, er war sehr freundlich ... und da wollte ich nur mal nachsehen, ob er unbeschadet ... ich meine ob das Beben ...« Er brach ab und sein Lächeln wurde noch intensiver.
Illona Heller lauschte einerseits in Richtung Keller, doch von da war kein Geräusch zu vernehmen, andererseits überlegte sie sich eine Antwort, mit der sie den Fremden zufrieden stellen könnte. Sie wollte nichts dringender, als dass er verschwand. »Es hat ein wenig gewackelt, aber ansonsten ist nichts weiter passiert. Der Verlobte meiner Nichte sieht sich gerade nach möglichen Schäden im Haus um. Ich versichere Ihnen, dass alles in Ordnung ist. Ich hoffe, Sie haben Verständnis dafür, dass ich mich von diesem Schreck erst einmal erholen muss. Aber ... vielen Dank für die Nachfrage.«
»Ich wollte Sie nicht belästigen.« Er war höflicher und verbindlicher als viele Leute, die Illona kannte. Seine Stimme war sanft und warm. Bildete sie sich ein, dass er einen leichten Akzent sprach? Und wenn ja, welchen? »Nichts für ungut«, fügte er hinzu.
Illona fixierte seine Reisetasche. Die Angst wollte nicht vergehen. Er bewegte sich, schien sich mit seinen letzten Worten abwenden zu wollen. Die alte Frau war kurz davor, sich zu entspannen. Doch der Mann hielt in der Bewegung inne, blickte hinter Illona auf den Flurboden und sagte: »Da ist Ihnen etwas hingefallen. Gestatten Sie?« Er stellte die Reisetasche vor der Tür auf die Straße. Mit einem kurzen schnellen Schritt war er an Illona vorbei, bückte sich und klaubte den Brief, den Schlüssel und die Medikamentenschachtel vom Boden. Dann hielt er ihr die Gegenstände hin. »Bitte!«
Sie war kaum in der Lage, ihre zitternde Hand zu heben. Sie sah dem kleinen Mann ins Gesicht. Dort fand sie die pure Freundlichkeit. Warme, grün-braune Augen blickten sie an. Keine Verschlagenheit, keine Falschheit. Man konnte zu diesem runden Gesicht nur Zutrauen fassen. Was sonst?
»Danke!« Es fiel Illona schwer zu sprechen, aber sie strengte sich an, fest zu klingen. Das Vibrieren ihrer Hand ignorierend nahm sie die Gegenstände jetzt an sich. »Sind Sie neu in Guntersblum?« Diese Frage kam unabsichtlich aus ihrem Mund, drängte sich automa-

tisch nach draußen. Sie biss sich auf die Unterlippe. Einen Moment lang dachte sie wieder an ihr Alter, als ihr bewusst wurde, dass es künstliche Zähne waren, die sich da in ihre Lippe gruben.
Der kleine Mann trat zurück auf die Straße, nahm seine blaue Tasche wieder auf und antwortete: »Ach, Sie meinen, weil ich wie ein Reisender aussehe?«
Der Akzent. Er klang südländisch. Nicht türkisch oder arabisch. Die Physiognomie würde auch gar nicht passen, die Sprache war eher spanisch oder ... ja, italienisch. Kaum merkbar, aber dennoch ... Ein Schweizer vielleicht, oder Südtiroler?
Illona presste unwillkürlich den Brief fest an sich. »Ich wohne in Oppenheim«, sagte der kleine Mann. »Ich vertrete einen Verleger für Wein-Literatur in Wiesbaden. Ich habe mir gerade drüben bei Familie Speer einige Proben abgeholt und ihnen ein Manuskript vorgelegt. Mein Name ist Kennichmeier.« Ein Weinbuchvertreter also. Nun, da war er im Haus der Witwe eines Bierbrauers wohl genauso falsch wie sie selbst im Kellerweg.
Illonas Angst verschwand trotzdem auch jetzt noch nicht.
Kennichmeier schien ihr Unbehagen zu registrieren. »Aber Sie wollten sich ausruhen. Verzeihen Sie noch mal die Störung.« Damit beschrieb sein Oberkörper eine leichte Verbeugung, dann drehte er sich um und ging auf die Straße hinaus. Herr und Frau Speer vom gleichnamigen Weingut standen zusammen mit zwei anderen Nachbarn gestikulierend vor ihrem Haus. Der kleine Mann ging auf sie zu und reihte sich in die Gruppe der Aufgeregten ein.
Illona schloss die Tür. Ganz langsam. Im Haus war es still. Die Stimmen und die Autosirene von draußen drangen zwar noch leise durch die Türe herein, erreichten zwar noch die Ohren der alten Frau, nicht aber ihr Bewusstsein.
Mit winzigen, ruckartigen Schritten tastete sie sich auf die offene Kellertür zu. Warum hörte sie nichts? Harald war alles andere als ein ruhiger Mensch. Wenn er Clarissa dort unten gefunden hatte, dann würde er doch entweder mit ihr sprechen oder aber um Hilfe rufen oder hochgerannt kommen, um Hilfe zu holen, falls es Clarissa schlecht ging ... jedenfalls würde er sich bemerkbar machen.

Nun, da ihr Verdacht gegen den kleinen Weinbuchvertreter sich zerschlagen hatte und ihre Angst dennoch nicht gewichen war, ahnte sie, dass dort unten im Keller etwas geschehen sein musste, was diese Angst rechtfertigte.

Illona kam gerade an der oberen Stufe der Kellertreppe an und blickte hinunter in den weiß gekalkten, spärlich beleuchteten Treppenschacht, da erschien unten Harald. Er führte Clarissa, sie an Schulter und Arm haltend, um die Ecke zur Treppe. Dabei sprach er leise auf sie ein.

Illona wollte etwas rufen, aber sie konnte es nicht.

Nachdem die beiden einige Stufen erklommen hatten, trafen sich Haralds und Illonas Blicke. Harald blieb stehen, jetzt blickte auch Clarissa hoch zu ihrer Tante.

»Frau Heller«, sagte Harald jetzt laut und es klang seine übliche Unverfrorenheit mit: »Man sagt ja vielen Familien nach, dass sie eine Leiche im Keller haben. Aber müssen Sie das so wörtlich nehmen?«

Illona schwankte.

»Tante ...« Clarissa war zum ersten Mal weit weg von ihrer kühlen Distanziertheit, »Als es anfing zu beben, war ich neben der Tür zum alten Weinkeller ... und da ...« Sie schluchzte kurz auf. Illona hätte nie gedacht, dass ihre Nichte überhaupt in der Lage war zu schluchzen, »da ist der alte Schrank von Onkel Kurt zur Seite gerutscht ...«

Illonas Beine wurden schwer. In ihrem Kopf schienen gleichzeitig tausend Fruchtfliegen herum zu wimmeln.

Harald nahm seiner zukünftigen Schwägerin Clarissa die weitere Arbeit ab. »Es ist ein Skelett. Sauber und glatt, wie abgenagt. Trotzdem, wenn ihr mich fragt, das ist kein Ötzi. Der liegt höchstens seit dreißig Jahren da. Ich kann mich natürlich ...«

In diesem Augenblick knickten Illona Heller die Beine weg. Sie ließ den Schlüssel, die Pillenschachtel und den Brief fallen. Die alte Frau brach auf der obersten Stufe der Treppe zusammen und ihr Kopf schlug unsanft gegen die weiße Wand. Dabei hatte sie noch Glück, dass sie nicht abstürzte. Ihr vorerst letzter Gedanke war: »Jetzt werden sie den Brief lesen«.

2
Bingen
Heute, August, Mittwoch, später Abend

Ich höre auf!
Welch ein Satz! Bestehend aus drei kurzen Worten, aber aussagefähiger als eine einstündige Rede.
»Ich höre auf!« Fischer gab diese Botschaft in einem Ton von sich wie ein Politiker, der seinen freiwilligen Rücktritt verkündet, nachdem ihm Presse, mehrere Untersuchungsausschüsse und die Staatsanwaltschaft eine immense kriminelle Energie bescheinigt haben.
Dementsprechend reagierte auch seine Gesprächspartnerin am Handy - belustigt! »Ist ja gut, Lui, ich glaub's ja«.
»Du glaubst es nicht«, entgegnete Fischer in nun leicht beleidigtem Ton, »aber es ist wahr. Ich habe diesen Job so satt wie schon lange nichts mehr.«
Susanne, die Gattin seines Neffen Edgar, seufzte in ihrem Haus in Alzey, während Fischer in Bingen in seinem Auto saß und den Eingang eines Hauses beobachtete. Das Nachtsichtfernglas lag auf dem Beifahrersitz, direkt neben der Spezialkamera und dem Diktiergerät. Die Nacht war kühl für die Jahreszeit und so kam es, dass Fischer seine Markenzeichen trug: die schwarze Lederjacke und die Strickmütze. Dass er dabei wirkte wie einer, der gleich aussteigen, den Mützensaum bis zum Kinn herunterziehen und die nächstbeste Bank überfallen wollte, war ihm gleichgültig. Er war allein, und wer

ihn jetzt beobachtete, gehörte entweder rheinhessischen Unterweltkreisen an oder er war Detektiv wie er selbst. Beiden Berufsgruppen musste und wollte er in seinem Modeverhalten nicht unbedingt gefallen.
»Du hast schon so oft gejammert«, sagte Susanne in Alzey, »da glauben wir hier alle nicht mehr, dass du es wirklich ernst meinst.«
Dieses ›Wir alle‹ schloss Susannes Ehemann Edgar ebenso ein wie ihren Sohn Edgar junior, der zwar erst knapp drei Jahre alt war, aber Susanne hatte schon in seinem ersten Jahr beschlossen, dass er alle familiären Entscheidungen mitzutragen habe.
Fischers Blick wanderte von dem Hauseingang hoch zur Burg Klopp und wieder zurück. Welch einladender Ort für Romantiker, gerade in dieser nächtlichen Stunde! Trotz der Kühle verbreiteten die Lichter der Burg und der Stadthäuser unterhalb des Berges eine warme, anheimelnde Stimmung. Fischer hatte genügend Romantikpotential in sich, um sich schmerzlich bewusst zu sein, dass das, was er hier tat, antiromantisch war. Wieder einmal bespitzelte er einen Menschen im Auftrag eines anderen. Diese zwei Menschen hatten sich einmal Treue geschworen. Sie mussten einmal das berühmte grenzenlose Vertrauen zueinander besessen haben, das frisch Verliebten zu eigen ist.
In diesem Fall ging es zwar nicht um körperliche Untreue eines Ehepartners, sondern um den Verdacht auf geschäftliche Heimlichtuereien, aber um Vertrauensverlust ging es allemal.
»Glaubt was ihr wollt«, sagte Fischer ins Handy, »Ich mache Ende des Monats Schluss.«
»Ich gebe dir mal Edgar«, sagte Susanne und gleich darauf hörte Fischer die Stimme seines Neffen. »Gesetzt den Fall, du würdest es wahr machen, Ludwig, wie geht es dann beruflich mit dir weiter? Natürlich bist du nach wie vor an der Agentur beteiligt und für deine Grundversorgung reicht dein Ertrag allemal, aber was willst du selbst machen? Ich habe genug freiberufliche Mitarbeiter, ich brauche dich nicht unbedingt im täglichen Geschäft. Die Sache läuft gut, wie du weißt ...«
Fischer unterbrach ihn: »Ich werde nicht öfter in deinem Leben he-

rumpfuschen, als ich es ohnehin tue.« Dabei blickte er über die Straße zum Häusereingang und zu dem weißen VW-Polo, der dort parkte. Im ersten Stock des Hauses erlosch das Licht. Fischer konzentrierte sich auf die schmalen Fenster des Treppenhauses.
»Ich habe keine Angst, dass du meine Kreise stören könntest, Ludwig«, Edgar klang etwas gereizt, »es geht mir nur darum ...was wirst du machen? Dich auf die faule Haut legen, den ganzen Tag Büchsenbier saufen und auf den monatlichen Scheck warten? Dein Privatleben ist nicht gerade reichhaltig im Augenblick, Onkel.« Dieses »Onkel« war der erste Hinweis auf Edgars übliche Umgehensweise mit Fischer. Er nannte ihn meistens so oder fügte gar ein »chen« hintendran. Dass er ihn eben mehrfach mit »Ludwig« angesprochen hatte, war ein Zeichen dafür, dass er sich ernsthafte Gedanken machte.
»Mein Privatleben ...« ›geht dich einen Scheissdreck an‹, hatte Fischer sagen wollen, aber er sagte gegen seinen Willen: »... ist nichts, was ich mit einem jungen Vater und Ehemann besprechen möchte. Genieße dein Leben und lass mich meins führen.« Die lukenartigen Fenster des Treppenhauses auf der anderen Straßenseite flammten auf. Fischer ließ den Motor seines Mitsubishi Pajero Sport an, balancierte das Handy von der rechten in die linke Hand und griff zur Nachtkamera.
»Also das sind Sprüche, Ludwig, die haben wir beide nicht nötig. Wir können schon ein bisschen vertrauter miteinander reden, meinst du nicht?« Da war es wieder: Vertrauen! Dort drüben würde gleich eine Frau erscheinen, deren Ehemann, Fischers Auftraggeber, ihr auch vertraut hatte ...
»Wir müssen es verschieben, Edgar«, sagte Fischer, ließ den Wagen rückwärts rollen und startete dann den Motor so leise wie möglich. Edgar war nicht zufrieden mit diesem Ende des Gespräches. »Was ist los mit dir? Warum sprichst du nur noch in Schlagwörtern? Dass ich eine Werbeagentur betreibe, heisst nicht, dass du mir keine langen Sätze zumuten kannst, jedenfalls dann nicht, wenn sie etwas über dich aussagen. Du bist mir nämlich wichtig, alter Mann.«
Diese Titulierung machte Fischer endgültig klar, dass Edgar es bitter

ernst meinte. ›Alter Mann‹ hatte er bisher nur zweimal zu ihm gesagt, und bei beiden Anlässen hatte Edgar davon ausgehen müssen, dass es mit Fischers Leben zuende ging. Die Verwendung jenes Begriffes hatte für Fischer in diesem Augenblick etwas Tröstliches, denn es bewies, dass ihm Edgar seinen Entschluss glaubte. Im Gegensatz zu Susanne. Es war jammerschade, dass Fischer das Gespräch ausgerechnet jetzt beenden musste. »Du bist mir auch wichtig, junger Mann«, sagte er, »und darum werde ich mir Zeit nehmen, dir alles zu erklären. Aber nicht jetzt. Ich stecke mitten in einer Observierung.«

»Okay, können wir uns am Wochenende sehen? Bei uns in Alzey?«

»Ich denke, das müsste sich machen lassen. Aber ich melde mich morgen noch mal.«

Edgar konnte ein Mann schneller Entschlüsse sein, wenn er wollte: »Gut, lass' uns den Samstag ins Auge fassen. Zum Mittagessen?«

Fischer hörte Susanne im Hintergrund: »Frag ihn, ob er mal wieder auf dem vegetarischen Trip ist.«

Edgar tat, wie ihm geheißen: »Ich soll dich fragen ob ...«

Fischer grinste vor sich hin, während er die Eingangstür auf der rechten Straßenseite im Auge behielt. »Gebt mir Fleisch«, sagte er im Raubtierton.

»Prima!« Edgar schien zufrieden zu sein. »Wie wär's mit Rouladen?« Das war ihrer beider Lieblingsgericht.

Die Tür wurde von innen geöffnet. Schattenhaft erschien eine Frauengestalt in der Öffnung.

»Einverstanden, Rouladen«, sagte Fischer und fügte hastig hinzu: »So, Schluss jetzt. Ich nehme die Verfolgung auf.« Er beendete mit Knopfdruck das Gespräch, ließ seinen Wagen nach vorn rollen in der Hoffnung, dass seine Überwachungsperson gleich losfuhr, bevor er sie erreicht hatte. Sie sollte glauben, dass er ein zufällig Vorbeikommender sei und auf keinen Fall absichtlich hinter ihr her fuhr. Fischer machte mit der Kamera einige rasche Aufnahmen, vertauschte sie dann mit dem Sprechgerät, sah auf die Uhr am Armaturenbrett und vertraute dem Band die folgende Meldung an: »Objekt verlässt Haus der Kontaktperson um exakt 22.33 Uhr. Besteigt ohne

Umschweife den weißen VW-Polo. Kein Blick zurück zum Haus. Nehme die Verfolgung auf.«
Die Dame war wirklich schnell. Kaum saß sie in ihrem Wagen, da fuhr sie auch schon los. Die Straßen waren leer um diese Zeit am Mittwoch und so konnte Fischer einen beträchtlichen Abstand zwischen dem Polo und seinem Wagen lassen.
Sie verließen Bingen und befanden sich kurz darauf auf der A 61 Richtung Alzey. Die Autobahn war etwas stärker befahren, und so ließ Fischer höchstens drei Wagen zwischen sich und der Verfolgten.
Er überlegte, ob sie wohl direkt heimfahren würde nach Guntersblum. Wäre es dann aber nicht günstiger gewesen, über Mainz auf die B 9 zu fahren? Nun, nicht unbedingt; wenn sie bei der Abfahrt Bad Kreuznach auf die Landstraße über Wörrstadt und Nierstein/Oppenheim fuhr, konnte sie auch bequem nach Hause kommen.
Fischer dachte an die Worte ihres Mannes, als der ihm den Auftrag erteilt hatte: »Bei der müssen Sie höllisch aufpassen, Kamerad. Wenn Sie die beschatten wollen, dann läuft zunächst alles nach Plan. Aber meine Mustergattin neigt dazu, plötzlich die Richtung zu ändern. In jeder Beziehung, wenn Sie wissen, was ich meine. Und schwups ist sie Ihnen entwischt. Wenn Sie einen Moment nicht aufpassen, passiert irgendwas, womit Sie nie gerechnet hätten. Ich weiß, wovon ich rede.«
Sie fuhr nicht bei Bad Kreuznach ab. Was noch nichts Besonderes war, denn sie konnte ja auch bei Alzey die Autobahn verlassen und über andere Landstraßen in ihren Heimatort gelangen. Gau-Odernheim, Alsheim ... eigentlich war das sowieso der kürzere Weg, wenn man es genau betrachtete. Fischer besaß zwar allerlei technisches Spielzeug, aber er hatte noch kein Navigationssystem in seinen Mitsubishi einbauen lassen. Er hätte sich gern mal angehört, was die kürzeste Strecke zwischen Bingen und Guntersblum laut Satellit war.
Die blauen Tafeln am Straßenrand zeigten an: ›Autobahnkreuz Alzey 1.000 Meter‹.
Fischer gönnte Edgar, Susanne und Edgar Junior einen kurzen Ge-

danken. Seine Restfamilie. Die beiden Erwachsenen hatten sich nach dem Telefonat sicher noch eine Weile über seine seelische Verfassung unterhalten und waren in diesem Augenblick wahrscheinlich beim Zubettgehen. Edgar schlief in der Woche gern noch vor 23 Uhr, weil er sich jeden Morgen um 7 Uhr bereits an den Computer hängte.

Am Autobahnkreuz Alzey gabelten sich die Autobahnen. Es ging auf der A 61 weiter nach Worms und Ludwigshafen, auf der A 63 nach Mainz und auf der anderen Seite Richtung Kaiserslautern.

Die zu observierende Person fuhr geradeaus Richtung Worms. Fischer seufzte. Wäre sie direkt nach Guntersblum gefahren, hätte er seinen heutigen Einsatz für beendet erklären können.

So aber musste er am Ball bleiben. Das Ärgerliche war, dass Fischer in Worms wohnte. Er hasste nichts mehr, als sich an seinem Wohnort zu befinden und ihn dann zu später Stunde noch einmal verlassen zu müssen. Würde die Person ein Ziel in der Nibelungenstadt anfahren und später in der Nacht nach Hause zurückkehren, war Fischer aber dazu gezwungen, an ihr kleben zu bleiben. Obwohl, es war ja zu allem Überfluss noch gar nicht gesagt, dass sein Objekt wirklich nach Worms fahren wollte. Vielleicht hatte sie ein Date in Stuttgart oder gar in München?

Kurz hinter Alzey begann es zu regnen. Verfluchte Wetterscheide. Edgar hatte mal gesagt: »Hier ist es besonders heftig mit dem Wetter. Es kann dir passieren, dass du in Worms in der Badehose auf dem Balkon liegst und zwei Stunden später in Alzey Ski fährst.«

Fischer dachte an die Nibelungenfestspiele in Worms, die in diesem Augenblick liefen. Es war nach 23 Uhr. Der letzte Akt. Wenn der Regen heftiger würde, wäre die Leitung der Festspiele unter Umständen gezwungen, kurz vor dem Ende abzubrechen. Die Zuschauer würden ihr Geld nicht zurück bekommen, weil schon zwei Drittel gespielt worden waren, würden wohl trotzdem Verständnis zeigen, aber am Ruf der Festspiele kratzte so etwas schon.

Fischer hatte sich die diesjährige Fassung des Stückes zusammen mit Edgar und Susanne angesehen. Sie hatte ihm gefallen und er würde einen Abbruch bedauern.

Der Gedanke an die Nibelungen ließ kurz eine weitere Erinnerung ihn ihm hochkochen, eine äußerst unschöne. Die Schlappe mit dem toten Sektenführer Senf vor dem Nibelungenmuseum in Worms lag jetzt einen knappen Monat zurück, aber Fischer hatte sich bis heute nicht davon erholt. Bühler hatte ihm zwar keine weiteren Vorwürfe gemacht, zumal er seinen Informanten hatte überreden können, mit den Behörden zusammen zu arbeiten. Außerdem hatte man die Mörderin von Dr. Senf gefasst. Sie hatte den Sektenchef vor dem Museum getroffen und ihn mit einer der Pralinen aus der buchähnlichen Schachtel vergiftet. Sie war eine verstoßene Geliebte aus besseren Sektentagen, die einen dramatischen Schlusspunkt unter Liebschaft und religiöse Vereinigung setzen wollte. Das verwendete Gift wirkte augenblicklich und führte zu einer Muskellähmung, die den gesamten Körper befiel.
Letztlich war die Aktion also ein Erfolg für die Polizei. Fischer traf lediglich der nicht sehr relevante Vorwurf, dass er den Toten auf der Museumstreppe nicht gleich als solchen erkannt hatte. Er hätte damit allerdings weder den Mord verhindern noch die Täterin früher ihrer Verhaftung zuführen können.
Aber dennoch zweifelte er mehr denn je an sich und seinen detektivischen Fähigkeiten. Er hatte sich seitdem oft gesagt: ›Du hättest es merken müssen. Aber du warst so besessen von dem Gedanken an einen möglichen Erfolg, dass du den Wald vor lauter Bäumen nicht gesehen hast. Ein Mann mit einer solchen Beobachtungsgabe hat in einem Job dieser Art nichts zu suchen. Weder als Privatdetektiv noch als Polizist.‹ Wenn es also noch eines letzten Anstoßes bedurft hätte, seine Schnüfflerkarriere aufzugeben, dann war er an jenem Julitag vor dem Nibelungenmuseum erfolgt.
Aber das war jetzt nicht das Thema, die aktuelle Frage lautete: Wohin fuhr sein Objekt? Jedenfalls bog es nicht bei der ersten Möglichkeit am Wormser Stadtrand von der Autobahn ab. Mörstadt blieb rechts, Abenheim links liegen.
Der weiße Polo näherte sich wenig später der Raststätte Wonnegau kurz vor der Pfeddersheimer Hochbrücke. Aber er machte keine Anstalten, die Abfahrt zur Raststätte zu benutzen. Seit einigen Kilome-

tern hatte das Objekt die Geschwindigkeit seines Wagens erhöht. Streng genommen schon seit Alzey. Fischer musste dichter ran als ihm lieb war. In dem Moment, als sie auf die Pfeddersheimer Brücke fuhren, lag nur noch ein Wagen zwischen ihnen.
Fischer bedauerte nicht zum ersten Mal, dass sein Fortbewegungsmittel relativ auffällig war. Nicht die graue Farbe, aber die Bauweise. Ein geländetauglicher Wagen wie der Mitsubishi Pajero Sport war eben etwas höher als andere. Wenn die Verfolgte misstrauisch war, müsste sie schon längst Verdacht geschöpft haben.
Der Regen wurde dichter. Von der Brücke aus konnte Fischer die Lichter von Worms sehen und besonders die grünlich beleuchteten Türme des Doms. Arme Zuschauer der Nibelungenfestspiele. Wahrscheinlich würde sich die technische Leitung in wenigen Minuten genötigt sehen, die Aufführung am Dom abzubrechen, wenn das nicht sogar schon geschehen war.
Der Polo sauste durch den Regen auch an der nächsten Abfahrtmöglichkeit vorbei. ›Anschlussstelle Worms‹.
Wohin, zum Teufel, wollte das Objekt? Je weiter die Verfolgungsfahrt, desto größer war die Gefahr der Entdeckung. Fischer observierte die Frau erst seit zwei Tagen. Eigentlich zu früh, um schon aufzufallen. Wenn er den Auftrag nicht verlieren wollte, musste er sich für morgen einen anderen Wagen mieten. Es zeigte sich wieder einmal, wie negativ es sich auf einen Auftrag auswirken konnte, wenn eine Detektei nur aus einer Person bestand.
Worms lag nun hinter ihnen. Die nächste Abfahrt würde Frankenthal sein. Eine Stadt, die er kaum kannte. Weder beruflich, noch privat. Ein paarmal war er durchgefahren und einmal mit Edgar und Susanne beim Strohhutfest gewesen, als er noch bei ihnen in Alzey gewohnt hatte.
Die Schilder zeigten jetzt das Frankenthaler Kreuz an.
Richtungsmöglichkeiten: Kaiserslautern, Ludwigshafen, Mannheim, Karlsruhe.
Das Objekt benutzte die A 6 nach Frankenthal, die weiter Richtung Mannheim führte.
›Objekt‹? Frau! Sie hatte einen Namen. Fischer erschrak mal wieder

darüber, wie schnell er sich an die Bezeichnung ›Objekt‹ gewöhnt hatte, und daran, sie in seinen Gedanken und Notizen einfach ›Frau‹ zu nennen. Er überlegte sich allerdings, warum er ausgerechnet jetzt beim Verlassen der A61 daran dachte. War es die Tatsache, dass sie eine radikale Richtungsänderung vorgenommen hatte? Eine von denen, vor der ihr Angetrauter ihn gewarnt hatte? Oder lag es daran, dass es nicht mehr lange dauern konnte, bis sie ihn entdeckte? Nun, es war jetzt fast nicht mehr möglich, ihn zu übersehen. Und wenn sie erstmal in die engen Straßen der kleinen Industriestadt eintauchen würden, und er an ihr dran bleiben wollte, war es geradezu unumgänglich, ihn als Verfolger zu enttarnen.
Natürlich hatte Fischer einen Plan B für solche Fälle. Aber wenn Plan A sich schon sehr unoriginell in ›Beobachten und Verfolgen‹ erschöpfte, so bot Plan B mit ›Detektivische Identität verschleiern‹ auch nichts wirklich Innovatives. Da vermochten eine große Detektei mit vielen Mitarbeitern oder gar der Polizeiapparat wesentlich mehr zu leisten.
Genug der Jammerei, es sollte ja sowieso einer seiner letzten Aufträge sein, folglich war es nicht sehr produktiv, sich über verschüttete Milch zu beklagen.
Über eines war sich Fischer jetzt im Klaren: Er würde ihr auf den Fersen bleiben. Morgen war ein neuer Tag, und da konnte er sich immer noch Gedanken darüber machen, wie er sich bei weiteren Beobachtungen des Objektes tarnen konnte.
Schon wieder verunzierte das Wort ›Objekt‹ seine Gedanken. Schluss damit! Die Frau hieß Lorenz. Er wollte sie bei sich fortan mit diesem Namen nennen. Jemand, der ihn so sehr durch die Gegend lotste, verdiente es, aus der Anonymität geholt zu werden.
Frau Lorenz fuhr an Frankenthal vorbei.
Was blieb denn jetzt noch? Mannheim, Heidelberg? Oder noch weiter südlich?
Die Frau begann ihn zu verwundern ... allerdings noch mehr, als sie die Abfahrt an der Pfingstweide dazu benutzte, auf die B 9 abzubiegen. Nicht etwa nach rechts, Richtung Ludwigshafen, nein, zurück, Richtung Worms. Wenn man sich die Hinfahrt auf der A 61 von

Bingen aus als den linken Strich eines großen ›U‹ vorstellte und die Fahrt an Frankenthal vorbei als den Bogen dieses ›U‹, dann begann sie jetzt die rechte Linie zu zeichnen.
Fischer versorgte sich aus dem Handschuhfach mit einem Kaugummi. Seine ersten Bisse waren aggressiv.
Auf der Höhe der Abfahrt Petersau, vorbei am Klärwerk der BASF, das sich nach außen hin wie eine märchenhafte Lichtburg ausnahm, wurde Fischers Wagen von einem schwarzen Mercedes überholt, der sich zwischen ihn und den VW Polo schob und eine Weile dort blieb.
Der schwarze Wagen fuhr dicht auf, bedrängte Frau Lorenz, machte aber keine Anstalten, an dem Polo vorbei zu ziehen, obwohl die Überholspur frei war. Fischers hirngesteuerte Alarmglocke meldete sich.
Da war etwas nicht in Ordnung. Aber ganz und gar nicht ... Jetzt sah es so aus, als würde der Mercedes doch am VW Polo vorbei fahren wollen, aber das täuschte. Er schob sich lediglich seitlich um eine halbe Wagenlänge ganz dicht an den kleinen weißen VW heran und zog dann nach rechts. Die Insassin des bedrängten Fahrzeuges kurbelte jetzt wahrscheinlich am Lenkrad um ihr Leben. Fischer vermutete es, vermochte aber nicht genauer hin zu sehen, denn er war mit dem Abbremsen seines eigenen Wagens beschäftigt. Dass er dabei seinen frischen Kaugummi verschluckte, fiel ihm gar nicht auf. Am rechten Fahrbahnrand war jetzt ein Schild zu sehen: ›Rheinufer‹. Es gab auf der Strecke bis Worms mehrere schmale Abfahrten zum Rhein hin, das wusste Fischer von vielen Fahrten auf der B 9 zwischen Ludwigshafen und Worms.
Der Mercedes berührte den Polo fast. Es sah aus, als würde er ihn zur Ausfahrt Rheinufer hinschieben, aber Frau Lorenz reagierte schnell und lenkte den Polo selbst in die Ausfahrt, rauschte durch eine große Pfütze und streifte dabei eine Ansammlung niedriger Sträucher. Der Mercedes bog ebenfalls ein, war dicht hinter dem Polo, der über die schmale, nasse Straße schlingerte. Fischer setzte beiden Wagen nach. Kurz nach der Ausfahrt von der B 9 bog der Polo wieder nach rechts in einen schlammigen Weg ab, Mercedes und Mitsubishi hin-

terher. Drei Scheinwerferpaare zuckten durch den Regen, beleuchteten kleine Bäume, Hügel, enge Kurven und einen völlig aufgeweichten Untergrund.
Fischer versuchte sich an alle Tricks zu erinnern, die er in diversen Schleuderkursen geübt hatte, betätigte in rasender Geschwindigkeit abwechselnd Gas, Kupplung und Bremse, bearbeitete das Lenkrad wie der Steuermann einer Hafenbarkasse das Ruder, nachdem der aus Versehen in die Hochsee bei Windstärke 12 geraten war. Er sah, wie die Nachtsichtkamera vom Beifahrersitz auf den Wagenboden hüpfte. Fischer hatte keine Ahnung, wie das hier ausgehen würde. Das Wort ›Tarnung‹ würde er wohl vergessen müssen, aber er hätte unmöglich auf der B 9 weiterfahren können, wenn hier ein offensichtlich Verrückter auf die Frau im Polo losging.
Der Mitsubishi klebte jetzt am Heck des Volkswagens, während der schwarze Mercedes nach links zur Seite ausgebrochen war. Plötzlich hielt der kleine weiße Wagen.
Urplötzlich. Fischer lenkte nach links, bremste gleichzeitig, geriet ins Schleudern, lenkte gegen, sah jetzt, dass der Polo vor einem kleinen Baum zum Stehen gekommen war, hielt seinen Mitsubishi seitlich vom Polo an und riss die Fahrertüre auf.
Beim Rausspringen streifte sein Blick den Rückspiegel. Die große, schwarze Limousine hatte auch gestoppt, setzte jetzt zurück, rangierte in einer kleinen buschbestandenen Wegbucht und brauste zurück Richtung B 9.
Er hatte keinen einzigen Blick auf den Fahrer erhaschen können.
Fischer sah ihm sekundenlang nach, überlegte kurz, ob es lohnte, die Kamera zu holen, konnte das Nummernschild nicht erkennen und entschied, dass es keinen Sinn hatte, denn schon war der Mercedes im Regen und im Dunkel verschwunden. Dann beugte sich Fischer wieder in seinen Wagen, angelte eine Stabtaschenlampe aus der Seitentasche der Beifahrertür, stieg dann an der Fahrerseite wieder aus, stapfte durch den Morast um den Bug seines Mitsubishi herum und fixierte kurz das kleine weiße Automobil. Sein Wagen stand parallel zum Polo, so dass die Scheinwerfer nutzlos den leeren Weg anstrahlten. Fischer quetschte sich zwischen die Autos und

leuchtete die Fenster des Polo ab. Dabei streifte der Lampenstrahl den Baum, an den der kleine Wagen geprallt war. Es handelte sich um ein sehr dünnes Gewächs. Von seinem Standort aus war keine nennenswerte Beschädigung am Auto auszumachen. Wahrscheinlich hatte Frau Lorenz beim Anblick des Bäumchens versucht auszuweichen, hatte gemerkt, dass sie das nicht schaffen konnte und dann gebremst, womit sie den Aufprall gemindert hatte. Fischer stand nun direkt vor der Tür auf der Fahrerseite des Polo und leuchtete hinein.

Die Frau hatte ihren Kopf der Seitenscheibe zugewandt, kniff jetzt die Augen zusammen und hielt sich die linke Hand vors Gesicht.

Fischer fiel auf, dass er sie in den zwei Tagen, seit er sie observierte, noch nicht einmal richtig gesehen hatte. Falsch, natürlich hatte er sie gesehen, aber von bewusstem Ansehen konnte keine Rede sein.

Auf den vom Ehemann bereitgestellten Fotos war sie eine hinlänglich attraktive Erscheinung mit kastanienbraunem Pagenkopf und schmalen, dunklen Augen.

Seine selbstgemachten Fotos von ihr, meist Nachtaufnahmen, zeigten sie entweder in Verbindung mit Gebäuden, Straßen oder anderen Menschen.

Fischer hatte sich seit einiger negativer Erfahrungen selbst untersagt, Personen privat zu bewerten, die in einen Fall, den er bearbeitete, verwickelt waren, Gerade der Blick als Mann stand auf seiner Verbotsliste ganz oben.

Das Gesicht mit der vorgehaltenen Hand zog sich vom Autofenster zurück.

Fischer knipste die Lampe aus.

»Sind Sie verletzt?« rief er.

Keine Antwort.

»Machen Sie bitte auf. Ich möchte nur wissen, wie es Ihnen geht.«

Als Fischer geendet hatte und noch immer keine Antwort kam, fiel ihm erst auf, wie still es war. Die Motoren beider Wagen waren abgestellt und irgendwann in der letzten Minute musste es aufgehört haben zu regnen.

Nur von der Bundesstraße her klangen ab und zu das Brummen ei-

nes Fahrzeuges und das Rauschen von Reifen auf nasser Fahrbahn. Aber um diese Zeit war die B 9 auf diesem Teilabschnitt nie besonders stark befahren.
Fischer fragte sich, ob der Mercedes noch in der Nähe war. Ob der an der Einfahrt zur Rheinuferstraße lauerte?
Hastig blickte er in das Dunkel hinter den beiden Wagen. Er würde wohl besser seinen Revolver aus dem Handschuhfach holen.
Noch bevor er diesen Gedanken in die Tat umsetzen konnte, öffnete sich die Beifahrertür des Polo und er sah schemenhaft die Gestalt der Frau.
Im Reflex knipste er die Lampe wieder an.
»Ausmachen!« Die Stimme klang schrill, aber nicht panisch.
»Verzeihung, ich wollte Sie nicht erschrecken«, sagte Fischer und schaltete das Licht aus.
Der kurze Moment hatte gereicht um zu erkennen, dass Frau Lorenz in beiden Händen Gegenstände hielt. In der Rechten eine Dose und in der Linken eine kleine Taschenlampe, deren dünner Strahl jetzt aufflammte. Fischer musste seine Augen nicht einmal fest zusammenkneifen. Die Dose machte ihm mehr Sorgen. Er hatte selbst eine davon in seinem Büro. Sie enthielt einen Stoff, mit dem man einen Gegner kampfunfähig machen konnte. Der Volksmund nannte es Reiz- oder auch Kampfgas, die polizeiliche Bezeichnung war Reizstoff. In diesem speziellen Fall handelte es sich um einen CS-Stoff. Blödsinnigerweise erinnerte sich Fischer in diesem Augenblick an die wissenschaftliche Bezeichnung: o-Chlorbenzylidenmalodinitril. Nun, er hatte sie in seiner längst vergangenen Zeit als Polizist mal auswendig lernen müssen.
Das Zeug wirkte auf Haut und Schleimhäute und reizte insbesondere die Augen. Fischer verspürte keine Lust, sich von Frau Lorenz dementsprechend behandeln zu lassen.
Die hielt die Sprühdose jetzt weit von sich über das Wagendach, während sie mit der Taschenlampe Fischer illuminierte. Der Strahl blieb an Fischers Kopfbedeckung hängen. Fischer hob jetzt langsam die Hände, nachdem er seine Stablampe in die Jackentasche hatte gleiten lassen.

Frau Lorenz fragte: »Was wollen Sie von mir?«
Fischer versuchte, sich seine eigene Wirkung vorzustellen. Lederjacke, Strickmütze, Dreitagebart.
»Ich wollte nach Ihnen sehen. Sie sind verfolgt worden und hatten diesen kleinen Unfall. Schon vergessen?«
»Wenn er Sie auch für Ihre Witze bezahlt, hat er sein Geld schlecht angelegt. Und wo ist der andere Kerl?« Das Schrille in ihrer Stimme reduzierte sich von Wort zu Wort.
»Wenn ich die zweite Frage zuerst beantworten dürfte«, sagte Fischer leise, ruhig und so sonor wie möglich, »der ›Kerl‹ hat es vorgezogen weiter zu reisen. Haben Sie eine Ahnung, was der von Ihnen wollte?«
»Ich weiß nicht mal, was Sie von mir wollen.«
»Auf die Gefahr hin, mich zu wiederholen, ich wollte sehen, ob Sie verletzt sind.«
Frau Lorenz' Stimme wurde wieder etwas schriller, ihr Arm mit der Dose zuckte verdächtig nach vorn. »Woher weiß ich denn, ob der andere Kerl nicht zu Ihnen gehört?«
Soweit hatte Fischer noch gar nicht gedacht. Ja, das stimmte, das konnte sie nicht wissen.
»Ich habe nur den Wagen gesehen«, antwortete er lahm, »ich weiß nicht, wer drin saß. Oder ob es überhaupt ein Kerl war.«
»Frauen machen sowas nicht mit Autos.«
Fischer konnte nicht an sich halten, obwohl er die Bedrohung durchaus ernst nahm: »Sagt Ihnen der Name Jutta Kleinschmitt etwas?«
»Wie gesagt, Ihre Witze taugen nichts.« Frau Lorenz schickte sich an, um das Heck des Polo herum näher zu kommen, wobei sie sich zwischen den Autos durchzwängen musste. Lampe und Reizstoffdose hielt sie dabei weit von sich nach vorn gestreckt.
Etwa in der Höhe der Windschutzscheibe des Mitsubishi blieb sie stehen.
»Gehen Sie zurück, langsam.«
Fischer tastete sich rückwärts am Bug seines Wagens vorbei.
»Stopp, das reicht!« Jetzt tastete sich Frau Lorenz bis zur Fahrertür des Polo und öffnete sie.

»Was zahlt er Ihnen?«
»Wie bitte?«
»Sie haben mich schon beim ersten Mal verstanden. Was zahlt Ihnen mein Mann dafür, dass Sie mich beschatten?« Sie klang nicht mehr so hysterisch.
»Beschatten?« Fischer kam sich ein wenig albern vor. Hier gab es im Grunde nichts mehr zu leugnen.
Frau Lorenz blieb an der offenen Fahrertür stehen.
»Sie verfolgen mich seit Bingen. Wollen Sie das abstreiten?« Allmählich schien sie sich sicherer zu fühlen. Ihre Stimme gewann weiterhin an Festigkeit.
Fischer fragte: »Seit Bingen? Heute?«
»Tun Sie doch nicht so scheinheilig. Sie sind mir seit Bingen gefolgt.«
»Moment, gnädige Frau, Sie kommen doch gar nicht aus Bingen. Sie sind mir - ich muss kurz überlegen - ja richtig, Sie sind mir erst an der Pfingstweide aufgefallen. Ich dachte, Sie kommen aus Frankenthal«.
Der Lichtstrahl erfasste jetzt direkt Fischers Augen und er musste sie nun doch zukneifen.
Frau Lorenz klang jetzt wie eine Untersuchungsrichterin: »Aha, dachten Sie. Und woher sind Sie gekommen?« Fischer öffnete die Augen wieder etwas.
»Drüben aus Rheindürkheim, übers Frankenthaler Kreuz«. Er lächelte, während die Frau trotzig den Kopf schüttelte und mit fester Stimme behauptete: »Sie sind mir von Bingen aus übers Frankenthaler Kreuz bis hierher gefolgt.«
Fischer versuchte alles: »Eine falsche Behauptung wird durch mehrfaches Wiederholen nicht richtiger«, sagte er. »Aber wenn Sie wirklich aus Bingen kommen, kann ich Ihre Fahrtroute nicht ganz nachvollziehen. Könnten Sie übrigens bitte mal Ihre Spraydose wegtun, ich würde meine Hände gern runter nehmen«.
»Lassen Sie die Hände oben.«
»Gut, gut, nicht nervös werden. Aber Ihnen ist schon klar, dass ich Sie ganz schnell überwältigen könnte, wenn ich wollte. Das biss-

chen Haarspray stecke ich weg wie nix. Aber ich will ja gar nicht. Ich möchte mich nur erkundigen, wie es Ihnen geht.«
»Haarspray? Das ist Kampfgas!«
»Sind Sie bei der Bundeswehr?«
»Machen Sie sich nicht über mich lustig«. Diese letzte Bemerkung klang seltsam kindlich. Wie die eines jungen Mädchens, das zwischen Härte und Verletzlichkeit schwankt.
Fischer wollte jetzt gern ihr Gesicht sehen, aber sie hielt ihn unbarmherzig im Bannstrahl ihrer Taschenlampe gefangen.
»Ich will mich weder über Sie lustig machen noch Ihnen etwas antun. Ich bin sogar ein bisschen enttäuscht von Ihnen.« Fischer setzte immer mehr auf Humor, denn auch wenn es im Augenblick nicht ganz so aussah, glaubte er doch, dass Frau Lorenz auf diesem Ohr nicht so taub war, wie sie tat.
»Enttäuscht?«, wiederholte sie, »wieso enttäuscht?«
Fischer dankte ihr heimlich für diese Nachfrage und setzte zur Erklärung an: »Vielleicht bin ich nur ein beklagenswertes Opfer der Unterhaltungsindustrie«, begann er, »aber in fast jedem Film fällt die holde Maid ihrem Erretter erst mal um den Hals.«
»Ach, Erretter, das sind wohl Sie?«
»In aller Bescheidenheit, ja.«
»Sind Sie Schriftsteller oder so?«
Jetzt war es an Fischer nachzufragen: »Wie kommen Sie denn darauf?«
»Oder vielleicht Journalist? Für einen, der grade eine unschuldige Maid errettet hat, sprechen Sie sehr druckreif.«
Aha, sie ging auf ihn ein. Das Eis war zwar noch nicht gebrochen, aber es hatte Risse bekommen. Seine Augen würden heute nacht mit hoher Wahrscheinlichkeit vom CS-Reizstoff verschont bleiben. Es war Zeit, sich eine Legende zu basteln, selbst wenn die noch im Laufe der Nacht zerbröseln würde. Spätestens dann, wenn Frau Lorenz ihren Mann zur Rede stellte.
»Ich schreibe tatsächlich«, sagte er.
»Was? Schlechte Krimis, in denen Supermänner mit Strickmützen holde Jungfrauen retten?«

»Das haben Sie gesagt.«
»Supermänner?«
»Jungfrauen.«
Plötzlich klang sie wieder nervös und eine Spur schriller als eben noch: »Damit wir uns richtig verstehen: Sie versuchen doch nicht etwa mit mir zu flirten? In dieser Situation? Fühlen Sie sich nur nicht zu sicher. Ich kann immer noch ...«
Sie fuchtelte etwas zu großflächig mit der Spraydose herum. Und das nutzte Fischer aus. Er griff blitzschnell zu ihrem rechten Handgelenk und entwand ihr ohne Anstrengung die Dose. Dann ließ er ihr Handgelenk sofort los und sprang einen Schritt zurück. Frau Lorenz' Körper duckte sich, sie würde sich jede Sekunde hinter das Lenkrad des Polo gleiten lassen. Der Strahl ihrer Lampe zuckte unkontrolliert.
»Alles gut, nichts passiert, ich will mich nur normal mit Ihnen unterhalten«, rief Fischer schnell und stellte die Dose, ohne Frau Lorenz aus den Augen zu lassen, zu seinen Füßen ab. »Sehen Sie, es passiert nichts. Ich möchte, dass Sie Vertrauen zu mir gewinnen. Ich bleibe hier, komme Ihnen keinen Schritt näher und Sie erzählen mir, was der Fahrer des Mercedes von Ihnen wollte. Und wenn Sie ganz brav sind, erzähle ich Ihnen, was ich schreibe.«
Die Frau verharrte mitten in der Bewegung des Einsteigens. Sie blieb in halb gebückter Haltung an der geöffneten Fahrertür des Polo stehen. Der Kegel ihrer Lampe wies wieder in Fischers Richtung.
»Atmen Sie erstmal ruhig durch«, fuhr Fischer in der beruhigensten Stimmlage fort, derer er mächtig war, »dann überlegen Sie sich, ob Sie mit mir vor die Scheinwerfer meines Wagens treten, damit wir uns gegenseitig sehen können. Wenn immer nur einer seine Lampe anknipst, ist das doch ein recht einseitiges Vergnügen.« Fischer ertappte sich dabei, dass er sich seine Worte vorher überlegte, als wolle er ihrer Behauptung bezüglich seiner Fähigkeit zum druckreifen Reden entsprechen.
Frau Lorenz sagte gar nichts, richtete sich nur ganz langsam auf. Noch einmal wanderte der Lampenstrahl über Fischers Gesicht und seine Kleidung. Dann ertönte ein leises Knacken und es wurde dun-

kel. Im Grunde wurde es nur etwas dunkler, denn Fischer wurde ja noch zusätzlich von den Pajero-Scheinwerfern beleuchtet. Seine Augen gewöhnten sich allmählich daran, nicht mehr geblendet zu werden und dann trat Frau Lorenz einen zögernden Schritt nach vorn auf ihn zu. Um das aufkeimende Pflänzchen des Zutrauens nicht zu zertreten, ging Fischer gleichzeitig einen Schritt zurück.
Von Sekunde zu Sekunde sah er mehr von seinem ›Objekt‹. Und zum ersten Mal nahm er die Frau wirklich wahr. Als Frau.
Der Anblick warf ihn beinahe um.
Das bisherige ›Objekt‹ und die sich jetzt offenbarende ›Frau‹ schienen völlig unterschiedliche Personen zu sein.
Zunächst einmal war Frau Lorenz kleiner als er sie bis jetzt wahrgenommen hatte. Sie trug Jeans, weiße Bluse und eine kurze Bolero-Jacke. Sie sah nach Sommer aus, während er, in seinen eigenen Augen, den Winter symbolisierte.
Das Gesicht lenkte ihn sofort von den üblichen männlichen Beurteilungen ihrer Figur ab. Die Augen waren dunkler als auf den Fotos, noch schlitziger, aber dabei nicht asiatisch. Der Mund war klein und voll-, aber nicht schmoll-lippig.
Sie war in Fischers Augen keine untadelige Schönheit, aber zu dieser Stunde, an diesem Ort und in dieser Situation kam sie ihm vor wie das Inbild des Weiblichen.
Der Detektiv und seine Zielperson sahen sich über einen Zeitraum an, den Fischer als zu kurz und gleichzeitig als unendlich empfand. Am tatsächlichen Ende eines solchen Blickes konnte eigentlich nur ein inniger Kuss stehen.
Doch das war Fischers Kopf- und Lenden-Kino. Die Wirklichkeit legte Frau Lorenz recht nüchterne Worte in den Kussmund. »Ich frage Sie nur einmal: Sind Sie mir von Bingen aus gefolgt?«
Fischer überlegte nicht lange: »Ja!« sagte er.
»Warum?«
»Das kann ich Ihnen nicht sagen.«
»Wenn Sie's schon zugeben, können Sie das auch sagen. Hat mein Mann Harald Sie beauftragt mich zu überwachen?«
»Fragen Sie ihn!«

»Also doch. Dann sind Sie so etwas wie ein Privatdetektiv?«
»Nicht nur so etwas, ich bin einer, aber nicht mehr lange.«
Der folgende Satz von Frau Lorenz war nahe am Zynismus. »Das wundert mich nicht. Sind Sie immer so geschickt beim Verfolgen?«
»Sind Sie immer so geschickt beim Enttarnen eines Verfolgers?«
»Ich habe gewusst, dass mir mein Mann misstraut. Es war eine Frage der Zeit, bis er anfangen würde mich zu überwachen.« Etwas wie Trauer war aus diesen Worten heraus zu hören und das Gesicht, das für Fischer so schön geworden war, sah plötzlich glatt und teilnamslos aus bis auf die kleine Falte in der Mitte ihrer Stirn. Dann glomm Neugier in den schmalen, dunklen, fast schwarzen Augen auf. »Hat der Mercedes irgendetwas mit Ihnen zu tun?« fragte sie dann.
»Nein!«
»Keiner Ihrer Mitarbeiter?«
»Ich habe keine Mitarbeiter!«
»Oh, dann ist das ein sehr einsamer Beruf!?« Das schwankte so zwischen Frage und Feststellung, zwischen kühler Bestandsaufnahme und Mitleid, so dass Fischer am liebsten gesagt hätte: »Ich bin nicht nur beruflich einsam.« Aber wollte er Mitleid? Vielleicht, allerdings mit Sicherheit nicht von dieser Frau. Darum sagte er statt dessen: »Das ist mit ein Grund, warum ich aufhöre.«
»Und was machen Sie stattdessen?« Etwas, das Ähnlichkeit mit einem Lächeln hatte, veränderte die Optik ihrer Lippen. Dieses Interesse tat Fischer gut.
»Ich sagte doch, dass ich schreibe. Es handelt sich nicht um Weltliteratur. Ich verfasse Werbetexte.« Das stimmte nur zum Teil. Weder hatte Fischer in den vergangenen drei Jahren viel geschrieben noch war er davor ein besonderer Aktivposten in Edgars Werbeagentur gewesen. Sein Geld steckte in dem Geschäft seines Neffen. Nicht viel mehr. Aber es klang ganz gut, fand er.
»Und das ...« begann Frau Lorenz und brach plötzlich ab. Fischer sah, dass sie am ganzen Leib zu zittern begann. »Wer ist dieser Mann?« Fischer brauchte zwei Sekunden, um zu begreifen, dass sie von dem Mercedesfahrer sprach. Er blickte unwillkürlich hinter sich, aber da war nur Schwärze.

Im zweiten Impuls wollte er zu der Frau gehen, diese wenigen Schritte zwischen ihnen überbrücken, sie an sich ziehen und trösten wie ein Vater seine halbwüchsige Tochter nach einer verpatzten Mathearbeit. Aber er ließ es. Er hätte sich selbst nicht dafür garantieren können, es bei einer solchen Berührung zu belassen.
›Du bist ein ziemlich frustrierter, einzelgängerischer Vollidiot‹, sagte er zu sich, ›Du fängst an, in diese Frau deine Sehnsüchte zu projizieren. Das ist nicht nur unprofessionell, sondern auch ausgesprochen dämlich. Nur weil sie hier im Scheinwerferlicht so, so ...‹ ihm fiel kein treffenderes Wort als ›zauberhaft‹ ein, ›wirkt, nur deshalb glaubst du, sie wäre die Erfüllung deiner Träume. Fischer, wach auf!‹
»Wer kann dieser Mann sein?« wiederholte die Frau seiner Träume.
»Sie haben keine Ahnung?«
»Nein, nein, nein, ich habe keine Ahnung.« Sie zitterte immer noch, aber jetzt schlug ihre Stimmung um. In Wut.
»Ich habe keine Ahnung, warum mein Mann Sie hinter mir herhetzt. Ich habe keine Ahnung, warum dieser Kerl mich von der Straße abgedrängt hat. Ich habe auch keine Ahnung, was der überhaupt von mir will.«
Fischer fiel es jetzt leichter, sie nicht zu umarmen. »Das Letztere glaube ich Ihnen«, sagte er und es klang härter als er wollte, »aber was Ihren Mann betrifft ... eben haben Sie noch gesagt, Sie hätten sich gedacht, dass er Sie beschatten lassen will ...«
»Ich weiß, das er mir misstraut. Aber ich weiß nicht wieso.« Der Zorn färbte ihr Gesicht rot. »Was hat er Ihnen gesagt? Glaubt er, ich hätte einen Liebhaber? Das machen doch Detektive hauptsächlich - Liebespaaren hinterher zu spionieren, ohne sich dafür zu schämen. Sie haben einen scheußlichen Beruf, Herr ... wie heißen Sie eigentlich?«
»Fischer, Lui Fischer!«
»Lui?!« Sie lachte. Es klang hysterisch. »Das passt. Ein windiger Vorname für einen windigen Schnüffler.« Das Lachen ging in einen krampfartigen Schluchzer über.
Machte ihn der ›windige Schnüffler‹ zornig, beleidigte er ihn?

Fischer versuchte seine Gefühle zu überprüfen. Leider fand er Frau Lorenz' Augen auch in der Rage noch sehr verführerisch. Natürlich traf ihn der Vorwurf. Aber er verzieh ihn ihr. Und er zeigte es ihr dadurch, dass er nicht antwortete.
»Woher kommt eigentlich dieser Ausdruck? Schnüffler! Von Spürhunden oder von Trüffelschweinen?« Sie war wieder zum Lachen zurückgekehrt. Dann fragte sie unvermittelt? »Halten Sie mich für hysterisch?«
»Ich kenne Sie noch nicht lange genug, um das sagen zu können.«
»Sie sind hinter mir her und kennen mich nicht? Was soll **ich** denn da sagen? Ich kenne Sie überhaupt nicht!«
Fischer hatte keine Lust mehr, hier draußen auf dem schlammigen Weg zu stehen. Bei aller Verzauberung. Dass sie mit Recht behauptet hatte, ihn überhaupt nicht zu kennen, brachte ihn auf eine Idee.
»Ich mache Ihnen einen Vorschlag«, sagte er, »wir fahren zurück nach Frankenthal zur Polizei und sie erstatten Anzeige gegen die Person im Mercedes. Sozusagen gegen unbekannt. Wegen Bedrohung im Straßenverkehr oder so.«
»Und wegen was zeige ich **Sie** an, Herr Privatdetektiv?«
»Gar nicht. Ich habe Sie gerettet, schon vergessen?«
»Ich will hier weg!«
»Nach Frankenthal zur Polizei?«
»Nach Guntersblum.«
»Zu ihrem Mann?«
Sie sah ihn an, als habe er sie aufgefordert eine Nacht mit ›Jack the Ripper‹ zu verbringen.
»Ich werde im Haus meiner Tante übernachten. Sie können mir ja folgen und Harald Bericht erstatten.«
»Ich werde Ihnen wirklich folgen. Schon um sicher zu gehen, dass der Mercedes nicht wieder auftaucht.«
Frau Lorenz wirkte jetzt fast so cool wie eine der Fernsehladies aus amerikanischen Krimiserien: »Mein Held«, sagte sie und unter dem offenen Zynismus schwebte ein kleines Stück echten Gefühls.
Das zumindest wollte Fischer glauben.

3
Guntersblum
August, Donnerstagmorgen

Clarissa stand vor dem Spiegel in ihrem Badezimmer und betrachtete sich. Sie war fertig angezogen, geschminkt und bereit für den Tag. Es bestand kein wirklicher Grund, vor dem Spiegel stehen zu bleiben. Alles, was wichtig war an Gesicht und Körper, hatte sie heute schon gesehen, gewaschen, geputzt und bemalt.
Aber sie blieb stehen, weil sie im Grunde nicht glauben konnte, dass kein Mann die Frau im Spiegel für längere Zeit in seinem Leben dulden wollte. Sie hielt sich für mehr als ansehnlich. Schmal war dieses Gesicht, weiß mit einem Hang zum Durchsichtigen. Große wasserblaue Augen, ein nicht zu schmaler, nicht zu voller roter Mund und ein etwas zu langes Kinn. Die winzigen nach unten weisenden Linien in ihren Mundwinkeln hatte sie geschickt übertüncht. An dem langen Hals zeichnete sich zwar jedes Äderchen ab, Falten hingegen gab es so gut wie keine. Das blonde Haar war hochgesteckt, so wie sie es seit vielen Jahren trug.
Ein Fernsehkoch, mit dem die Familie bekannt war, hatte ihr einmal bescheinigt, sie sei eine ›ätherische Schönheit‹. Hatte er es nur gesagt, um sie für einen One-Night-Stand gefügig zu machen oder war das ehrlich gemeint? Sie hatte sich ihm jedenfalls an jenem Abend verweigert und später hatte er ein solches Kompliment nie mehr wiederholt. Clarissa war nicht immer so wählerisch gewesen, was

Sex für eine Nacht betraf, aber zu längeren Bekanntschaften war es nie gekommen. Nie!
Sie besaß eine Sonderstellung in der Familie. Sie war mit vierzig Lebensjahren noch immer ohne Partner. So etwas war bisher nicht vorgekommen. Man machte ihr keine offenen Vorwürfe diesbezüglich, aber es wurde gestichelt und hinter vorgehaltener Hand sprach man über die möglichen Gründe. Es gab Gerüchte, sie sei lesbisch oder man hielt sie für eine heimliche Nymphomanin, die jeden Liebhaber nach Gebrauch verwarf und sich den nächsten suchte auf der unerfüllbaren, ewigen Suche nach Liebesglück. Clarissa wusste, dass sie nicht auf Frauen stand und dass ihre zwanzig One-Night-Stands auf fünfundzwanzig ihrer vierzig Lebensjahre verteilt waren.
Das vernichtendste Gerücht besagte aber, sie könne nichts und niemand lieben, am wenigsten sich selbst. Man sagte ihr eine krankhafte Gefühlskälte nach und sprach ihr die Fähigkeit ab, für irgend jemand tief zu empfinden.
Clarissa wusste, dass auch das nicht stimmte. Allerdings hatte die Person, die in der Lage war, alle weiblichen Gefühle in ihr zu wecken, keine Ahnung davon. Im Grunde dachte sie immer nur an ihn. Trotzdem hätte sie einen anderen geheiratet, um nicht weiter als Außenseiterin zu gelten. Aber da war niemand, der sie je gefragt hätte.
Die Frau dort im Spiegel sah ihre Urheberin jetzt geradezu vorwurfsvoll an. Die ohnehin großen Augen weiteten sich noch und das verwaschene Blau der Iris schien für einen kurzen Moment dunkler zu werden.
›Wie unfähig muss eine leidlich attraktive Frau sein, wenn sie es in vierzig Lebensjahren nicht geschafft hat, einen Mann dazu zu bringen, um ihre Hand anzuhalten? Was habe ich falsch gemacht?‹
Clarissa wurde nicht selten von solchen Selbstvorwürfen heimgesucht. Sie überfielen sie in allen Lebenslagen und nicht immer nur angesichts ihres Spiegelbildes. Allerdings war es ihr gelungen, im Laufe der Jahre eine Strategie des Seelenschutzes zu entwickeln, die immer besser funktionierte, je älter und erfolgloser sie wurde. Die Familie war schuld. Früher, als alle noch lebten, war es die gesamte Bagage. Jetzt, wo einige wenige noch in Guntersblum und noch we-

niger Verwandte außerhalb Rheinhessens wohnten, war hauptsächlich Tante Illona schuld an Clarissas Misere.
Die Tante war seit 1992 bettlägerig, inzwischen 85 Jahre alt und hielt Clarissas Leben fast rund um die Uhr mit Beschlag.
Harald, Stephanies Mann, bekannt für eine Ausdrucksweise, welche die einen ›unkompliziert‹, die anderen ›rüde‹ nannten, hatte mal gesagt: »Die Alte will ums Verrecken nicht verrecken.« Clarissa äußerte sich zwar nie zu solchen und ähnlichen Sprüchen, aber insgeheim stimmte sie ihnen voll inhaltlich zu.
Tante Illona war also schuld an der Partnerlosigkeit ihrer Nichte. Clarissa kam ja fast nie raus. Außer bei Einkäufen im Ort und beim Kellerwegfest, wenn die Männer quasi zwangsläufig ans und ins Haus kamen, waren ihre Kontakte zum anderen Geschlecht spärlich. Ganz selten, wenn sich Cousine Stephanie mal erbarmte, einen kleinen Teil der familiären Altenpflege zu übernehmen, konnte Clarissa ausgehen. Zum Tanzen oder ›Shoppen‹ nach Mainz, Darmstadt und Mannheim, und das noch ohne Begleitung, denn Freundinnen hatte sie auch nicht.
Manchmal, so wie heute morgen vor dem Spiegel, malte sie sich aus, wie es einmal sein würde, wenn Tante Illona nicht mehr lebte. Wenn ihr dieses Haus hier gehören würde, wenn sie tun und lassen konnte, was sie wollte. Am Geld mangelte es nicht, hatte es nie gemangelt. Dennoch würde sie untervermieten. An einen Mann, und sie würde sich diesen Untermieter vorher sehr genau ansehen.
Ihre Gedanken glitten wieder zurück zu Stephanie. Clarissa empfand tiefe Abneigung für die zweite Nichte Tante Illonas. Noch gestattete sie es sich nicht, das Wort Hass zu denken, geschweige denn es auszusprechen, aber sie bewegte sich nahe an dem Wunsch, ihre ewig optimistische Cousine zu vernichten. Stephanie war Tante Illonas Liebling. Schon immer, obwohl sie ihr, mit Clarissa verglichen, nur einen Bruchteil ihrer Zeit widmete. Aber stets war es ihr gelungen, für unentbehrlich gehalten zu werden.
Manchmal, ganz selten, hatte sie daran gedacht, Stephanie zu vergiften. Sie fand es selbst eigentümlich, dass sie automatisch an Gift dachte und keine andere Tötungsart in Erwägung zog, aber das kam

wahrscheinlich vom ständigen Umgang mit Tante Illonas Medikamenten.
Clarissa wusste allerdings, dass sie diesen Wunsch nicht in die Tat umsetzen würde. Es war in früheren Jahren schon genug geschehen in der Familie. Nicht jeder war eines natürlichen Todes gestorben. ›Schluss damit‹. Tante Illona hatte stets verlangt, dass darüber nicht gesprochen würde, und sie, Clarissa, wollte jetzt, am frühen Donnerstagmorgen nicht mal mehr daran denken.
Unten im Erdgeschoss, aus dem zweiten Badezimmer, ertönte die Toilettenspülung. Das brachte Clarissa in die Realität zurück. Die aber wurde von der gleichen Person bestimmt, an die sie eben gedacht hatte.
Stephanie war hier. Gestern, spät in der Nacht, war sie gekommen. Das tat sie manchmal - Tante Illona hatte darauf bestanden, dass sie einen Hausschlüssel behielt, als sie damals ausgezogen war, um mit Harald unten im Ort zu wohnen. Ihr ehemaliges Zimmer im Erdgeschoss musste immer für sie freigehalten werden. Sie konnte kommen und gehen, wie und wann sie wollte. Niemals hielt sie es für nötig, sich anzumelden, und stets wurde sie von Tante Illona mit einem seligen Lächeln empfangen.
Clarissa löste sich von ihrem Spiegelbild und ging hinaus in den oberen Flur. Sie hatte keine Lust zu frühstücken, solange Stephanie im Hause war. Wenn die etwas essen wollte, sollte sie sich unten in der Küche doch selbst was zurechtmachen.
Sie ging so leise wie möglich an der geschlossenen Tür vorbei zu Tante Illonas Schlafraum. Es war noch keine Weckzeit und Clarissa wollte nicht, dass die alte Frau schon mitbekam, dass ihre Lieblingsnichte im Hause war.
Sie betrat ihren kleinen Wohnraum und griff zur Tageszeitung, die sie schon vor einer Stunde aus der Zeitungstrommel neben der Eingangstür geholt hatte. Sie wollte verhindern, dass Stephanie sie zuerst las.
Nachdem sie die Schlagzeilen überflogen hatte und gerade den regionalen Teil aufschlagen wollte, läutete ihr Handy. Ein zarter, leiser Glockenton, mit der Melodie: ›Kein schöner Land ...‹. Das Netztele-

fon wäre ungleich lauter gewesen, also musste es sich bei dem Anrufer um einen der wenigen Menschen handeln, die nicht wollten, dass Tante Illona erwachte. Ein Fremder konnte es sowieso nicht sein, denn Fremde hatten keine Kenntnis von ihrer Handynummer. Clarissa ahnte, wer es war, und im Grunde hoffte sie es auch.
»Clarissa Landvogt«, meldete sie sich.
»Clara, mein Teufelchen!«
Niemand, niemand durfte ›Clara‹ zu ihr sagen! Außer einem.
»Guten Morgen, Harald. Sie ist da!«
»Logisch, da sie ihr Ärschchen nicht im Ehebett geparkt hat, kann sie nur bei euch sein.«
»Willst du sie sprechen?«
»Hätte ich dich dann auf deinem Handy angerufen?«
Clarissa zögerte: »Nun, vielleicht wolltest du Rücksicht auf Tante ...«
»Wer nimmt schon Rücksicht auf Tante Illona. Ausser Damen, die von ihr abhängig sind.«
Harald schaffte es immer wieder Clarissa zu verletzen. Aber sie ließ ihn gewähren. Es schauderte sie bei dem Gedanken, dass sie möglicherweise sogar so etwas wie Lust empfand, wenn er sie mal wieder erniedrigte.
»Seit wann ist sie bei euch?« fragte Harald.
Clarissa seufzte: »Ich weiß es genau. Schließlich bin ich aufgewacht, als ich ihren Schlüssel hörte. Fünf Minuten vor eins.«
»Braves Mädchen. Die Alte schläft noch?«
»Ja!«
»Hast du schon mit Steph gesprochen?« Harald kürzte jeden Namen ab, dessen er habhaft werden konnte.
»Nein, sie ist noch im Bad!« Im gleichen Augenblick hörte Clarissa Schritte auf der alten Holztreppe. »Oh, mir scheint, sie kommt gerade hoch.«
»Gut, machen wir es kurz. War der Pfarrer in letzter Zeit bei euch?«
»Pastor Glück? Ja, er kommt jede Woche einmal. Fast so oft wie Dr. Lehning.«
»Aha! Clara, wir müssen uns treffen. Ohne Steph. Ich komme heute

Abend um acht. Aber sag' der Alten nichts. Sie sollte nicht mitkriegen, was wir zu bequatschen haben. Am besten wir reden im Keller.«
Von der Tür her war ein Klopfen zu hören.
Clarissa flüsterte ins Handy: »Stephanie ist draußen, wir sprechen heute Abend. Aber nicht im Keller!«
Es klopfte noch einmal.
Harald ließ ein spöttisches Lachen hören: »Du lässt dich immer so leicht ins Bockshorn jagen, mein Teufelchen. Wir reden, wo du willst. Natürlich nicht im Keller. Also dann. Bleib sauber, Mädel!«
Damit beendete der Mann ihrer Cousine das Gespräch.
Als es draußen wiederholt klopfte, legte Clarissa das Handy auf das kleine Tischchen am Sofa und rief gedämpft: »Ich komme.« Dann stand sie auf und öffnete die Tür.
Stephanie trug einen weißen Frottierbademantel, der scharf mit ihrem noch nicht endgültig frisierten Pagenkopf kontrastierte. Ihre schmalen dunklen Augen funkelten: »Guten Morgen, Clarissa«. Sie trat ungebeten einen Schritt ins Zimmer hinein und sah sich um. Ihr Blick blieb auf dem Handy haften. »Da ich hier keinen Verehrer entdecken kann, nehme ich an, dass du mit meinem Mann gesprochen hast«, sagte sie ohne Umschweife.
Clarissa setzte sich, ohne ihrer Cousine einen Platz anzubieten, auf ihr blau-weiß gestreiftes Sofa. Sie fragte sich, ob deren Ehe so unglücklich verlief, wie es seit einiger Zeit den Anschein hatte. Oder gehörte das dazu? Wer beide Ehepartner kannte, der hatte sich schon bei der Hochzeit 1994 denken können, dass es mit diesen beiden Charakteren nicht sehr stromlinienförmig ablaufen würde. »Frag ihn doch«, sagte Clarissa kühl.
Stephanies Gesichtsausdruck war nicht zu deuten, als sie entgegnete: »Das hab ich doch schon mal gehört innerhalb der letzten 24 Stunden.«
»Von mir nicht.«
»Nein. Von einem Privatdetektiv, den mir Harald auf den Hals gehetzt hat.«
»Wie bitte«?
»Ach, hat er dir das nicht erzählt? Er hat doch sonst keine Geheim-

nisse vor dir«.
Stephanie setzte sich auf der anderen Seite des Tischchens in den Sessel, der zu dem Sofa passte. Sie tat das so selbstverständlich, dass Clarissa ein ärgerliches Ohnmachtsgefühl überkam. Aber sie reagierte nicht darauf, wenigstens nicht verbal. Dass sie die Arme über der Brust verschränkte und so ihre Ablehnung deutlich machte, merkte sie selber nicht.
»Warum lässt er dich denn beschatten?« sagte sie mit ihrer leicht näselnden Stimme. »Hast du einen Liebhaber?«
»Bei diesem Ehemann sollte ich vielleicht einen haben. Aber im Augenblick bringt es nichts, mich zu überwachen. Der Detektiv hat sich wahrscheinlich total gelangweilt. Wie geht es Tante Illona?«
»Sie schläft noch.«
»Ich habe nicht gefragt, ob sie schläft; ich will wissen, wie es ihr geht.«
Clarissa blickte auf ihre Armbanduhr: »So, gleich ist Weckzeit. Wenn du das übernehmen willst, kannst du sie gleich selbst fragen, wie es ihr geht«.
Allmählich war es ihr gleichgültig, ob Tante Illona wusste, dass Stephanie sich im Hause aufhielt. Sollte sie sich doch von ihrem Liebling wecken lassen. Dann musste sie es nicht tun. Viel mehr interessierte sie, was Harald heute Abend von ihr wollte. Sie musste ihn unbedingt fragen, ob das mit dem Detektiv stimmte.
Stephanie erhob sich sofort. »Gut, ich wecke sie. Hast du schon gefrühstückt?«
»Ich habe keinen Hunger.«
»Kann ich mir was machen?«
»Du fragst doch sonst nicht.«
»Muss ich denn fragen?«
»Manchmal wäre es einfach höflicher.«
»Okay!« Die leicht aggresive Stimmung Stephanies schien sich wieder verflüchtigt zu haben. In dem ›Okay‹ lag bereits wieder ihre übliche Freundlichkeit. Wahrscheinlich lenkte sie die Aussicht, die hochverehrte Tante zu wecken, vom Misstrauen ihres Gatten ab. Nun, das konnte Clarissa egal sein.

Als Stephanie das Zimmer verließ, stand Clarissa auf und ging hinüber zum Fenster, das auf den Kellerweg hinaus führte. Sie sah hinunter auf die Straße. Hier würden an den nächsten beiden Wochenenden Menschenmassen vorbeipilgern und sich in den Kellern und an zahllosen Ständen die Weine der umgebenden Weinberge einverleiben. Auch vor ihrem Haus würde ein Stand aufgebaut werden. Weine aus eigenem Anbau gab es ja nicht. Clarissa hatte also keine Mühe mit dem Fest, und ihr Haus würde sie auch nicht öffnen müssen.
Ihr Haus!
Aus dem Nebenraum hörte sie die brüchige Stimme ihrer Tante und das Lachen Stephanies.
Clarissa verspürte Eifersucht.
Aber dann wurde sie abgelenkt. Ihr fiel auf, dass zwei Häuser weiter ein Auto parkte, das sie hier noch nie gesehen hatte. Am Steuer saß ein Mann, dessen Gesicht sie nicht sehen konnte.
Ob das der Detektiv war? So nahe beim Haus. War der so unvorsichtig?
Clarissa überlegte, ob sie ihre Cousine davon unterrichten sollte. Sie beschloss aber dann, ihre Beobachtung für sich zu behalten.
Vielleicht würde sie später mal ›zufällig‹ über die Straße schlendern und versuchen, einen Blick in den Wagen zu werfen. Sie fixierte das Fahrzeug so intensiv, als könne sie den Insassen nur durch die Kraft ihres Blickes dazu bringen, auszusteigen.
Ein recht imposantes Vehikel für jemanden, der doch eigentlich darauf bedacht sein müsste, unauffällig zu sein.
Ob so ein schwarzer Mercedes das Richtige für einen privaten Ermittler war?

4
Frankfurt/Main
August, Donnerstagmittag

Der Raum strahlte gediegene Eleganz aus. Damit passte er hundertprozentig zu dem großen, weißhaarigen Mann, der in einem Nadelstreifenanzug an seinem riesigen Schreibtisch stand und eine Nummer in sein Handy tippte. Durch die hohen Erkerfenster drangen die gebremsten Strahlen einer nicht sehr ausgiebigen Augustsonne in das Arbeitszimmer. Heute Vormittag war eine Regenfront vom südwestlichen Rheingebiet her kommend über Frankfurt gezogen und hatte kühle Luft mitgebracht. Restwolken hingen noch wie eine ausgefranste Demarkationslinie in der Luft und bildeten eine löchrige, optische Grenze zwischen dem schattigen Bodenlicht und dem strahlend blauen Himmel.

Das Frankfurter Westend, zwischen Friedrich-Ebert-Anlage und Bockenheimer Landstraße, in der die Gründerzeitvilla des Weißhaarigen stand, ließ nicht mehr erkennen, wie umkämpft dieser Stadtteil in den Siebziger Jahren des vergangenen Jahrhunderts war. Die Wohnraumzerstörung durch Bauspekulanten hatte zu den blutigsten Demonstrationen der Bundesrepublik geführt. Die Kämpfe zwischen Polizei und Hausbesetzern gingen als ›Bürgerkrieg im Bürgerviertel‹ in die Geschichte Frankfurts ein.

Auch das Haus, in dem der Nadelstreifenmann wohnte, hatte zu den betroffenen Häusern gehört. Zugemauerte Fenster und niedergeris-

sene Zäune waren jedoch Schnee von gestern. Wie viele andere der benachbarten Immobilien war es nach der Renovierung schöner und stattlicher geworden als zu seiner Entstehung.
›Auferstanden aus Ruinen‹, diese erste Zeile aus der ehemaligen Hymne der ebenso ehemaligen DDR ging dem Weißhaarigen öfters durch den Kopf, wenn er ›sein‹ Westend betrachtete. Er hatte mit viel Geld, aber auch mit eigenem körperlichen Einsatz die Villa so hergerichtet wie sie heute dastand, zwischen ähnlichen Villen und gläsernen Bürotürmen.
›Du bist ein Klischee‹, tadelte sich der Mann mit milder Heiterkeit, während er darauf wartete, dass sich sein Fernsprechpartner meldete. Er musste es wissen. Denn sein Beruf war es, Klischees zu produzieren. Die Fernsehserien, die in seinem Namen hergestellt wurden, bedienten mehr oder weniger offensichtlich die Erwartungen eines Feierabendpublikums an genormte TV-Unterhaltung. Seine Produktionsgesellschaft war nicht auf ein Genre spezialisiert, vielmehr bemühte sie sich um Vielfalt. Da gab es Hotel- und Krankenhausserien, Liebes-Soaps und Comedy-Formate wie auch die guten alten, nicht totzukriegenden Krimis. Und von denen stammte das Klischee, als dessen lebenden Realitätsnachweis sich der Mann vor sich selbst enttarnte.
Nicht selten war der Drehort das Frankfurter Westend und nicht selten tippte ein gutsituierter, von Armani oder Lagerfeld eingekleideter älterer Herr mit durchtrainiertem Sportlerkörper in wohl gestylter Atmosphäre eine Nummer in sein Handy, stets um etwas in Auftrag zu geben, das ihm die mitspielenden Filmfiguren niemals, die Zuschauer aber immer zutrauten, weil sie es schon so oft gesehen hatten: Einen Mord!
In diesem Fall war es nicht anders.
Ein knisterndes Geräusch löste das Freizeichen ab.
Der Angerufene gab seine Identität nicht preis, bellte nur ein kurzes »Ja« und wartete.
Es war jetzt an dem Weißhaarigen, den entscheidenden Schritt zu tun.
»Der Janusgesichtige erbittet einen Gefallen.« Es machte ihm Spaß,

Codenamen aus der römischen oder griechischen Mythologie zu verwenden. Der römische ›Gott der öffentlichen Ein- und Ausgänge‹, mit den Attributen Schlüssel und Pförtnerstab, schien ihm die richtige Gestalt zu sein, seine eigene Identität zu verschlüsseln. Der Januskopf mit dem Doppelgesicht war auf dem As, der kleinsten römischen Kupfermünze, abgebildet und schon oft in Filmen und Serien verbraten worden. Auch in denen des Weißhaarigen. Er liebte außer der Mythologie das Benutzen von Begriffen, die bereits in Drehbüchern aus eigener Produktion Verwendung gefunden hatten.
»Welche Art von Gefallen?« fragte die harte, männliche Stimme.
Der Mann aus dem Westend griff mit einer flüssigen Bewegung der freien Hand zu einem halb gefüllten Glas Whisky, nahm einen kleinen Schluck und antwortete: »Ich erbitte Befreiung.«
»Wer, wann, wo, durch wen?«
»Der, den wir Nero nennen, heute abend, auf der Insel des alten Rheines, lass es die bewährte Kraft ausführen«.
»Einzelheiten wie immer?«
»Der Bote hat es am gewohnten Ort hinterlegt. Vor wenigen Minuten. Gehe hin, finde, und zerstöre den Fund«.
»Ist so gut wie erledigt.« Der Angerufene trennte die Verbindung.
Der Weißhaarige legte das Handy zur Seite, trank den Rest Whisky in einem Zug und blickte durch die hohen Fenster auf die Bockenheimer Landstraße. Die Wolken verzogen sich immer mehr.
Während der Mann stehen blieb und durch die sauberen Scheiben eine Frau beobachtete, die vor dem Zaun einen kleinen Jungen ausschimpfte, meldete sich über die altmodische Gegensprechanlage seine Sekretärin. Sie nannte seinen Titel und seinen Namen und fügte hinzu: »Ich darf Sie an ihren Termin um 14 Uhr erinnern. Es ist jetzt 13.30 Uhr, Ihr Wagen fährt in dieser Minute vor, Sie werden pünktlich in der Tennishalle sein«.
»Danke Elvira, meine Sportkleidung liegt bereit?«
»Selbstverständlich, Herr Professor.«
»Was würde ich nur ohne Sie machen, Elvira?«, sagte der Mann und meinte es von Herzen ehrlich.
Als er wieder aus dem Fenster sah, waren Frau und Kind ver-

schwunden und das Tor im Zaun glitt auf. Sein Chauffeur lenkte den Rover in die Einfahrt.
Der Weißhaarige lächelte still in sich hinein, weil ihm das Klischee wieder einfiel, das er darstellte.
Doch genug amüsiert - jetzt musste er sich beeilen, um seinen Tennispartner zu treffen. Der Polizeipräsident hasste es, zu warten.

5
Worms
August, Donnerstag, später Nachmittag

Sie lungerten seit knapp einer Stunde hinter dem italienischen Eiscafé am neugestalteten Marktplatz herum und belästigten Passanten. Die drei jungen Männer und das Mädchen pöbelten dabei gezielt Gleichaltrige an. Meist blieb es bei verbalen Unflätigkeiten. Hin und wieder aber berührten sie ihre ›Opfer‹, allerdings ohne dass diese Handgreiflichkeiten zu Schlägereien geworden wären. Es hatte den Anschein, als wollten die Vier zwar Aufmerksamkeit erheischen, dass sie vor offensichtlicher Gewalt aber zurückschreckten.
Fischer beobachtete sie von einem Tisch aus, der vor dem kleinen Hotel Hüttl, auf der anderen Seite der Petersstraße stand. Wenige hundert Meter weiter links, Richtung Rhein, lag das Nibelungenmuseum, aber daran zu denken verkniff sich Fischer. Der Privatdetektiv trank bereits sein drittes Bier, wobei er jedesmal nach dem Erhalt eines Glases bezahlt hatte, um jederzeit aufbrechen zu können.
Auf dem großen, neuerdings mausgrau gepflasterten Marktplatz, zwischen dem Wormser Rathaus auf der linken, dem Eiscafé auf der rechten Seite und der Seitenfront der Dreifaltigkeitskirche flanierten viele Menschen. Auch an den Tischen links vom Eiscafé saßen Verzehrer der mediterranen Süßspeise in Kompaniestärke. Allerdings vermochte der Auftrieb an vergnügungssüchtigen Bürgern nicht darüber hinwegzutäuschen, dass es für die Jahreszeit zu kühl war.

Ein sicheres Indiz dafür war, dass Fischers Lederjacke nicht negativ auffiel. Im Gegenteil. Es wurden etliche Teenager naserümpfend beäugt, die todesmutig in bein- und bauchfreier Kleidung den Temperaturen trotzten, weil sie nicht einsehen wollten, dass der späte Sommer nicht das hielt, was er per Definition versprochen hatte.
Fischer starrte weiter durch die wandelnden Menschengruppen auf dem Marktplatz hindurch auf die vier Jugendlichen und versuchte besonders das junge Mädchen im Auge zu behalten.
Ein Auftrag! Eine simple Observation, nichts Dramatisches! Fischer zweifelte allerdings stark daran, dem gewachsen zu sein. Spätestens seit gestern abend war der Pegel seines ohnehin ramponierten Selbstvertrauens seinen Beruf betreffend, gegen Null gesunken.
Ein morgendliches Telefongespräch mit Harald Lorenz hatte die Beendigung der Beschattung von dessen Gattin zur Folge. Die Rechnung für bisher geleistete Dienste würde er in den nächsten Tagen nicht ohne schlechtes Gewissen nach Guntersblum schicken. Jetzt aber wollte er sich wenigstens auf jenes junge Mädchen konzentrieren, dessen Kumpane gerade mit einem großen Stein herum hantierten, der wohl von der Straßenbaustelle Neumarkt-Marktplatz übrig geblieben war und an der Wand der Dreifaltigkeitskirche gelehnt hatte. Das größte der drei männlichen Gruppenmitglieder hob den Stein mit beiden Händen in Höhe seines Bauches und wuchtete ihn anschließend mit martialischem Gestöhne und Geröchel über seinen Kopf. Er stand dabei direkt vor dem Schaukasten der evangelischen Gemeinde.
Eine Dame, die Fischer von seinem Standort aus als ›spätes Mittelalter‹ klassifizierte, blieb bei den Jugendlichen stehen und begann auf sie einzureden, während der Steinheber keine Anstalten machte, sich seiner Last zu entledigen. Weitere Passanten gesellten sich zu der Dame, unter anderem eine Gestalt, die das Ganze offensichtlich mit einer Videokamera aufnahm.
Fischer sah sich genötigt, den Rest des Inhaltes seines dritten Glases in wenigen Schlucken hinunter zu schütten. Dann stand er auf, überquerte die an dieser Stelle schmale Petersstraße und ging rasch auf die größer werdende Menschenansammlung zwischen Eiscafé und

Dreifaltigkeitskirche zu.
Der junge Mann mit dem Stein schwankte jetzt leicht und sein Gesicht überzog sich mit einem ungesunden Rotton. Die anderen beiden Jungs und das Mädchen feuerten ihn an, auszuhalten.
Während er näher kam, bemerkte Fischer zweierlei: Erstens, dass es sich bei der Gestalt mit der Videokamera um eine blonde Frau handelte und zweitens, dass die herbeigeströmten Spaziergänger kaum Abstand zwischen sich und dem Steinakrobaten ließen. Die mittelalterliche Dame schimpfte gerade, wie unvernünftig es sei, was der Bengel hier täte und ein kleiner Mann mit einem Eis in der Hand sprach davon, dass es so etwas in seiner Jugend nicht gegeben hätte. Fischer war schon dankbar, dass keiner ein Arbeitslager für Jugendliche forderte, als zwei uniformierte Polizisten von rechts um die Ecke der Dreifaltigkeitskirche bogen. Bei den Beamten handelte es sich um einen jungen Mann und eine ebenso junge Frau. Sie kamen so um die Ecke, dass der Steinheber sie nicht sehen konnte.
Dessen Kumpane aber sahen sie sofort. »He, die Bullen«, rief der größere von ihnen, während Fischers neues ›Objekt‹ aufkreischte. Alle drei versuchten nach rückwärts zu entkommen, aber sie waren von den Schaulustigen inzwischen derart eingekeilt, dass ein geordneter Rückzug unmöglich wurde.
Gleichzeitig wankte der junge Mann mit dem Stein sehr deutlich. Die Farbe seines Gesichtes würde der Volksmund nun als ›krebsrot‹ bezeichnen. Das anwesende Volk schien endlich einzusehen, dass es weniger gefährlich war, wenn es einen Sicherheitsabstand zwischen sich und dem jugendlichen Herkules ließ und drängte sowohl rückwärts als zur Seite. Ein Mann rempelte dabei die blonde Frau mit der Videokamera an, die ihm prompt den Mittelfinger ihrer freien Hand hinhielt, was dieser aber nicht mehr sah, weil er jetzt Fischer anrempelte.
Der Privatdetektiv reagierte nicht auf den flüchtenden Bürger, warf der Kamerafrau einen kurzen Blick zu, entschied, dass sie ihm gefiel, konzentrierte sich aber gleich wieder auf die Szene, die sich an der Wand der Dreifaltigkeitskirche vor dem Schaukasten abspielte. Der männliche Polizist hatte sich inzwischen unmittelbar neben den

jungen Mann mit dem Stein geschoben.
»Was wird denn das, wenn's fertig ist?« fragte er in gemäßigtem Wormser Dialekt.
Seine Kollegin warf ein paar Obrigkeitsblicke in die Runde und scheuchte mit barschen Handbewegungen die Menge noch weiter auseinander.
Die Arme des jungen Mannes zitterten. Zusammen mit den schwankenden Bewegungen seines übrigen Körpers und dem hochroten Gesicht gab er ein äußerst groteskes Bild ab. Vor ihm waren jetzt etwa eineinhalb Meter Platz. Das war noch nicht genug Abstand, fand Fischer und schob zwei Schichten Volk auseinander.
Nun stand er vor dem Schwankenden.
»Hey, der is' ja rot wie 'ne Ampel«, ließ sich jemand vernehmen.
Eine andere Stimme tönte: »Warum läßt er ihn nicht einfach fallen?« Der Urheber dieses Satzes befand sich direkt neben dem Privatdetektiv.
Fischer dachte: ›Weil er dich dann treffen würde, du Idiot!‹
Die Dauer der gesamten Szene war kürzer als es den Anschein hatte; vom Heben des Steines bis zu diesem Zeitpunkt war weniger als eine Minute vergangen.
Der Polizist streckte seine Hand aus, wohl um einen Arm des Jungen zu erwischen.
Fischer sah in das rote Gesicht, das starr nach vorn gerichtet war, nur die Augen rollten jetzt in die Richtung des Polizisten, wobei das Weiß sehr wirkungsvoll mit der Teintfarbe kontrastierte. Die Kamera der Videofrau würde ihre liebe Not mit dieser Farbexplosion haben.
›Scheiße, tatsächlich die Bullen‹, schien der Blick des Jungen zu signalisieren.
Jetzt würde er jeden Augenblick umkippen! Nicht nach hinten, da stand ja der Schaukasten, nein, er würde nach vorn fallen, und dabei würde er den Stein loslassen. Um nicht selbst getroffen zu werden, würde er ihn im Reflex von sich stoßen, nach vorn, dort wo die Leute standen ... dorthin wo Fischer stand.
Der versuchte blitzschnell das Gewicht des Steines einzuschätzen.

Da der Bursche den Stein schon seit einer knappen Minute so hielt, konnte der nicht so schwer sein, wie er wirkte. Gut, den jugendlichen Helden verließen zwar die Kräfte, aber ein ausgeruhter Mann dürfte sich nicht allzu schwer damit tun, ihn abzufangen.
Der männliche Polizist griff tatsächlich an den Oberarm des Jungen in Höhe des Ellbogens.
Die Polizistin versuchte vor Fischer an dem Jungen vorbei auf dessen andere Seite zu kommen. Sie trug ihr langes, flachsblondes Haar unter der Schirmmütze zu einem steifen Zopf geflochten, der hinter ihr her wippte und zur Seite hin ausschlug, dabei peitschte er gegen Fischers Kinn.
Die Hand des Polizisten rutschte vom Ellbogen des Jungen ab nach unten, zur Schulter hin.
Dem Steinheber sackten die Knie weg, sein Gesicht verzerrte sich in einer letzten Anstrengung, seine Unterarme ruckten gemeinsam mit dem Oberkörper nach vorn, der Polizist ließ ihn los und dessen Kollegin war nicht rechtzeitig genug auf der anderen Seite, um zugreifen zu können.
Jemand kreischte hysterisch und es klang wieder wie die Stimme des Mädchens, das der Detektiv observieren sollte. Es schrien gleich darauf noch ein paar andere, aber das Mädchen war eindeutig heraus zu hören.
Fischer griff mit beiden Händen zu. Er erwischte den sehr breiten Stein mehr in der Mitte, denn der junge Mann hatte ihn an den Ecken gehalten. Fischers Fingernägel schrammten beim Zugreifen über die Kante. Der junge Mann fiel gegen Fischer, der versuchte den Stein festzuhalten. Das Ding war tatsächlich viel leichter, als es ausgesehen hatte. Dennoch musste es anstrengend sein, ihn eine Minute hoch in der Luft zu halten.
Jetzt ging das sowieso nicht mehr, denn der Privatdetektiv fiel nach hinten über, schrammte gegen die Knie von zwei schaulustigen Frauen, die quietschend zurück wichen und landete dann auf dem grauen Pflaster des Marktplatzes. Der junge Mann begrub ihn unter sich, während der Stein mit einem seltsam dumpfen Geräusch auf dessen Rücken prallte.

Fischer spürte den plötzlichen Druck wie den Schlag mit einem Baseballschläger auf seinen Bauch durch mehrere Wolldecken hindurch. Der Rücken des jungen Mannes hatte diese schützende Wolldecke nicht. Er war die Wolldecke. Er stöhnte. Sein Kopf lag auf Fischers linker Schulter.

Die Polizisten waren jetzt sehr schnell. Während der Beamte den Stein vom Rücken des Jungen hob, telefonierte die Beamtin mit dem Handy.

Von allen Seiten reckten sich helfende Hände. Die dazu gehörigen Gesichter nahm Fischer erst mit Zeitverzögerung war. Nur ein Gesicht war verdeckt. Und die Hände dieser Person streckten sich nicht in seine Richtung. Sie blieben an der Videokamera, als wären sie dort festgeklebt.

6
Kühkopf
August, Donnerstag, früher Abend

Alfons Kaiser liebte diese Landschaft. Er war viermal im Jahr hier, zu jeder Jahreszeit einmal. Er wanderte dann stundenlang an den Altrheinarmen entlang. Für den Kühkopf war immer die richtige Zeit. An Rinnsalen entlang oder über endlose Wiesen und durch den dschungelähnlichen Wasserwald streifte Kaiser über schnurgerade Wege. Man konnte fast den Eindruck bekommen, hier sei nicht mehr irgend ein Teil Deutschlands, sondern ein neuer Kontinent, der erst seit kurzem besiedelt worden war, denn außer den Wegen deutete nicht viel auf eine Zivilisierung des Geländes hin. Eine Welt von geradezu unwirklicher Friedlichkeit, trotz gelegentlicher Touristenströme, die in der Weitläufigkeit der Insel nicht weiter störten.
Heute zum Beispiel schienen kaum andere Menschen hier zu sein, obwohl dies ein Spätsommertag war. Nun, zunächst mal lag dieser Tag in der Wochenmitte, da fuhr man von den umliegenden größeren Städten aus nicht gern so weit zu einem abendlichen Spaziergang. Für die Naherholung gab es Park- und Waldgelände unmittelbar bei Mainz, Worms oder Darmstadt. Und zum zweiten war es zu kühl für August. Gestern Nacht hatte es hier noch geregnet und heute Morgen auch in Frankfurt, von wo aus Alfons Kaiser am frühen Nachmittag gestartet war. Sein Aufenthalt war diesmal nicht freiwil-

lig. Man hatte ihn herbestellt.
Etwas mulmig war ihm schon, obwohl es solche Treffen öfter gab, wenn auch nicht ausgerechnet im Naturschutzgebiet Kühkopf. Wollte man ihm einen Gefallen tun? Woher wussten die eigentlich, dass er privat ein Liebhaber dieses einzigartigen Landstriches war?
Die Wolken standen relativ hoch und mit einem Regenguss war in absehbarer Zeit wohl nicht zu rechnen. Trotzdem war Kaiser froh, dass er seinen beigen Übergangsmantel trug, dessen breiter Kragen ihm im Falle des Falles gute Dienste leisten könnte.
Er sah auf seine Taschenuhr. Ein Erbstück aus dem Nachlass seines Großvaters. Fast 19 Uhr. Allmählich konnte er sich darauf konzentrieren, den Treffpunkt anzusteuern. Dort, bei der Domäne Guntershausen hinter der Brücke nach Stockstadt, hatte er seinen Wagen geparkt. Links von ihm hinter einem schmalen Wasserarm lag das Waldgebiet ›Hoher Wegschlag‹, rechts breitete sich ein riesiges Wiesengelände aus.
Den ganzen Nachmittag über, während seiner bedächtigen Wanderung auf der Insel, hatte er über Sinn und Zweck des heutigen Treffens nachgedacht. Man würde doch hoffentlich nicht davon ausgehen, dass er bereit war seine Richtung zu ändern? Nein, so naiv konnten die nicht sein. Wenn ein Alfons Kaiser sich einmal eine Meinung gebildet und sich für eine Strategie entschieden hatte, dann blieb es auch dabei. Das wusste man in seiner Branche, das hatte ihm zum Erfolg verholfen und seinen Ruf mitbegründet.
Er blieb an der nächsten Abzweigung stehen. Hier endete der Wasserarm, hier endete auch der Wald. Der nach links abzweigende Weg führte zum Gasthaus und der Försterei am Kühkopf und weiter Richtung Kühkopfbrücke beim Goddelau-Erfeldener Ortsteil Erfelden. Dort waren noch am ehesten größere Menschenansammlungen zu erwarten.
Warum beschlich ihn das Gefühl, dass es ihm gut täte, die Nähe anderer Menschen zu suchen, wo er doch sonst die Einsamkeit hier so schätzte?
Kaiser sah geradeaus zu den Häusern der Domäne Guntershausen hin. Auch dort müssten sich um diese Zeit Menschen aufhalten, die

ihren Feierabend in der Natur verbringen wollten.
Es beunruhigte ihn, dass ihn diese Gewissheit nicht zu trösten vermochte. Er hatte nicht oft Vorahnungen, belachte sie bei anderen und bezeichnete sie als ›Spökenkiekerei‹. Kaiser war ein gebürtiger Nordfriese, daher stammte sein Hang zu der flachen Wasser-, Wiesen- und Moorlandschaft des Kühkopfs. Seine Großmutter mütterlicherseits hatte in seinem Geburtsort als Kräuterweib und Seherin gegolten und von ihr hatte er wahrscheinlich die Fähigkeit zu gelegentlich auftretenden Ahnungen, die sich meist als zutreffend erwiesen hatten. Das kam, wie gesagt, nicht häufig vor und der Geschäftsmann in ihm wehrte sich standhaft dagegen, aber nichtsdestotrotz war einiges davon wahr geworden, so wie der tödliche Autounfall seiner Frau im Jahre 1995. Sie hatte unbedingt noch spät abends von Frankfurt aus nach Wiesbaden zu einer Freundin fahren wollen. Und auch da hatte ihn eine Vorahnung übermannt. »Fahr nicht«, hatte er gesagt, »es wird etwas passieren.« Gut, dem Wunsch seiner Frau, das gemeinsame Haus im Westend zu verlassen, war ein Streit der Eheleute vorausgegangen, und natürlich hatte seine Frau geglaubt, er wolle nicht, dass sie ihrer Freundin den Grund ihres Streites brühwarm erzählte. Deshalb lachte sie ihn mit seiner Warnung aus und fuhr ins Verderben. In der Nähe des Rhein-Main Flughafens drängte sie ein niederländischer Blumentransporter auf der Rückfahrt nach Amsterdam von der Autobahn. Als Alfons Kaiser die Todesnachricht erhielt, waren seine ersten Worte nicht etwa: »Ich hab's geahnt«, er sagte: »Ich hab's gewußt!« Warum er das so gesagt hatte, entzog sich allerdings bis auf den heutigen Tag seiner Kenntnis.
Langsamen Schrittes näherte er sich, nun nur noch von Wiesen umgeben, der Domäne Guntershausen. Es war noch Zeit, er musste sich nicht sonderlich beeilen. In unmittelbarer Nähe der wenigen Wohnhäuser der Domäne sah er zwar einige Leute und zwischen ihnen und dem Lokal tauchten auch ein paar Spaziergänger auf, aber Kaiser hatte mit mehr Naturfreunden gerechnet. Wäre nicht das Grün der Bäume gewesen, hätte sich die gleiche Stimmung ausbreiten können wie sie Kaiser befiel, wenn er den Kühkopf im November besuchte. Täuschte er sich oder begann Nebel aus den Wiesen zu steigen? Das

würde zum Naturschutzgebiet, aber auch zu seiner eigenen Stimmung passen. Alfons Kaiser hatte ein Gefühl für Stimmungen. Auch das hatte ihm im Beruf oft weitergeholfen. Die Fernsehfilme aus seiner Produktion zeichneten sich häufig durch eine genaue Beschreibung von Landschaften und der in ihnen lebenden Menschen aus. Die Atmosphäre in Kaisers Fernsehfilmen stimmte fast immer, wozu die Verwendung von Wettersituationen aller Arten gehörte. Nebel über Wiesen war ein Mittel für düstere, tragische Stoffe, unter anderem für Krimis.

Als er an dem Lokal der Domäne Guntershausen vorbei und anschließend über die Brücke zum Parkplatz ging, war aus dem Gefühl, dass es zu nebeln begann, Gewissheit geworden. Milchig zog der Dunst über die Grashalme und die Sträucher, wickelte sich um die schmalen Stämme der Bäume, kräuselte sich über dem brackigen Wasserarm und wurde allmählich immer dichter.

Kaiser suchte mit den Augen den Parkplatz ab. Außer seinem weißen Volvo standen nur drei weitere Wagen dort, ein silberner Porsche, ein blauer BMW und ein schwarzer Mercedes. Der Wagen, auf den er wartete, war nicht dabei.

Er blickte auf die Uhr. Er war fünf Minuten zu früh. Es begann leicht zu nieseln, und da entschloss sich Alfons Kaiser in seinen Wagen zu steigen und der Dinge zu harren, die geschehen würden. Pünktlich waren seine Partner bisher immer gewesen.

7
Worms
August, Donnerstag, Abend

Die blonde Videofilmerin hieß Annerose Neuwirth, war Filialleiterin eines Drogeriemarktes in Worms und in Fischers Einschätzung die attraktivste weibliche Erscheinung, die ihm seit langem unter die Augen gekommen war. Das Faszinierendste an ihr aber war die Tatsache, dass sie sich offensichtlich für ihn zu interessieren schien. Fischer musste überlegen, wann ihn das letzte Mal eine fremde Frau so offen beflirtet hatte. Annerose Neuwirths Fähigkeit, ihn sich als Objekt der Begierde fühlen zu lassen, ging so weit, dass er die quälenden Schmerzen in seinem Rücken zeitweilig vergessen konnte.

»Das hätte jeder andere auch getan«, versuchte er gerade eines ihrer Komplimente abzuschwächen, das nun schon zum wiederholten Male aus ihrem blassrot geschminkten Mund kam.

»Aber keiner, der es hätte tun können, hat es getan. Nur Sie!«

»Ich hatte mich schon lange genug auf die Szenerie konzentriert«, sagte Fischer. Annerose Neuwirth blickte das Mädchen an, das mit ihnen am Tisch im ›Time Café‹ am Lutherplatz saß, sprach aber weiter mit Fischer: »Sie waren also hinter ihr her?«

Der Privatdetektiv lächelte flüchtig: »›Hinter ihr hersein‹ klingt unanständig. Aber es stimmt, ich habe sie beobachtet.«

Das Mädchen bedachte die beiden Erwachsenen mit gesenktem

Kopf und einem huschenden Blick von unten herauf, aus trotzigen Augen. »Sie reden so, als wäre ich nicht da. Das ist unhöflich.«
»Stimmt, entschuldigen Sie, Simone«, sagte Fischer zu der Fünfzehnjährigen, »ich hoffe nur, dass Sie sich nicht gleich bei ihrem Vater beschweren, wenn er Sie abholen kommt.«
»Warum mussten Sie ihn denn überhaupt anrufen?« beschwerte sich das Mädchen.
Annerose Neuwirth wandte sich der Halbwüchsigen direkt zu, nachdem sie einen Schluck von ihrem Milchkaffee genommen hatte. »Ich glaube, Herr Fischer und Ihr Vater meinen es gut mit Ihnen.«
Simone Maier fauchte die Drogeriepächterin an: »Woher wollen Sie das denn wissen? Sie kennen den Schnüffler erst seit eben und meinen Vater kennen Sie überhaupt nicht.« Damit wandte sie sich wieder an Fischer: »Rufen Sie noch mal im Krankenhaus an?«
»Innerhalb der letzten drei Minuten wird sich der Zustand ihres Freundes nicht wesentlich verändert haben.«
»Er ist nicht mein Freund. Mein Freund ist Herbert.«
Fischer seufzte; Simone verwechselte die Begriffe etwas. Natürlich waren die drei Jungs, mit denen sie am Marktplatz Unfug veranstaltet hatte, ihre Freunde. Alle drei, nicht nur der, den sie Herbert nannte und der sich als erster verzogen hatte, nachdem die Polizei mit ihnen fertig war. Aber offenbar war sie nur mit Herbert intim gewesen. Kevin, der Junge mit dem Stein, war ins Stadtkrankenhaus transportiert worden, wo man sich seinen Rücken genauer ansehen wollte. Die Notärztin hatte Ähnliches mit Fischer vorgehabt, aber der hatte sich mit der Bemerkung geweigert, dass er nur den Druck, nicht den Stein selbst abbekommen habe und absolut schmerzfrei sei.
Das war allerdings gelogen!
Nun, wenn er auch morgen früh Schmerzen haben sollte, konnte er immer noch seinen Hausarzt aufsuchen. So schlimm konnte es nicht sein. Er hatte vor, den Verweichlichungstendenzen entgegen zu wirken, die er seit einiger Zeit an sich beobachtet hatte.
»Innerhalb von drei Minuten kann jemand tot sein«, protestierte Simone gegen Fischers Beschwichtigungsversuch.

Annerose Neuwirth nickte etwas spöttisch dazu.
»Der junge Mann schwebt nicht in Lebensgefahr, das hat die Notärztin gleich gesagt«, wandte Fischer ein, »und eben hat mir das die Stationsschwester noch mal bestätigt, »also wappnen Sie sich mit Geduld.« Simone sah ihn an, als habe er einen längst vergessenen chinesischen Regionaldialekt benutzt. Annersose Neuwirth übersetzte mit einem Lächeln, das an ein Grinsen grenzte: »Er meint, Sie sollten einfach abwarten.«
Fischer blickte beide Frauen etwas irritiert an, dann fügte er hinzu: »Vielleicht fährt ihr Vater ja mit Ihnen am Krankenhaus vorbei, wenn Sie ihm versprechen, sich Ihre Freunde in Zukunft kritischer auszuwählen.«
Simones Gesichtsausdruck entbehrte jeglichem jugendlichen Liebreiz, als sie antwortete: »Sie quatschen genau so wie mein Alter. Schieben Sie sich ihre Ratschläge in den Arsch.«
Annerose Neuwirth wandte sich rasch ab. Sie konnte Simone gegenüber ihren Heiterkeitsausbruch gerade noch verbergen. Fischer bekam ihn mit.
Eine Weile herrschte Funkstille zwischen den drei Personen an dem kleinen Tisch im gut gefüllten ›Time-Café‹. Simone saß jetzt, ihr Colaglas mit beiden Händen umkrampft, den beiden anderen abgewandt und starrte Richtung Ausgang, während Fischer sie beobachtete. Hoffentlich rannte das Mädchen nicht weg, bevor der Vater hier war. Weitere Komplikationen konnte Fischer nicht gebrauchen. Er trank einen Schluck Bier und sah aus den Augenwinkeln, dass sich Annerose Neuwirth an ihrer Videokamera zu schaffen machte. Die würde doch jetzt nicht auf die Idee kommen zu filmen? Wenn ja, würde sich das Mädchen sicherlich postwendend aus dem Staube machen. Aber die Drogistin wechselte nur die Kassette und legte die Kamera zurück in die Tragetasche.
Nach geschätzten zwei Minuten des Schweigens zog Fischer sein Handy aus der Tasche seiner Lederjacke und tippte die Nummer des Stadtkrankenhauses ein. Er bekam die Stationsschwester sofort.
»Entschuldigung, Fischer nochmal, es geht um Ihren Neuzugang Kevin Herold ..., der mit dem Stein vom Marktplatz, gibt's da schon

was Neues?«
Simone war auf ihrem Stuhl herumgewirbelt, als sie mitbekam, wen der Privatdetektiv da anrief ... fast ließ sie das Colaglas fallen.
Die Stationsschwester klang halb spröde, halb belustigt bei ihrer Antwort: »Sie sind kein Verwandter, Herr Fischer, stimmt's?«
»Davor möge mich der Himmel behüten, Oberschwester, aber immerhin war ich beteiligt an dem ...«, er machte eine kleine Pause, ... an dem Unfall, und da interessiert es mich schon, was aus dem Jungen wird.«
»Schon, aber ich werde Ihnen nicht in Zukunft alle fünf Minuten einen Zustandsbericht geben können. Erstens darf ich das gar nicht und zweitens haben wir hier alle Hände voll zu tun, um so verantwortungsvollen Bürgern wie Ihrem Kevin das Leben zu retten.«
»Ich verstehe Sie nur zu gut, Oberschwester, aber ...«
Seine Gesprächspartnerin unterbrach ihn. Sie klang jetzt milde. »Es geht ihm gut. Er schwebt nicht in Lebensgefahr, wie ich Ihnen schon vor ein paar Minuten gesagt habe, er ist geröntgt worden, wird im Augenblick genauer untersucht und wenn Sie sich morgen Vormittag persönlich herbei bemühen wollen, kann Ihnen der behandelnde Arzt Genaueres sagen. Falls er es mit seiner Schweigepflicht vereinbaren kann.«
»Danke, Oberschwester!«
»Sie sind Privatdetektiv, stimmt's?«
»In der Tat.«
Die Neugier in der Stimme der Stationsschwester mischte sich mit leisem Spott, der Fischer in ähnlicher Form auch bei Annerose Neuwirth aufgefallen war. »Muss ich mir das vorstellen wie im Fernseh'n? Einsam, saufend, mittellos, und dennoch immer der Sieger?«
»Lassen Sie den letzten Punkt weg, dann kommt's in etwa hin.«
»Oooh, eine Runde Mitleid gefällig?«
»Nicht nötig, ich wechsele den Beruf in Kürze.«
»Hm, was wollen Sie machen?«
»Ich studiere Medizin auf dem zweiten Bildungsweg und werde bei Ihnen Stationsarzt.«
Die Schwester lachte: »Gute Idee, da müssen Sie sich nicht mal um-

stellen. Zumindest was das Saufen und die Mittellosigkeit betrifft. Melden Sie sich morgen bei mir. Gute Nacht, Herr Fischer.« Damit beendete sie das Gespräch.
Der Privatdetektiv klärte das Mädchen und die Videofilmerin kurz über das auf, was er erfahren hatte, was Simone natürlich nicht ausreichte, aber ihre Miene hatte sich insgesamt aufgehellt.
Während sie sich auf dem Stuhl wieder ihren beiden Tischnachbarn zuwandte, öffnete sich die Tür des Lokals und ein dünner Mann in den Vierzigern betrat das ›Time-Café‹: ihr Vater. Der Architekt aus Bensheim machte keine großen Worte, bedankte sich bei Fischer für die Überwachung und die prompte Benachrichtigung, bat ihn um Zusendung der Rechnung und nahm seine Tochter bei der Hand. Der Zugriff entbehrte zwar nicht einer gewissen Zärtlichkeit, dennoch sah es beim Verlassen des Lokals so aus, als würde er sie abführen. Simone drehte sich an der Tür noch einmal kurz um, sagte aber nichts, winkte auch nicht, aber in ihrem Blick lag so etwas wie Dankbarkeit. Jedenfalls interpretierte Fischer das so.
Jetzt waren sie allein. Der Detektiv und die Drogistin. Zunächst sagte keiner etwas, beide sahen in verschiedene Richtungen. Dann suchten beide Augenpaare einen festen Punkt und so trafen sich ihre Blicke schließlich über den Tisch hinweg zwischen Bierglas und Kaffeetasse.
Obwohl sie nun schon seit knapp zwei Stunden ununterbrochen zusammen waren und trotz vorangegangenem Flirtton, sah Fischer die Frau zum ersten Mal bewusst an. Außer ihrer Blondheit, dem oft ironisch verzogenen Mund und ihrer Bereitschaft zu anzüglichen Reden war ihm noch nichts an ihr auch nur annähernd vertraut. Eine fremde attraktive Frau, die offen Interesse für ihn bekundete und ihn seine Rückenschmerzen vergessen ließ. Eine Art Glücksfall eigentlich. Ihr Haar fiel weit über die Schultern, die grünen Augen glitzerten unternehmungslustig und der Busen unter dem Jeanshemd suggerierte Straffheit. Fischer jedenfalls hielt das, was er sah, für echt und klammerte das mögliche Vorhandensein eines Push-up-BH's kategorisch aus.
»Ist der Fall für Sie damit abgeschlossen?«, fragte Annerose Neu-

wirth in seine Bestandsaufnahme ihres Äußeren hinein.
»Ja, der zweite innerhalb von vierundzwanzig Stunden, der schneller zuende ging als gedacht.«
Während er das sagte und während er feststellte, dass Annerose Neuwirths Nase an der Spitze leicht nach oben gebogen war, wurde dieses wirkliche Gesicht plötzlich von einem anderen Frauengesicht überlagert. Frau Lorenz, obwohl körperlich nicht anwesend, schob sich wie eine Maske vor Frau Neuwirth. Für einen Augenblick deckte dieses imaginäre Gesicht das reale zu, als wolle es sich in Erinnerung bringen, ehe Fischer an Annerose Neuwirth zu großen Gefallen finden konnte.
»Sind Sie jetzt arbeitslos?«
Frau Lorenz' Gesicht flackerte wie ein Fernsehbild, das über ein anderes eingeblendet worden war, wobei sich das erste allmählich wieder durchzusetzen schien. Aber noch war das zweite Bild da und kämpfte darum, die Oberhand zu gewinnen. Frau Neuwirths Gesicht besaß allerdings den Vorteil, zu einer am Ort vorhandenen Person zu gehören, die nicht nur wenige Zentimeter von Fischer entfernt saß, sondern die auch in der Lage war, direkt mit ihm zu kommunizieren.
»Sehen Sie mich jetzt an, oder sehen Sie durch mich hindurch?«, fragte die reale Frau.
Fischers Stimme war belegt, als er sagte: »Entschuldigung, ich bin wohl etwas abwesend.« Frau Lorenz verschwand in einem Blitzschwall.
Fischer konzentrierte sich auf die grünen Augen. Annerose Neuwirth war schön. Ja, nicht nur hübsch, richtig schön. Gerade im Augenblick, wo sich der spöttische Zug um ihren Mund verflüchtigt hatte und sie ihn ernsthaft und mit einer Spur von Mitgefühl ansah.
»Sie haben mich noch gar nicht gefragt, warum ich am Marktplatz gefilmt habe«, sagte sie unvermittelt. Es war eine Feststellung, hinter der ein Vorwurf steckte, der da lauten konnte: ›Du interessierst dich nicht für mich‹.
Fischer räusperte sich, um seine Stimme für eine Antwort klar zu machen, nur fiel ihm nichts ein.
»Wollen Sie wissen, warum ich gefilmt habe? Und vor allem was,

oder wen?« Sie ließ nicht locker. Tatsächlich hatte er sich diese Frage schon wiederholt gestellt, zusammen mit der, warum sie sich ihm und dem Mädchen nach dem Unfall angeschlossen hatte. Sicher, sie war eine Zeugin des Vorfalls gewesen und hatte der Polizei auch angeboten, ihr bei Bedarf das gefilmte Material zur Verfügung zu stellen. Aber nachdem der Verwundete abtransportiert und die Zeugenaussagen aufgenommen worden waren, hatte keine Notwendigkeit für Annerose Neuwirth bestanden, mit Fischer und Simone hier ins Lokal zu ziehen.

»Äh, selbstverständlich möchte ich das wissen«, sagte er lahm.

»Ja, ja, sie bersten vor Neugier!« Da war er wieder, der spöttische Zug um ihren Mund.

Fischer schüttelte die Gedanken an Frau Lorenz endgültig ab. Vorläufig endgültig!

»Nun«, sagte er und erinnerte sich daran, dass Frau Neuwirth gern mit humoristischem Grundton flirtete, »ich gehe davon aus, dass sich mein Ruf als Wormser Galamischung aus Sherlock Holmes, James Bond und Don Juan herumgesprochen hat, und Sie sich ein konkretes Bild von mir machen wollten.«

»Stimmt auffallend«, sie ging sofort auf ihn ein, »ich habe mir in meinen schlaflosen Nächten ausgemalt, wie diese Mischung aussehen würde. Ein Mann mit karierter Mütze, Lupe, Pfeife, Kniebundhosen und Degen, der mit einem geschüttelten, nicht gerührten Martini vorm Rouletttisch steht und Nusspralinen isst, die in goldenes Papier eingewickelt sind.«

Fischer musste grinsen.

Annerose Neuwirth machte weiter: »Sie können sich gar nicht vorstellen, wie enttäuscht ich war, dass Sie mehr aussehen wie Marlon Brando in ›Der Wilde‹.« Dabei ließ sie ihren Blick, gespielt provozierend über seine Lederjacke gleiten.

»Lieber der junge Marlon Brando in ›Der Wilde‹«, sagte Fischer, »als der alte Brando in ›Der Pate‹.«

»Wenn Sie's schon sagen, die Wangen kommen eher in die Richtung Pate.« Fischer grinste zwar immer noch, aber er stellte sich gerade den großen Schauspieler vor, wie er den Paten gespielt hatte, mit

Watte im Mund, um die Hamsterbacken des Mafioso hinzubekommen. War da nicht tatsächlich eine leichte Ähnlichkeit mit seinen Wangen, nur ohne Watte? Der alte Fischer in den Klamotten des jungen? Die Vorstellung gefiel ihm nicht. Hier ging der Humor ausschließlich auf seine Kosten. Es wurde Zeit, das Thema zu wechseln. Also begann er: »Schön, warum haben Sie heute auf dem Marktplatz wirklich gefilmt?«
Ganz langsam lehnte sich Annerose Neuwirth in ihrem Stuhl zurück. Wieder wurde sie ernst, wieder empfand Fischer sie als klassische Schönheit.
»Ich mache zusammen mit ein paar Freundinnen eine Art Stadtportrait von Worms. Jede hat ein bestimmtes Thema. Eine nimmt sich die kulturellen Einrichtungen der Vororte vor, eine filmt die Sportstätten, eine andere Kirchen und Friedhöfe. Und ich kümmere mich um den Marktplatz.«
»Aha!«
»Nichts Spektakuläres. Es ist eine Art Langzeitstudie. Ich habe zum Beispiel schon angefangen, lange bevor der Marktplatz umgebaut worden ist. Markttreiben, Backfischfesteröffnungen, Eisbahn und so weiter. Irgendwann schneiden wir das Ganze auf drei Stunden zusammen und senden es als Kurzserie im Offenen Kanal. Aus Spaß an der Freude. Worms aus weiblicher Sicht.«
»Das ist alles?«
»Ja, Holmes, Bond und Don Juan waren gelogen. Sorry!«
Fischer trank sein Bierglas leer, winkte der Kellnerin und fragte Annerose Neuwirth: »Haben Sie noch Durst? Ich geb' Ihnen einen Kaffee aus.«
»Danke, aber ich hätte gern ein Bier, wie Sie, wenn's recht ist!«
Fischer bestellte zwei Bier und war insgeheim froh, dass die Drogistin keinen Wein bestellt hatte, denn obwohl er mitten in Rheinhessen, dem Weinland, lebte, hatte er sich nie dazu entschliessen können, diesem Getränk etwas abzugewinnen. Auf wiederholte Fragen, warum er Wein so ablehne, pflegte er zu antworten: ›Ich bin auf der anderen Rheinseite geboren, von meinem Fenster aus konnte ich die Weinberge nicht sehen‹.

Sie redeten weiter über Drogerien, über Detekteien und über den Marktplatz, den sie beide vor dem Umbau schöner fanden, über die Nibelungenfestspiele, die gestern trotz des Regens doch nicht abgebrochen worden waren und über die Wormatia. Ihr Bier kam, wurde getrunken, es wurde neu bestellt, wieder getrunken und schließlich war es 23 Uhr.
»Willst du sehen, was ich gefilmt habe, Lui?«, fragte Annerose, nachdem sie sich auf ›Du‹ geeinigt hatten und in einer Seitenstraße des Marktplatzes standen, wo ihre beiden Wagen nur zehn Meter voneinander entfernt parkten.
»Sehr gerne, immerhin hast du meinen großen Auftritt exclusiv.«
»Zu dir oder zu mir?«
Fischer wusste nicht warum. Aber er zögerte.
Die schöne Frau sah ihn mit ihren grünen Augen an und sie standen sich dabei ganz nah. Es war dunkel in dieser Seitenstraße vor Fischers Wagen und er sah nicht genau, ob ihr Mund sich wieder ironisch verzog. »He, ich mache es nicht wie ihr bösen Jungs. Wenn ich sage ›Briefmarkensammlung‹, meine ich auch ›Briefmarkensammlung‹. Also keine Angst.«
Das andere Bild war wieder da. Erst zitternd, streifig und unklar.
»Ich habe keine Angst«, sagte Fischer.
»Doch, hast du. Aber das macht dich sehr süß.« Sie küßte ihn auf den Mund. Ganz sachte, beinahe behutsam, als wolle sie ihn nicht verletzen. »Ich rufe dich morgen an und wir machen was aus. Okay?«
Das Bild wurde klarer. Schmale, dunkle Augen, Pagenkopf. Er hatte morgens, als er ihren Mann anrief und der den Auftrag für beendet erklärte, noch einmal in den Unterlagen nachgesehen. Irgendwie war ihm während der Zeit der Observation ihr Vorname entgangen. Immer war sie nur ›das Objekt‹ oder ›Frau Lorenz‹ gewesen. Aber seit heute Morgen hatte sich Fischer ihren Vornamen eingeprägt: Stephanie.
»Okay«, sagte er, »gern ...«, eine Sekunde suchte er nach dem Namen der Frau, die ihn soeben geküsst hatte »...Annerose«, sagte er dann und es gelang ihm, das Bild Stephanies noch einmal zu ver-

drängen. Die Drogeriepächterin ging zu ihrem Wagen. Er wartete, bis sie einstieg. Sie winkten sich gegenseitig zu, lässig, quasi aus der Hüfte. Vorgestern noch wäre er mit ihr gefahren.

8
Kühkopf
August, Freitag, früher Morgen

Alfons Kaiser saß in seinem Volvo, so wie er es am Donnerstag Abend vorgehabt hatte. Der Parkplatz war bis auf diesen einen Wagen leer und der Nebel hatte sich von den Auen aus auch hier eingenistet. Es war kühl, aber die aufgehende Sonne würde den Freitag zu einem warmen Tag machen, so jedenfalls sagte es der Sprecher des Hessischen Rundfunks voraus, dessen Stimme aus dem Autoradio kommend das Innere des Wagens ausfüllte.

»... endlich mal wieder eine positive Wetterprognose für Hessen und eine frohe Botschaft für alle, die den diesjährigen Sommer schon abschreiben wollten. Und das Beste daran ist: das Sonnenwetter soll bis einschließlich Sonntag vorhalten. Also, planen Sie einen Ausflug, scheuen Sie sich nicht, eines der vielen Freiluft-Events in Hessen und den umliegenden Bundesländern zu besuchen. Am Wetter kann es jedenfalls nicht liegen, wenn die eine oder andere Veranstaltung misslingen sollte. Die Biergärten und Weinlokale sind die einzigen, die einen Sturm zu erwarten haben. Einen Ansturm trinkwilligen Publikums. In diesem Zusammenhang möchte ich auf den Beginn des Kellerwegfestes in Guntersblum hinweisen, das alle Jahre wieder nahe der Landesgrenze auf der linken Rheinseite im Rheinlandpfälzischen Rheinhessen stattfindet. An diesem und dem folgenden Wochenende werden sich wieder Gäste aus ganz Deutschland auf der ›Weinmeile‹ im beschaulichen Guntersblum einfinden zum Konsumieren und zum Fachsimpeln. Tja, wer hätte gedacht, dass man nach diesen verregneten Tagen noch einmal kurzärmelig bis in den späten Abend hinein in lauer Sommerluft sitzen und feiern könnte? Am heutigen Freitag werden die Temperaturen im südlichen Hessen bis zu 26 Grad Celsius ansteigen und bis Sonntag klettert das Thermometer auf sage und schreibe 30 Grad Celsius. In diesem Sinne wünsche ich allen Hörern einen schönen Spätsommer.« Ein fröhliches Jingle beschloss die kleine Rede des Radiosprechers und es schloss sich das passende Lied an, ein Oldie der Gruppe Mungo Jerry: ›In the Summertime‹.

Die rhythmisch stampfende Melodie breitete sich im Wageninneren aus und hätte jeden halbwegs musikalischen Menschen, der Ohren zum Hören besaß, zum Mitwippen oder Klatschen oder Schnipsen verleitet.

Alfons Kaisers Ohren waren intakt. Äußerlich.

Er saß hinter dem Lenkrad, hoch aufgerichtet, sein rechter Arm lag auf der Bedienungskonsole, der linke ruhte auf seinem linken Oberschenkel. Diese Haltung hatte er noch immer inne, als die Musik wechselte: ›The House of the Rising Sun‹ von Eric Burdon.

Das Blut an seinen Händen war längst getrocknet. Es war aus seiner Nase ausgetreten, während er versucht hatte, sich die Drahtschlinge vom Hals zu ziehen, seine Finger hatten sich abgemüht, sich zwischen die Haut und den Draht zu schieben, hatten den würgenden Schmerz beenden wollen. Doch der letzte Ruck der Mörderhände hatte ihm diese Arbeit abgenommen. Sein beiger Übergangsmantel hatte kaum Blut abbekommen, nur die paar Schmierspuren, die seine Hände beim Heruntersinken hinterlassen hatten.

Am Kragen war etwas zu sehen, sowohl am Mantel als auch am Hemd. Und von der Nase zog sich eine längst getrocknete Blutspur über die Lippen zum Kinn. Der schmale blutige Striemen am Hals führte von einer Stelle unterhalb des linken Ohres über den Adamsapfel bis zu einer Stelle unterhalb des rechten Ohres. Die Kopfstütze war durch den ungeheuren plötzlichen Druck von hinten zurückgebogen worden, was zur Folge hatte, dass sein Kopf ebenfalls zurückgepresst worden war. Interessanterweise war der Kopf die ganze Nacht über nicht nach vorn gesackt, obwohl alle Körpermechanismen den gewaltsamen Tod akzeptiert hatten und dementsprechend reagierten. Auch Kaisers Augen waren noch offen. Das Letzte, was sie vor vielen Stunden wahrgenommen hatten, war ein unschöner Fleck am beigen Fahrzeughimmel gewesen. Nachdem er fünf Minuten im Wagen gesessen und nicht gemerkt hatte, dass auf dem Rücksitz jemand auf ihn gewartet hatte, waren die Hände mit der Drahtschlinge vorgeschossen. Der Tod kam zwar nicht schmerzlos, aber schnell. Und pünktlich, wie er es von seinen Partnern gewohnt war und so wie er es geahnt hatte. Würde man ihn jetzt noch fragen können, würde er vielleicht sagen: ›Ich hab's gewusst‹!

Gefunden wurde seine Leiche erst gegen acht, als der Wirt des Lokales der Domäne Guntershausen zusammen mit einem Forstbeamten zum Wagen kam, weil sie die Musik aus dem Volvo hörten. Als sie die Tür an der Fahrerseite öffneten, spielte der Hessische Rundfunk gerade einen weiteren Oldie: ›Obladi-Oblada‹ von den Beatles. Die erste Zeile nach ›Obladi-Oblada‹ lautete: ›Live goes on, bra‹.

9
Worms
August, Freitag, Vormittags

Fischer betrachtete das Foto der kleinen Familie, das in einem silbernen Rahmen auf dem weißen Schreibtisch in seinem Büro stand. Edgar, Susanne und Edgar Junior. Erst jetzt, nachdem er das Bild der geliebten Menschen einige Zeit angestarrt hatte, fiel ihm auf, dass Susanne eine große Ähnlichkeit mit Annerose Neuwirth aufwies. Das lag beileibe nicht nur an den langen, blonden Haaren. Der Gesichtsschnitt war ähnlich, die Form der Lippen, die Augen ... Es reichte nicht ganz zu der Feststellung, dass die beiden Schwestern sein könnten, aber es war doch ziemlich erschreckend, wie sehr die eine der anderen glich. Hatte er es denn immer nur mit diesem einen Typ Frau zu tun?
Es war warm. Er schwitzte, stand auf, ging in den kleinen Raum seines Büros, in dem der Kühlschrank stand und holte sich eine Dose Bier. Ein skandinavisches, von dem ihm ein Klient mehrere Büchsen geschenkt hatte. Das Zeug schmeckte ihm nicht sonderlich, aber er hatte gestern versäumt, sich sein bevorzugtes ›Eichbaum‹-Bier zu besorgen.
Als er sich zurück im Büroraum auf seinen Drehstuhl fallen ließ, spürte er seinen Rücken wieder. Es waren nicht mehr solch starke Schmerzen wie gestern abend, aber sie setzten ihm dennoch zu. Seinen Hausarzt aber wollte er nicht damit behelligen. Fast ohne es zu

wollen, griff Fischer plötzlich in eine Schublade des Schreibtisches und förderte eine schmale Mappe zutage, die er vor sich auf die Platte legte.
Bevor er sie aufschlug, warf er noch einmal einen Blick auf das Bild Edgars und Susannes mit ihrem Kind, dann widmete er sich nur noch dem Inhalt der Mappe. Neben dem Datum der Auftragsannahme und der genauen Adresse des Auftraggebers in Guntersblum waren auch die verschiedenen Telefonnummern sowie der Internet- und der E-Mail-Anschluss verzeichnet.

Observationssache: Frau Stephanie Lorenz, geborene Landvogt, (44) Buchhändlerin, im folgenden ›SL‹ genannt. Es folgte eine nüchterne optische Beschreibung, die Fischer in seiner Fantasie mit ausführlicher Augen- Brust- und Beinbeschreibung anreicherte, dann die Firmen- und Typenbezeichnung des von ihr gefahrenen Wagens mit Kennzeichen und ihre persönliche Handynummer sowie eine Adressenliste von Verwandten und Freunden, soweit die dem Ehemann bekannt waren.

Auftraggeber: Harald Lorenz, (44), Ehemann der SL, Autohändler mit Hauptgeschäft in Guntersblum und Zweigstellen in Nierstein und Bingen, im folgenden ›HL‹ genannt. HL verdächtigt seine Ehegattin, konspirativ gegen seine Interessen zu agieren.
Vermutung: Geldangelegenheiten in Zusammenhang mit zu erwartender Erbschaft, unter Ausschluss seiner Person.
Person, von der Erbschaft erwartet wird: Illona Heller, geborene Landvogt, 85, Gesellschafterin der Landvogt-Brauerei in Mainz, Verwandschaftsgrad zu SL: Tante, Wohnort Guntersblum, Kellerweg. Es folgte die Hausnummer.

Verdacht wird mit Fehlen eines gültigen Testamentes oder das Verschweigen der Existenz eines solchen begründet sowie mit nicht erklärter Abwesenheit der SL in mehreren, nicht datumsmäßig erfassten Fällen.

Außereheliche Kontakte sexueller Art werden nicht vermutet.
Ziel der Observation: Mit wem trifft sich SL? An welchem Ort (oder Orten) finden die Treffen statt? Gibt es eine Regelmäßigkeit dieser

Treffen? Ist nur eine- oder sind mehrere Personen beteiligt? Welche Personen sind beteiligt? Wie lange dauern die Treffen jeweils?

Inhalt des Auftrags: Lediglich Beschattung der SL. Adressenfeststellung und Identitätsfeststellung ausschließlich durch eigenen Augenschein.

Auflagen: Keine Kontakte zu SL. Keine Interviews mit beteiligten oder unbeteiligten Dritten, auch nicht, wenn dies der Identitätsfeststellung dienlich wäre. Zeitpunkte der Beschattung werden jeweils vom Auftraggeber fernmündlich übermittelt, eigenmächtige Zeitpunktbestimmung der Beschattung durch den Auftragnehmer ist nicht erwünscht.

Fischer unterbrach die Sichtung. Wieso brütete er nun schon wieder über den Unterlagen? Er hatte heute früh beim Tippen der Rechnung und der Ermittlungsergebnisse in den PC bereits alles auf dem Schirm gelesen. Es gab keinen Grund, sich sein halbes Scheitern in diesem Fall nochmal anhand der Ausdrucke anzutun, zumal ihm Harald Lorenz gestern bei ihrem Telefongespräch keine Vorwürfe gemacht hatte. Er hatte ein wenig bitter gelacht und gesagt: ›Sie hat Sie ausgetrickst? Das ist typisch für mein kleines Musterweibchen‹. Die Erkenntnisse der kurzen Beschattungsphase schienen Lorenz auszureichen, wobei er Fischer nicht darüber aufklärte, ob sich sein Verdacht nun bestätigt hatte oder nicht.
Zwei Tage und insgesamt vier Beschattungen, das war nicht die Welt. Allerdings war die Dame zweimal bei der Adresse in Bingen gewesen. Und Fischer hatte herausbekommen, wer da wohnte. Heinrich Teufel war sinnigerweise der 1. Vorsitzende des Vorstandes einer evangelischen Kirchengemeinde in Mainz. Dazu passte auch ein Besuch bei Pastor Glück, dem zuständigen Pfarrer in Guntersblum. Die vierte Beschattung hatte Fischer und sein Objekt nach Mainz-Budenheim zu einem Tonstudio geführt. Ob es da Zusammenhänge gab, entzog sich der Kenntnis des Detektivs, jedenfalls schien Harald Lorenz sich nicht zu wundern. Was Fischer allerdings seltsam berührte, war, wie sein Ex-Auftraggeber auf die Erwähnung des schwarzen Mercedes reagiert hatte. Nämlich mit keinem Wort.

Fischer schloss den Gedanken nicht mehr aus, dass Lorenz eventuell einen zweiten Mann oder eine Frau auf seine Gattin angesetzt haben könnte. Das musste ja kein professioneller Detektiv sein, es konnte sich ebenso gut um eine befreundete Person handeln. Aber selbst das Abdrängen von der B9 hatte Lorenz nicht kommentiert.
Nun, um diese Fragen ging es Fischer ja auch gar nicht. Es ging um etwas ganz anderes. Aber das stand nicht in den Unterlagen.
Fischer klappte die Mappe zu und fühlte sich mal wieder schrecklich. Das kam in letzter Zeit so oft vor, dass er schon nicht mehr wusste, woran es im Einzelnen lag. Es gab zu viele Gründe.
Edgar pflegte zu sagen, dass man seine Probleme Stück für Stück anpacken solle und eins nach dem anderen systematisch bewältigen müsse. Fischer sah allerdings keine Möglichkeit, irgendeine seiner Schwierigkeiten heraus zu filtern, um sie zu bearbeiten. Es hatte sich bei ihm ein solcher Wust von Problemen angesammelt, dass er keinen Anfang finden konnte.
Und vorgestern Abend war nun etwas geschehen, dass einerseits eines seiner Hauptprobleme lösen helfen könnte, andererseits aber ein neues, möglicherweise noch größeres zu werden versprach.
Er hatte das Gefühl geleugnet; noch in der Nacht, als er Stephanie Lorenz nach Guntersblum bis zum Haus ihrer Tante nachgefahren war. Er hatte sie beobachtet, bis sie durch die Tür gegangen war, erst danach war er auf der B9, langsam zuckelnd, nach Worms zurückgekehrt.
Gestern hatte er sich dann auf den Fall der kleinen Simone konzentriert, deren Vater wissen wollte, welchen Umgang sie hatte ... und er war Annerose Neuwirth begegnet, die, wie man neudeutsch und unverbindlich sagt, ein Faible für ihn zu haben schien.
Zwischendurch hatte er gejoggt, telefoniert, geschrieben, gegessen, getrunken und ausgeschieden, hatte mit Menschen gesprochen, hatte sich am Marktplatz in Gefahr begeben, Schmerzen erlitten und lobende Worte gehört. Aber bei all diesen Aktivitäten war es ihm nicht gelungen, weniger als alle paar Minuten an Stephanie Lorenz zu denken. Nicht an ihren Mann, nicht an den geplatzten Auftrag, nicht mal an den Mercedes ... nein, nur an die Frau selbst.

Das war bedenklich. Er würde es morgen, beim Treffen in Alzey mit Edgar und Susanne erwähnen. Er musste mit jemand darüber sprechen, sonst platzte er. Himmel, wie konnte so etwas passieren?
Er war, trotz seines emotionalen und sexuellen Notstands, kein Teenager mehr. Er war als junger Mann öfters verliebt gewesen, hatte seine große Liebe auch bereits hinter sich. Sie hieß Gerhild, und das Ende ihrer Liebesgeschichte war äußerst tragisch. Danach hatte es sporadische kurze Affären gegeben und eine Beinah-Affäre mit Edgars jetziger Frau Susanne. Gottseidank war es bei dem ›Beinahe‹ geblieben. Schon seit Längerem sehnte er sich nach einer neuen gefühlsmäßigen Bindung, aber diese Sehnsucht war die eines gereiften Mitvierzigers, nicht die eines jungen Heißsporns. Eine Frau wie Annerose Neuwirth wäre da durchaus eine mögliche Kandidatin. Aber das, was sich jetzt in ihm abspielte, war seiner nicht würdig. Er konnte an nichts anderes mehr denken als an die Frau, die am vorgestrigen Tag nur das ›Objekt‹ ›SL‹ oder bestenfalls Frau Lorenz gewesen war. Zum letzten Mal hatte er so gefühlt, als er sich in Gerhild verliebt hatte, die dann seine große Liebe wurde.
Edgar würde ihm raten, mehrere kalte Duschen zu nehmen, wenn er ihm davon erzählte, und Susanne würde schweigen, weil sie sich an das ›Beinahe‹ erinnern müsste.
Fischer steckte die Mappe zurück in die Schublade, stand auf und lief in dem engen Raum ein paarmal auf und ab. Ein starkes Verlangen nach einer Zigarette befiel ihn. Das wäre dann die erste seit über zwei Jahren. Was war die Alternative? Noch eine Büchse von dem scheußlichen schwedischen Bier? Ein Cognac?
Kurz entschlossen zog er seine schwarze Lederjacke über und beschloss, einkaufen zu gehen. Das musste er sowieso und dabei konnte er sich sein ›Eichbaum‹-Bier besorgen. Beim Überstreifen der Jacke spürte er wieder seinen Rücken.
Als er nach draußen auf die schmale Obergasse trat, von der man einen schönen Blick auf die Hochheimer Bergkirche hatte, stellte er fest, dass die Lederjacke für den heutigen Tag nicht die passende Bekleidung sein würde. Denn es war warm, sehr warm. Das war in der Frühe, als er von seiner nahegelegenen Wohnung aus zum Büro

gelaufen war, noch nicht der Fall gewesen.
Trotzdem behielt er die Jacke an. Er überlegte kurz, ob er den Wagen nehmen sollte, der direkt vor seiner Tür stand, aber der Supermarkt war höchstens fünf Gehminuten entfernt. Fischer mochte sich nicht eingestehen, schon so verweichlicht zu sein, dass er beim Zurücklegen dieser Entfernung überhaupt daran dachte, das Auto zu nehmen. Auch wenn er beim Rückweg einiges zu schleppen haben würde ...
Seine rechte Hand zögerte ein wenig, nachdem sie mit dem Hausschlüssel die Bürotür abgesperrt hatte, bevor sie den Schlüsselbund wieder in die Jackentasche gleiten ließ. Denn da war der Autoschlüssel und da war der Mitsubishi.
Die Faulheit verlor. Schon weil sich Fischer entschlossen hatte, beim Hinweg zum Supermarkt einen leichten Trab einzulegen. Und körperliche Anstrengung lenkte ab. So hoffte er wenigstens.
Also lief er die Steinstufen hinunter auf den Fuß der Hohl, die sich zwischen der Obergasse und der Bergkirche auftat, und durch die eine der Hauptverkehrsadern der Stadt führte.
Unten angekommen, gleich umfangen von lautem Autolärm und den dazugehörigen Gerüchen, läutete das Handy in seiner Jackentasche.
Er stöhnte kurz auf, unterbrach seine schnelle Gangart und meldete sich: »Fischer!«
»Hallo, großer Held«, sagte eine Frauenstimme und Fischers Herz gönnte sich einen Stolperer.
»Hallo«, sagte er mit nicht ganz sicherer Stimme.
»Erkennst du mich nicht?«
Doch, jetzt erkannte er sie. Der Stolperer kam nicht noch mal. Das Wort Held hatte ihn in die Irre geführt. Er war enttäuscht und ärgerte sich gleichzeitig darüber, dass er enttäuscht war.
»Natürlich erkenne ich dich, Annerose, richtig?«
»Na, fein«, sie klang etwas gehetzt, »wundere dich nicht, dass ich mich so schnell bei dir melde. Normalerweise kann ich abwarten, bis der Mann so gnädig ist. Aber ich habe was entdeckt, was dich interessieren dürfte.«

Etwas in ihrer Stimme signalisierte Fischer, dass es sich tatsächlich um etwas von Interesse handeln könnte.
»Wo hast du es entdeckt?«
»Auf dem Video, das ich am Marktplatz gemacht habe?«
»Verrätst du mir, was?«
»Da ist jemand, der dich beobachtet hat. Du solltest es dir ansehen. Vielleicht erkennst du ihn ja wieder.«
Fischer wurde neugierig. »Wann kann ich's mir anschauen?«
»Von mir aus gleich. Aber ich stelle dir die Frage von gestern abend nicht noch mal. Komm am besten zu mir. Ich habe einen großen LCD-Fernseher.«
Fischer überlegte, ob er erst einkaufen sollte, aber die Neugier war größer. »Okay, ich komme gleich. Wo wohnst du?«
»Gar nicht so weit von dir. Im Musikerviertel.« Sie nannte ihm eine Hausnummer in der Johann-Sebastian-Bach-Straße. Auch dahin hätte man laufen können. Fischer aber kletterte die Stufen zur Obergasse wieder hoch und stieg in den Mitsubishi.
Jetzt war er doch sehr gespannt auf das, was ihm Annerose Neuwirth zu zeigen hatte. Die Neugier betraf ausschließlich das Video. Während er den Wagen startete, läutete sein Handy erneut. Als er hörte, das Edgar dran war, schaltete er den Motor wieder aus. »He, Onkel, alles im Lot?« »Was ist das, Lot? Aber okay, es geht. Ich freu' mich auf die Einladung morgen bei euch.«
»Deswegen rufe ich dich an.«
»Sag bloß, es klappt nicht bei euch!«
»Nein, nein, es klappt schon. Wir wollten dich nur fragen, ob's dir etwas ausmacht, umzudisponieren.«
»Nicht mittags, erst abends?«
»Nachmittags, aber nicht bei uns.«
»Bei mir ist es eng, wie du weißt. Und ich koche auch nicht so gut wie Susanne.«
Edgar lachte leise: »Weder musst du kochen noch Susanne. Wir laden dich nach außerhalb ein. Unsere Babysitterin hat Liebeskummer und kann diesmal auch am Wochenende. Das müssen wir ausnutzen.«

»Gut, wo treffen wir uns?«
»Um 16 Uhr«!
»Einverstanden, Aber wo?«
Edgar ließ ihn noch ein bisschen zappeln. »Leider gibt's da, wo wir hingehen, keine Rouladen. Aber das wird so schnell wie möglich nachgeholt, versprochen.«
Fischer wurde ungeduldig: »Kein Problem, Neffe, aber wo geht's denn nun hin?«
»Du weißt ja, dass sich Susanne für Weinfeste erwärmen kann. Und diese Woche fängt doch das Kellerwegfest an.«
Fischer schluckte: »Sag' bloß, ihr wollt ...«
»Ja, also Susanne würde gern. Wenn wir uns um 16 Uhr direkt am Julianenbrunnen treffen würden, könnten wir ein bisschen über die Meile flanieren und um 18 Uhr laufen wir dann in der Reblausstube ein und genehmigen uns ein schönes Filetsteak oder so ähnlich. Was meinst du?«
Fischer sagte zu. Es mochte sein, dass sich Edgar darüber wunderte, dass sich sein Onkel nicht darüber beschwerte, als Biertrinker zu einem Weinfest geschleppt zu werden, aber er nahm die Zusage erfreut entgegen. Edgar grüßte noch mal von seiner Frau, dann beendete er das Gespräch. Auf die Idee, seinem Neffen von der Aktion am Marktplatz oder von Annerose Neuwirth zu erzählen, war er nicht gekommen.
Während Fischer seinen Wagen durch Worms-Hochheim lenkte, dachte er nur noch an Guntersblum.

10
Guntersblum
August, Freitag, Mittag

Clarissa saß in dem schmalen Flur im ersten Stock auf einem Stuhl, der immer dort stand, aber so gut wie nie benutzt wurde. Es war ein alter Stuhl. Einer der ersten, die damals angeschafft wurden, als die Familie um die Jahrhundertwende 1899/1900 das Haus übernommen hatte.
Sie sah an der Blumenampel mit Efeu vorbei, die neben dem Stuhl hing, zu der Tür, hinter der Tante Illona in ihrem Bett lag. Doktor Lehning war bei der alten Dame. Er behandelte sie seit zwanzig Jahren, wie schon vorher sein verstorbener Vater, der seit dem Zweiten Weltkrieg Hausarzt der Familie gewesen war.
Es herrschte dämmriges Halbdunkel, denn durch das kleine Fenster auf der anderen Flurseite fiel nicht viel von dem mittäglichen Sonnenlicht, und obwohl es draußen strahlend hell und warm war, wirkte dieser Flur mit seinen dunklen, braunen Holztönen und den grünlichen Tapeten wie ein Stück Innenarchitektur gewordener Herbst.
Clarissa saß hier draußen, weil Tante Illona es ihr nicht gestattet hatte, mit dem Arzt den Raum zu betreten. Sie konnte sich nicht erinnern, diesen Stuhl jemals benutzt zu haben. Komisch, selbst die vertrauteste Umgebung konnte gänzlich anders wirken, wenn man sie aus einer ungewohnten Perspektive betrachtete.
Clarissa fühlte sich fremd und das war ihr unheimlich, denn ihr wur-

de immer mehr bewusst, dass sie hier tatsächlich fremd war. Obwohl sie ihr ganzes bisheriges Leben in diesem Haus gewohnt hatte, hatte man sie doch stets nur geduldet.
Nach dem Gespräch mit Harald gestern Abend war ihr einiges klar geworden. Noch gestern Morgen war sie fest davon ausgegangen, dass sie nach Tante Illonas Tod finanziell gut versorgt hier weiterleben würde. Sie hatte sogar mit dem Gedanken gespielt, an einen interessanten Mann unterzuvermieten. Aber jetzt, wo die Möglichkeit immer wahrscheinlicher wurde, dass die alte Dame tatsächlich bald das sprichwörtliche Zeitliche segnen würde, da rückte die Sicherheit der Existenz plötzlich in weite Ferne.
Trotzdem wollte sie nicht lauschen. Jedoch nicht aus Pietät, sondern aus einer seltsam lethargischen Haltung heraus, die sie immer überkommen hatte, wenn sie ein Ziel nicht kampflos erreichen konnte. Sie fühlte sich in diesem Augenblick lebloser als ihre Tante dort drinnen, in ihrem altmodischen, großen, mit Troddeln verzierten Holz-Himmelbett.
Sie konnte nicht einmal Hass empfinden. Weder auf Tante Illona, noch auf Stephanie, die doch beide an ihrer Zukunft sägten.
Noch bevor sie auf Tantes Geheiß Dr. Lehning herbeigerufen hatte, war Clarissa fest entschlossen gewesen, sie auf das Testament anzusprechen. Doch nun erschien es ihr so sinnlos. Hier liefen alle Fäden an ihr vorbei. Selbst Harald, der alarmiert genug war, sogar einen Privatdetektiv einzuschalten, plante irgendwie für sich, und sie war sich nicht sicher, ob er sie in alles eingeweiht hatte, was er wusste.
Draußen auf der Straße bereiteten die Anwohner der bundesweit berühmten Weinmeile ihr Kellerwegfest vor. Stimmen klangen gedämpft hoch in den Flur, Hammerschläge, Motorengebrumme und ein Brei nicht zu identifizierender sonstiger Geräusche.
Morgen würde noch das Gläserklirren hinzu kommen, das Lachen der Feiernden und das Grölen Betrunkener. Bands würden Oldtime-Jazz spielen und Rock und Volksmusik.
Anders als gestern Morgen dachte Clarissa nicht einmal an die Möglichkeit, beim Fest Männer kennen lernen zu können. Die wenigen Interessen, die sie hatte, waren in diesem Augenblick nicht von

Belang.
Sie betrachtete ihre Hände, die nebeneinander reglos in ihrem Schoß lagen. Sie fühlte sich nicht mal zu körperlich ausgelebter Nervosität fähig.
›Spinnenfinger‹, hatte Tante Illona oft gesagt. Aber waren Spinnen nicht beweglich, waren sie nicht wenigstens nachts aktiv? Das waren die Finger einer toten Spinne. Tot! Mitten im gerade mal 40-jährigen Leben!
›Eine Runde Selbstmitleid?‹ sagte Stephanie in ähnlichen Fällen voller Hochmut und Verachtung.
Irgendetwas musste geschehen. Aber Clarissa wusste nicht, was das sein könnte. Und sie hatte keine Ahnung, wie sie selbst dafür sorgen konnte, dass etwas geschah.
Nach endlosen Minuten öffnete sich die Tür. Doktor Lehning kam aus dem Zimmer, ein leicht gebeugt gehender Fünfundfünfzigjähriger mit einem altmodischen schwarzen Brillengestell und Gläsern, die seine Augen unnatürlich vergrößerten. Das schwarz-graue Haar, über der Stirn stark gelichtet, war glatt nach hinten gekämmt. Und über dem Gürtel seiner Hose wölbte sich ein Bauch, der bewies, dass er sich selbst nicht an die ernährungsmedizinischen Tipps hielt, die er seinen Patienten gab.
Er schloss sorgfältig die Tür, bevor er vor Clarissa stehen blieb. »Frau Heller wird nicht mehr lange leben«, sagte er so leidenschaftslos wie immer. Er passte somit sehr gut zu dem Eindruck, den auch Clarissa selbst bei anderen Menschen hinterließ. Bei ihm störte es sie.
Ganz langsam stand sie auf. »Die Lunge?«, fragte sie kühl.
»Auch, da funktioniert inzwischen nichts mehr. Sie weiß es.«
»Was kann ich tun?«
»Das, was Sie immer tun. Nicht mehr, nicht weniger.«
»Wie lange noch?«
»Einen Tag, zwei Wochen. Höchstens drei. Sie können mich jederzeit rufen. Ich habe ihr was gegen die Schmerzen gespritzt.«
Clarissa ging hinter ihm her die Treppe hinunter. An der Tür drehte er sich nochmal um. »Ach, es wäre vielleicht ganz gut, wenn ihre

Cousine Stephanie jetzt öfter hier wäre. Die tut ihr gut. Und vielleicht sollten Sie mal nach dem Rest der Familie rumtelefonieren. Denen hat sie wohl noch was zu sagen, so wie sie sich ausdrückte. Schönen Tag noch«.

Damit ging der Arzt hinaus in den strahlend hellen Guntersblumer Mittag.

Clarissa dachte, dass es wohl die richtige Zeit sei, um zu weinen, und sei es auch nur aus Wut. Aber selbst diese Aktivität gelang ihr nicht.

11
Worms
August, Freitag Mittag

Die Wohnung, die Annerose Neuwirth bewohnte, war großzügig geschnitten. Die hohen Räume wurden durch fast schmerzhaft weiße Tapeten dominiert, die an den Außenmauern von wenigen dunkelbraun gebeizten Balken durchschnitten wurden. Überall lag hellbrauner Parkettfußboden. Die gesamte Behausung schien nach dem Entwurf eines ehemaligen Redakteurs von ›Schöner Wohnen‹ gestaltet worden zu sein, aber erst nachdem dieser an Schizophrenie erkrankt war. Denn während die Wände durch den Verzicht auf jegliche Bildnisse und jeden Zierrat eine fast klinische Klarheit ausstrahlten, war der Boden vollgestopft mit Regalen, Tischchen, Sitz- und Liegekissen, Pflanzentreppchen, Pflanzenkübeln, Lautsprecherboxen jeder Größe und Form, CD-Player, DVD-Player, Skulpturen und Figürchen in allen Farben. Inmitten von diesem geordneten Chaos, im Hauptwohnraum, stand ein zweigeschossiger goldener Käfig mit zwei Sperlingspapageien.
Annerose Neuwirth stellte Fischer die beiden als ›Melanie‹ und ›Tippi‹ vor, in Erinnerung an einen ihrer Lieblingsfilme: ›Die Vögel‹ von Alfred Hitchcock. Fischer registrierte nach dem gestrigen Holmes-, Bond- und Don-Juan-Vergleich zum zweitenmal, dass Annerose Neuwirth Filmfan war, was ihm gefiel, da er sich selbst auch gern als Freund des Kinos bezeichnete.

Sie bot ihm nach der Begrüßung ein Bier an und bat ihn auf ein großes weißes Ledersofa mit Indianerdecke. Sie trug einen lindgrünen Hausanzug mit einem V-Ausschnitt, der nichts wirklich zeigte, die Fantasie des Betrachters in Bezug auf Tragen oder Nichttragen eines BHs aber zu interessanten Spekulationen anspornte.
Sie sprachen kurz über den vorigen Tag. Fischer musste zugeben, dass er sich heute noch nicht im Stadtkrankenhaus nach dem Gesundheitszustand des Steinestemmers erkundigt hatte, dann machte er ihr ein ehrliches, aber dennoch nicht tiefempfundenes Kompliment über ihr Aussehen und schließlich spielte ihm Annerose Neuwirth die selbsterstellte DVD-Kopie des Videofilms vor, den sie am Marktpklatz gedreht hatte.
Auf dem Breitbildschirm wurde zunächst die Nordseite des Doms sichtbar, dann folgte ein langsamer Schwenk nach unten über das bräunliche Gebäude der Volksbank, über das die schwarz verkleidete Tribüne der Nibelungenfestspiele hinausragte. Es ging weiter über die Stephansgasse und den türkischen Imbiss an der Ecke zur Fußgängerzone in der Kämmererstraße. Ab der dortigen Fußgängerampelanlage wurde die Stephansgasse zur Petersstraße, und ein weiterführender Schwenk hätte den Pavillon des Eiscafés von hinten gezeigt, was die Filmerin aber durch einen Schnitt vermied.
Jetzt war die Dreifaltigkeitskirche groß im Bild. Man sah deutlich neben dem Schaukasten der Gemeinde den großen Stein liegen. Etliche Passanten gingen vorbei, von den Jugendlichen war noch nichts zu sehen.
Nach einem erneuten Schnitt konnte der Betrachter einen Blick über den Marktplatz von der Dreifaltigkeitskirche aus auf die Seite der Petersstraße genießen, wo an einem einsamen Tisch vor dem Hotel ›Hüttl‹ ein Mann in schwarzer Lederjacke vor einem Bier saß. Ein Zoom zeigte einen sehr mürrisch dreinblickenden Fischer.
»Warum dieser Zoom«, fragte Fischer mit echter Neugier, »da wusstest du doch noch nicht, aus welchem Grund ich da war.«
»Ein Mann in deinem Alter mit einer solchen Lederjacke, und dann als Einziger draußen vor dem Lokal, bei diesem Wetter, ich bitte dich.«

Der Detektiv verkniff sich jede weitere Frage und konzentrierte sich wieder auf den Bildschirm. Gleichzeitig wunderte er sich darüber, dass ihm das vertrauliche ›Du‹, das sie ja gestern gemeinsam beschlossen hatten, nicht angenehm war.
Der Film zeigte jetzt in einer knappen Schnittfolge mehrere Impressionen von Menschen rund um das Eiscafé, die Dreifaltigkeitskirche und den Marktplatz. »So, jetzt achte mal auf diesen Mann«, forderte Annerose Neuwirth.
In der nun folgenden Aneinanderreihung von Einzeleinstellungen wurden nun die Jugendlichen um die kleine Simone sichtbar, die lachend begannen, die Passanten zu belästigen. Bruchstückhaft waren solche Sätze zu hören, wie: » Na, Oma, kannst du deine Handtasche alleine tragen? Die muß doch sehr schwer sein, die viele Rente ...«, woraufhin ein Anderer aus der Clique rief: »Meinst du, die hat ihr ganzes Bargeld dabei?« und Simone sich mit der Bemerkung einmischte: »Na, klar, alles im Strumpf.
So und ähnlich ging es weiter, aber immer öfter sah man einen Mann, der am Rande des Pavillons stand und manchmal in die Richtung der Jugendlichen blickte. Aber sein Hauptaugenmerk schien auf einem Punkt zu liegen, der neben dem Kameraobjektiv lag.
»Der guckt in deine Richtung«, kommentierte Annerose Neuwirth.
Fischer versuchte sich zu erinnern, ob und wenn ja, wo er diesen Menschen schon einmal gesehen haben könnte. Aber auf der Festplatte seines Hirns war nichts gespeichert, das ein Wiedererkennen möglich gemacht hätte.
Bei einer Großaufnahme des Mannes drückte Annerose Neuwirth eine Taste ihrer Fernbedienung und so konnte sich der Detektiv seinen Beobachter etwas genauer ansehen.
Er schien so um die fünfzig Jahre alt zu sein, war, verglichen mit den anderen Marktplatzbesuchern, eher klein und hatte einen auffallend runden Kopf und demzufolge ein entsprechendes Mondgesicht. Wer darunter einen ebenso rundlichen Körper erwartet hatte, sah sich allerdings getäuscht, denn dieser war ausgesprochen hager. Es sah ein wenig so aus, als habe man auf die Skulptur eines an Bulimie Erkrankten einen prallen Luftballon montiert.

Der Gesichtsausdtruck war neutral, wenn man davon absah, dass der Mann etwas beobachtete und die Augen dabei verengte.
»Kennst du ihn?«, fragte Annerose Neuwirth.
»Nein, ich müsste mich sehr täuschen, aber ich bin ziemlich sicher, dass ich diesen Herrn noch nie zu Gesicht bekommen habe. Aber mach mal weiter, bitte«. Fischer war gespannt.
Gleich darauf bewegten sich Film und Mann wieder. Die nächsten Einstellungen zeigten nun hauptsächlich die Steinaktion. Am Bildrand war aber meistens immer noch der Fremde zu sehen, der mehr nach hinten, an der Kamera vorbei in Richtung Petersstraße blickte, als auf die doch viel spektakuläreren Geschehnisse vor der Dreifaltigkeitskirche.
Dann schob sich von links die schwarze Lederjacke Fischers ins Bild. Auf dem rechten Bildrand, nur angeschnitten, sah man, wie der Kopf des fremden Mannes Fischers Bewegungen folgte.
Bei der anschließenden Rangelei mit den Polizisten und dem strauchelnden Steinestemmer blieb die Kamerafrau hart am Geschehen. Auch als Fischer wie ein abgestürzter Maikäfer auf dem Rücken lag, den verletzten Jugendlichen plus Stein über sich, war der Fremde nicht zu sehen.
Einige Schnitte später aber, nachdem der Krankenwagen bereits eingetroffen war, und sich die Polizistin mit Simone unterhielt, während Fischer, an den Schaukasten gelehnt, einem Sanitäter zu erklären versuchte, dass er keine ärztliche Hilfe benötige, da schwenkte Frau Neuwirth wieder in die Menge und bekam den Fremden sehr nahe vor die Linse. Dessen Blick war nun ärgerlich, er verdeckte kurz mit der Hand das Objektiv der Neuwirth'schen Kamera. Dann, als sie an ihm dran blieb, drehte er sich um und ging am Eiscafé vorbei Richtung Kämmererstraße davon.
Annerose beendete den Filmvortrag. »Und, was meinst du, hat er dich beobachtet?«
Fischer versuchte sich zurück zu erinnern, ob ihm der Bursche wenigstens gestern aufgefallen war. Aber da hatte er soviel mit den Jugendlichen und sich selbst zu tun gehabt. Nein, aus dieser Ecke seines Hirns kam kein Gedankenblitz. »Ich gebe zu, dass es den An-

schein hat. Ich bewundere deine Beobachtungsgabe. Ich kann mir allerdings beim besten Willen nicht vorstellen, was der Knabe von mir gewollt haben kann.«
»Ein Kollege, vielleicht?«
Fischer trank von seinem Bier. »Ich habe nichts derart Weltbewegendes am Laufen, dass sich ein Kollege um mich kümmern müsste. Außerdem gibt es so was wie einen Ehrenkodex bei uns. ›Spioniere keinen Spion aus‹. Nö, wirklich, ich kann mir das Interesse des Herrn nicht erklären.«
Annerose Neuwirth lächelte: »Ich hab dir 'ne Kopie gemacht. Dann kannst du dir alles noch mal in Ruhe zu Hause ansehen. Besonders deinen Auftritt.«
»Na, der sieht ja eher bescheuert aus.«
»Aber er war effektiv. Der Junge wusste nicht mehr, wohin er mit dem Stein sollte, der hätte ein paar von den Leuten treffen können.«
Fischer wurde immer klarer, wie unangenehm ihm ein Lob aus Annerose Neuwirths Mund war. Ihre Freundlichkeit und ihre Hilfsbereitschaft machten ihm ein schlechtes Gewissen, waren ihm fast lästig, weil er Angst davor hatte, dass sie eine Gegenleistung ihrer Zuwendung zu ihm irgendwann einfordern könnte.
Er kannte sie kaum, im Grunde kannte er sie gar nicht. Aber schon fühlte er sich in ihrer Schuld, als hätten sie ein langjähriges Verhältnis hinter sich und er wäre fremdgegangen.
Das war eine Einstellung, die ihm wieder einmal bewusst machte, wie wenig er in seiner eigenen Einschätzung für seinen Beruf geeignet war.
»Ich danke dir jedenfalls sehr für die Aufnahmen und dafür, dass du mitgedacht hast«, sagte er und fand seine Wortwahl unoriginell.
Die Drogistin lächelte leicht: »Du kannst dich revanchieren«, sagte sie leise, und Fischer befürchtete, dass sie den Flirtton von gestern Abend wieder aufnehmen würde, aber es kam etwas ganz anderes: »Dein Beruf interessiert mich. Du hast gesagt, dass du deine Detektei allein führst. Brauchst du nicht manchmal eine freie Mitarbeiterin?«
Fischer war einerseits erleichtert, andererseits wusste er nicht, was er

ihr versprechen konnte und was nicht. »Ich werde mal drüber nachdenken. Gewisse Qualifikationen scheinst du ja mitzubringen. Aber viel Zeit ist nicht mehr. Ich weiß nicht, ob ich es gestern erwähnt habe, aber ich höre bald auf. Spätestens Ende des Jahres. Wenn bis dahin etwas passiert, bei dem ich Hilfe gebrauchen kann, okay.«

»Na, das ist doch schon was. Noch ein Bier?«

Fischer wäre am liebsten sofort gegangen, aber er wollte nicht unhöflicher sein als nötig. »Danke, gern«, sagte er.

12
Frankfurt/Main
August, Samstag Morgen

Er trug an diesem Morgen keinen Nadelstreifenanzug, sondern seinen Joggingdress. Er hatte bis 9 Uhr drei Zeitungen gelesen, die den Mord an dem Fernsehproduzenten Alfons Kaiser relativ ausführlich brachten, und dann hatte er fünf Anrufe von Leuten aus der Branche erhalten, die sich entsetzt zeigten und von einer Serie sprachen, obwohl der letzte Mord an einem Fernsehschaffenden drei Jahre zurück lag und keinen Produzenten betraf. Es hatte sich damals um einen Münchner Regisseur gehandelt, der für einen österreichischen Produzenten gearbeitet hatte. Was die fünf Anrufer so alarmiert hatte, war lediglich die Todesart. Beide, der Regisseur und jetzt auch Kaiser, waren mit Drahtschlingen erdrosselt worden. Die Morde in den letzten zehn Jahren, die rein gar nichts mit der Fernsehbranche zu tun hatten, aber nach dem gleichen Muster abgelaufen waren, zogen die erschrockenen Anrufer nicht in Betracht, einigen von ihnen waren diese Delikte wohl gar nicht bekannt.
Der weißhaarige Mann im Jogginganzug in seiner Villa im Frankfurter Westend kannte die Morde alle. Drei von ihnen, Kaiser mitgerechnet, gingen auf sein Konto. Zumindest hatte er sie in Auftrag gegeben.
Seine Sekretärin rief ihn über die Gegensprechanlage: »Herr Professor, ich habe Frau Dr. Melzer von der CARA-Film in der Leitung,

soll ich sie durchstellen?«
»Elvira, Goldkind«, sagte der Mann gut gelaunt, »habe ich jemals zugelassen, dass Frau Dr. Melzer vor 14 Uhr ihre Angriffe auf mein Trommelfell startet?«
»Bisher nicht ...«, sagte seine Sekretärin mit ihrer frischen Stimme, die stets so klang, als würden ihr beim Sprechen Kamillenblüten wie Seifenblasen zwischen den Zähnen zerplatzen. Der Mann mochte solche Bilder.
»... ich nehme an«, fuhr Elvira fort, »dass es Frau Dr. Melzer um diesen unseligen Mordfall geht, und da Sie heute bereits fünf ihrer Kollegen ertragen haben, dachte ich, Sie würden auch für Frau Dr. Melzer eine Ausnahme machen.«
»Die anderen Herrschaften verfügen nicht über das Melzer'sche Sirenenorgan, Elvira, mich enervieren nicht die Inhalte, sondern die Formen. Und selbst wenn mich die Dame von meiner eigenen Beerdigung in Kenntniss setzen möchte, würde ich jetzt nicht mit ihr sprechen wollen. Erinnern Sie sich an meinen Sirenenvergleich, wenn Sie ihr jetzt sehr höflich, aber auch sehr bestimmt, erklären, dass ich sie heute Nachmittag zurückzurufen gedenke. Aber keinesfalls vor 14 Uhr, ja?«
»Selbstverständlich, Herr Professor.« Mit einem letzten Kamillenblüten-Seifenblasen-Platzen beendete die großartige Sekretärin das Gespräch mit ihrem großartigen Chef.
Bei dem meldete sich zeitgleich das Handy.
Er hatte es griffbereit: »Ja?«
»Eine Meldung für den Janusgesichtigen«, sagte die bekannte Stimme, erwartete keine Antwort und sprach deshalb sofort weiter: »Nero hat den Brand Roms nicht überlebt, die bewährte Kraft hat den Preis erhöht.« Ach, das war jetzt ärgerlich. Der weißhaarige Mann im Jogginganzug mochte es ganz und gar nicht, wenn feste Verabredungen nicht von allen beteiligten Parteien eingehalten wurden.
»Sie haben sich verwählt«, sagte er.
»Ich würde das an Ihrer Stelle nicht auf die leichte Schulter nehmen, Janus!«
»Glauben Sie mir, Sie haben sich verwählt!« Damit drückte der

Weißhaarige den Knopf mit dem schwarzen Telefonhörer, um gleich darauf die bewusste Nummer zu wählen. »Ja«, schnarrte die Stimme des Auftragannehmers.
Der Weißhaarige meldete sich schneidend: »Janus hier!«
»Gut für Sie, dass Sie zurückrufen. Ich hätte nicht gewusst, was ich unserer Fachkraft sagen sollte.«
»Sagen Sie ihr, es gibt keinen Cent mehr.«
»Es geht auch nicht um Geld.«
»Worum geht es dann?«
»Um einen Gefallen, so wie wir ihn Ihnen erweisen, Janus.«
»Ich höre wohl nicht richtig.«
»Sie müssen den Auftrag nicht selbst ausführen. Aber wir wissen, dass Sie ähnliche Kontakte wie den zu uns bundesweit besitzen. Geben Sie nur einen weiteren Auftrag. Dessen Bezahlung übernehmen dann wir.«
Der Weißhaarige war perplex: »Habe ich das richtig verstanden? Sie wollen von mir, dass ich einen Auftrag erteile ... in Ihrem Namen?«
»In Ihrem eigenen. Das dürfte nicht so schwer sein. Vielleicht nennen Sie sich ja bei anderen nicht Janus, sondern Geißenpeter oder was weiß ich. Uns geht es nur darum, jemand aus dem Weg zu haben. Und das muss mit einer ganz anderen Methode geschehen als mit der, die wir benutzen«.
»Warum, zum Jupiter?«
»Da ist jemand im Begriff, uns zu nahe zu kommen, obwohl er das selbst noch gar nicht ahnt. Er stellt eine Gefahr für uns dar. Und im Endeffekt auch für Sie.«
»Hm, wie stellen Sie sich das vor?«
»Es darf nicht so aussehen wie bei Nero. Eine völlig andere Methode. Etwas ... Natürliches. Da kennen Sie doch bestimmt jemanden.«
»Und wer soll auf natürliche Weise ...«
Die Stimme wurde leiser: »Ludwig Fischer, Privatdetektiv in Worms. Das muß genügen.«
Das Gespräch war unterbrochen und die gute Stimmung des Weißhaarigen war verflogen.

13
Guntersblum
August, Samstag Nachmittag

Je näher er dem Ort kam, desto nervöser wurde Fischer. Die B 9 war etwas belebter als sonst samstags um diese Tageszeit. Gegen Abend würde wohl noch wesentlich mehr los sein. Immerhin genoss das Kellerwegfest einen überregionalen Ruf.

Von der Straße nach Eich bogen mehrere Wagen in Richtung Mainz auf die Bundesstraße ein und Fischer mochte Wetten darauf abschließen, dass die genau wie er nach Guntersblum wollten. Als er sich kurz vor dem Ziel der Abfahrt näherte, warf er einen Blick nach vorne rechts, wo hohe, regelmäßig gepflanzte Bäume davon kündeten, dass hier der Rhein verlief.

Auf der anderen Seite des Stromes, auf hessischer Seite, von hier aus nur zu ahnen, breitete sich das riesige Naturschutzgebiet Kühkopf aus, an dessen Rand wiederum der Ort Stockstadt grenzte, in dem Fischer große Teile seiner Jugend verbracht hatte. Viele seiner Freunde hatten dort gewohnt. Er selbst war im hessischen Gernsheim geboren und nur durch Biebesheim von Stockstadt getrennt gewesen. Der Kühkopf war früher für Fischer und seine Jugendfreunde eine Art großer Abenteuerspielplatz gewesen, in dem je nach Altersstufe Dinosaurier, Ritter und Drachen, Cowboys, Indianer und Grizzlybären oder Sumpfmonster gehaust hatten.

Die heutigen Zeitungsmeldungen schossen ihm durchs Hirn: ›Mord

am Kühkopf‹. ›Mordopfer im Naturschutzgebiet‹ oder noch reißerischer: »Hinrichtung im Morgennebel‹, was sogar eine sinnentstellende Formulierung war, weil im dazugehörigen Artikel darauf hingewiesen wurde, dass man den Erdrosselten schon am Abend zuvor vom Leben zum Tod befördert hatte. Fischer lenkte seinen Wagen in die Wormser Straße unter der Eisenbahnbrücke hindurch Richtung Ortskern Guntersblum. Überall wiesen Spruchbänder und Plakate auf das Fest hin. Die Straßen waren vollgestopft mit Autos. Auf Anhieb war keine Möglichkeit zu sehen, den Wagen abzustellen. In der Nähe der Kirche am Markt fand Fischer schließlich einen Parkplatz. Von hier aus war es nicht mehr weit bis zu dem Treffpunkt mit Edgar und Susanne am Julianenbrunnen. Beim Aussteigen überlegte sich Fischer, ob er seine Lederjacke im Mitsubishi lassen sollte. Es war so warm geworden, dass es einem Saunagang entsprochen hätte, jetzt die Jacke anzuziehen. Aber wenn man eine Angewohnheit hatte, dann sollte man sich nicht davon abbringen lassen, dachte Fischer, gleichgültig wie die klimatischen Bedingungen waren. So nahm er die Jacke über den Arm, schloss die Wagentüre ab und machte sich auf den Weg zum Julianenbrunnen.
Dreimal sah er unterwegs Frauen, die Stephanie Lorenz ähnelten, und jedesmal empfand er zunächst freudige Erregung und anschließend, wenn er feststellen musste, dass es sich bei der betreffenden Frau keineswegs um Stephanie Lorenz handelte, sackte seine Gemütslage in tiefe Enttäuschung ab. Darüber ärgerte er sich, wie so oft, seit vorgestern Nacht. Er wollte diese Gefühle nicht. Nichts lag ihm ferner, als sich Hals über Kopf verlieben zu wollen.
Und nichts lag ihm näher!
Wie oft hatte er sich in den letzten Jahren gewünscht, sich zu verlieben. Bei einigen Bekanntschaften hatte er es sich geradezu vorgenommen. Wie ein trotziger Junge, der ein Spielzeug unbedingt haben will. Die Unmöglichkeit, Gefühle steuern zu können, stand ihm natürlich im Wege. Aber waren Naturgesetze nicht dazu da, überwunden zu werden? Nun, es hätte ja zweimal fast geklappt. Im Fall Susannes war Fischer froh, dass sich das berüchtigte aufkeimende Liebespflänzchen nicht weiter entwickelt hatte, und eine Theaterre-

gisseurin aus Hannover war zu früh wieder abgereist. Und jetzt? Trotz der allgemeinen Sehnsucht passte ihm der Wunsch, sich gerade dieser Frau zu nähern, absolut nicht. Weder seine noch ihre Lebenssituation, soweit ihm Stephanie Lorenz' Situation überhaupt bekannt war, sprachen für eine Verbindung.

Aber kam Liebe nicht immer ungelegen?

Während sich Fischer also, innerlich mit sich selbst disputierend, dem Treffpunkt mit Edgar und Susanne näherte, überfiel ihn ganz plötzlich ein neuer Gedanke. Es war, als würde sich über den Schatten, den die drohende Verliebtheit für ihn darstellte, ein ganz anders gearteter Schatten legen. Fischer fühlte sich beobachtet.

Daran hatte der DVD-Film Annerose Neuwirths einen erheblichen Anteil. Vor dem geistigen Auge des Privatdetektivs entstand diesmal nicht das Bild einer Frau mit Pagenkopf, sondern das Bild eines runden Männergesichts. Und auf einmal ging es ihm genau so wie bei den drei fremden Frauen, in denen er Stephanie Lorenz zu erkennen geglaubt hatte.

›Du wirst langsam verrückt, Lui Fischer‹, sagte er sich, ›dein verdammter Beruf färbt ab. Jetzt überleg' dir doch mal, wie sich Leute fühlen, wenn sie durch dich beobachtet werden. Das heißt, wenn sie sich durch dich beobachtet fühlen, hast du ohnehin was falsch gemacht. Das ist sowieso eine Spezialität von dir, etwas falsch zu machen. Aber das steht auf einem anderen Blatt. Jedenfalls drehst du allmählich durch. Akzeptiere das als Tatsache‹.

Am Julianenbrunnen spielte eine Band Oldtime-Jazz. Die Menschenansammlung auf dem großen Platz davor war überschaubar. Als Fischer dort ankam, wehte ihm der Wind gerade Fetzen des unvermeidlichen ›I scream‹ an die Ohren.

Er entdeckte Edgar und Susanne auf Anhieb. Sein Neffe war wie fast immer mit einer Fotokamera bewaffnet, die er wie einen Karnevalsorden in einer Umhängetasche vor dem Bauch baumeln hatte. Susanne hielt Edgars Hand, ließ durch ein leichtes Drehen ihres Kopfes ihre gewaltige blonde Mähne in Bewegung geraten, weil sie wusste, dass Fischer das mochte, und lächelte unverschämt gutgelaunt. Es war verblüffend, wie sehr sie Annerose Neuwirth ähnelte.

Sie trug ein weinrotes Minikleid und sah so begehrenswert aus, dass Fischer für eine Sekunde daran dachte, wie anders sein Leben wohl verlaufen wäre, wenn sie beide damals ihren Trieben gehorcht hätten. Erst als er wieder an Stephanie Lorenz dachte, fiel ihm auf, dass Susanne die erste weibliche Person war, die in der Lage war, ihn wenigstens für kurze Zeit von seiner neuen Traumfrau abzulenken.
»Lui, du hörst es zwar nicht gern, aber es steht dir, wenn du deine Jacke mal zur Abwechslung über dem Arm trägst«, rief Susanne dem Onkel ihres Mannes entgegen. »Es macht ihn jünger«, flachste Edgar, »obwohl er immer glaubt, es sei umgekehrt. Ab einem gewissen Alter sind bestimmte Kleidungsstücke einfach kontraproduktiv.«
»Wann wirst du es lernen, Fremdworte nicht in falschen Zusammenhängen zu benutzen?« Fischer trat auf die beiden zu.
Susanne rollte in gespielter Verzückung die Augen. »Ich wusste gar nicht, dass du einen Bizeps hast«, sagte sie mit Kleinmädchenstimme. Fischer fand solche Reden erfrischend.
Er war froh, dass es mit den beiden so gekommen war. Sie passten zusammen. Sie waren das richtige Paar. Er selbst und Susanne wären mit Sicherheit das falsche geworden.
Er begrüßte die beiden Menschen, die ihm am meisten bedeuteten mit heftigen Umarmungen, beteuerte noch einmal, dass ihm die Programmänderung nichts ausmache, und erkundigte sich nach Edgar Junior. Dann wandelten die drei am Julianenbrunnen vorbei nach links in den Kellerweg hinein. Das Brunnengelände trennte die Weinmeile Guntersblums. Natürlich wäre Fischer lieber nach rechts abgebogen, weil dort fast am Ende des Weges das Haus von Stephanie Lorenz' Tante lag, in das sie vorgestern Abend gegangen war. Aber er hatte inzwischen nicht mehr vor, Edgar und Susanne jetzt schon einzuweihen, und ausserdem würden sie später auf dem Weg zum Lokal automatisch dort vorbeikommen.
An nahezu jedem zweiten Weinstand vor den berühmten Kellern machte Edgar Fotos von seiner schönen, jungen Frau. Manchmal durfte auch Fischer mit aufs Bild und einmal ließ sich Edgar mit Susanne von seinem Onkel fotografieren, aber meistens musste seine Gattin

allein oder mit irgendeinem greifbaren Weinbauern posieren, was sie nicht nur gewohnt war, sondern auch gerne tat. Das perfekte Fotomodell. Die ganze Zeit über sprachen sie über alles Mögliche, aber keiner kam auf Fischers Ausstieg aus dem Detektivgewerbe zu sprechen. Das war ein Thema für später, am besten nach dem Essen. So hatten sie es auch früher schon gehalten, wenn es Wichtiges zu bereden galt.
Natürlich fixierte Fischer während ihres Bummels die Menschen, die ihnen begegneten.
Er fühlte sich schizophren. Zwei unterschiedlichere Motivationen für seine Wachsamkeit konnte er sich nicht vorstellen. Einmal die Sehnsucht, eine bestimmte Frau wiedersehen zu wollen, und zum anderen die Angst vor der Verfolgung durch einen fremden Mann, von dem er nicht wusste, was der von ihm wollte. Auch wenn er sich einzureden versuchte, dass Annerose Neuwirths DVD ihm unnötige Befürchtungen suggeriert haben konnte, wich die ängstliche Achtsamkeit nicht.
Die Straße war noch nicht annähernd so voll von Menschen wie sie wahrscheinlich abends sein würde, aber es war dennoch schwierig, jede Person, die ihnen begegnete, gebührend zu beachten. Weil Fischer nicht wollte, dass Susanne und Edgar etwas merkten, musste er das so unauffällig wie möglich tun. Es war anstrengend, dabei den fröhlichen Gesprächston aufrecht zu erhalten, aber es gelang ihm recht gut.
Das junge Paar genehmigte sich an zwei Ständen kleine Weinproben, versuchte Fischer auch dazu zu überreden, aber der lehnte ab. Nach einem Bier war ihm jetzt allerdings auch nicht, was Edgar bedenklich fand und zu der Bemerkung veranlasste: »Onkel, jetzt wirst du wirklich alt.«
Nach einer knappen Stunde kehrten sie um und wanderten zurück Richtung Julianenbrunnen. Der Kellerweg bevölkerte sich derweil immer mehr. Das Spähen wurde schwieriger.
Am Brunnen unter den Pavillonzelten hatte die Band gewechselt. Ein paar gelangweilte Späthippies gaben Oldies zum Besten. Zur Zeit spielten sie gerade »In the Summertime« von Mungo Jerry.

Susanne gefiel das Lied und sie fragte Fischer: »Lui, ich finde das toll, ich habe es aber noch nie gehört. War das zu deiner Zeit?«
»Klar«, sagte der Detektiv, »meine Zeit, spätes Neolithikum. Wundervoller Rhythmus, nach dem sind wir beim Fest der Sommersonnenwende ums Feuer getanzt«.
Susanne lachte: »Neolithikum? Hast du dir das ausgedacht?«
»Bronzezeit«, sagte Edgar trocken.
Susanne sah ihn von der Seite her an: »Klugscheißer!«. Spätestens bei diesem Wort wäre einem zufälligen Mithörer der leichte französische Akzent aufgefallen, den sie über die vielen Jahre in Rheinhessen fast ganz eliminiert hatte. Darauf war sie stolz im Gegensatz zu vielen Französinnen mit Deutschkenntnissen, die den französischen Einschlag kultivierten, weil viele Deutsche das niedlich und sexy fanden.
Einige der Zuschauer auf der unteren Plattform des Brunnenareals tanzten mit, während die meisten anderen ihre Körper zumindest mitzucken ließen. Susanne, Edgar und Fischer stellten sich auf der Kellerwegseite an die obere Abgrenzungsmauer direkt über die Brunnenröhren und blickten auf das weiträumige Gelände hinunter. Sie sahen rechts auf die Band, auf die Getränke- und Imbisszelte, die sowohl links als auch geradeaus standen und stark frequentiert wurden, sowie auf die Dächer Guntersblums, über denen die Spitzen der Doppeltürme von der romanischen evangelischen Kirche sichtbar waren.
Spätestens jetzt wurde es für Fischer unübersichtlich. Zu viele Farben, zuviel Bewegung, zu viele fremde Menschen. Unauffälliges Herumsuchen war nun nicht mehr möglich. Er hätte sich zu stark konzentrieren müssen. Also beschloss er, erst beim Bummel über den anderen Teil des Kellerweges weiter Ausschau zu halten.
Allerdings war es schwierig, angesichts der vielen möglichen Kandidaten dort unten auf dem Platz einfach mit dem Beobachten aufzuhören. Als es ihm gerade halbwegs zu gelingen schien, entdeckte er eine Person, die er kannte. Sie stand links, neben einem offenen Dach, auf gleicher Höhe mit der kleinen Mauer, hinter der sich Fischer, Susanne und Edgar befanden. Unter dem Dach saßen an ein-

fachen Holztischen trinkende und fröhlich lachende Menschen, während eine blonde Frau an einem der Balken lehnte, die das Dach hielten. Diese Frau hielt eine Videokamera in den Händen und filmte in die Richtung der Band, die gerade zu »Oh, La Paloma blanca« überging.

Fischer fragte sich, warum er bei ihrem Anblick erschrak. Hatte er ihr gestern Morgen erzählt, dass er heute nach Guntersblum zum Fest fahren würde? Er konnte sich nicht daran erinnern. Also musste es purer Zufall sein. Die Dame filmte gern, ein bekanntes Weinfest wie dieses bot interessantes Material - warum sollte sie also nicht zum Filmen hierher fahren, ohne irgendwelche Hintergedanken zu haben?

Susanne bemerkte seinen Blick und knuffte ihn in die Seite. »He, die Frau mit der Kamera dort sieht mir ziemlich ähnlich, findest du nicht?«

»Ja, finde ich auch.«

»Aber warum starrst du sie an, wenn das Original so dicht neben dir steht?«

»Ich kenne sie.«

»Oh, woher? Erzähl!«

Edgar war jetzt auch aufmerksam geworden und mischte sich ein. »Du kennst Frauen, die meiner Gattin ähnlich sehen? Wie habe ich denn das zu verstehen?«

Das war natürlich scherzhaft gemeint, denn Edgar wusste, dass nichts mehr als Freundschaft zwischen seinem Onkel und Susanne bestand, aber immerhin hatte es eine Zeit während ihrer Schwangerschaft gegeben, in der die Gefahr bestanden hatte, dass es anders hätte werden können. Edgar würde das zwar Zeit seines Lebens verdrängen können, aber ganz weg bekam er die Eifersucht wohl doch nicht. Etwas blieb immer übrig.

Annerose Neuwirth schwenkte ihre Kamera.

Fischer hätte sich am liebsten hinter Edgar und Susanne versteckt, aber das konnte er sich abschminken, denn er hätte beide um Haupteslänge überragt. Also hoffte er, dass er im Sucher nicht weiter auffallen würde. Doch als die Kamerabewegung stockte, als die blonde

Frau die Arme runter nahm und sich das Gesicht der Filmerin mit einem Lächeln füllte, war es zu spät.

Annerose Neuwirth kam direkt auf die Drei zu.

»Hallo, mein Held,« sagte sie strahlend und küsste Fischer links und rechts auf die Wangen, so wie sie es auch gestern Mittag gemacht hatte. Der zarte Mundkuss von vorgestern abend war ihr wohl selbst als voreilig erschienen, nachdem Fischer sehr zurückhaltend reagiert hatte.

»Held?« Susanne zog die Augenbrauen hoch, wie sie es oft tat, wenn sie vorgab, besonders erstaunt zu sein. »Gibt es einen Wesenszug an dir, den ich noch nicht kenne?«

Fischer war die Situation peinlich. Er versuchte, gute Miene zum unerquicklichen Spiel zu machen. »Tja, da gibt es wohl Erklärungsbedarf«, begann er, »Edgar Zimmermann, Werbefachmann aus Alzey, mein Neffe, und Susanne, seine reizende Gemahlin, Annerose Neuwirth, Drogeriebetreiberin aus Worms.«

Die Drei schüttelten sich die Hände, lächelten unverbindlich und standen für einen Moment schweigend und unschlüssig herum.

»Vielleicht sollten wir ein Gläschen trinken«, schlug Susanne schließlich vor und wandte sich direkt an ihre Beinahe-Doppelgängerin, »das mit dem Held müssen Sie mir etwas näher erklären.«

»Wir sehen uns nicht nur ähnlich, Susanne«, erwiderte die Drogistin, »wir scheinen auch beide neugierig zu sein. Ich werde den ›Helden‹ erklären, wenn Sie mir im Gegenzug etwas über Herrn Fischers dunkle Vergangenheit erzählen.«

»Das kommt darauf an, was Sie schon wissen«, sagte Edgar.

Annerose Neuwirth lachte leicht: »Ich kenne ihn erst seit Donnerstag, da hat er seine Lebensgeschichte noch nicht vor mir ausgebreitet.«

Fischer wurde das Ganze immer unangenehmer, zumal er seinen Verwandten ansah, dass sie die blonde Dame mit einem gewissen Wohlwollen betrachteten. Er meinte, es sei Zeit für einen entwaffnenden Scherz. »Ich habe ihr meine Beteiligung an der Ermordung Kennedys gestanden, aber was die Mondlandung betrifft, glaubt sie immer noch, Armstrong sei der Erste gewesen.«

»So alt bist du nun auch wieder nicht«, flachste Frau Neuwirth, »und die Lederjacke über dem Arm macht dich noch mal etwas jünger. Jedenfalls jünger, als wenn du sie trägst.«
»Sie haben den richtigen Ton drauf, Annerose«, lobte Edgar, »so muss man mit ihm umgehen. Also, wo wollen wir ein Tröpfchen zu uns nehmen?«
Fischer wusste, wann er verloren hatte. Er kam wohl nicht um einen späten Nachmittag mit drei Leuten herum, von denen es mindestens zwei sehr gut mit ihm meinten. Zu gut! Aber wenn er seine Begleitung schon aufgezwungen bekam, wollte er wenigstens etwas davon haben. »Wir waren bereits dort«, er wies über die Schulter auf den Teil des Kellerweges, durch den er mit Susanne und Edgar gelaufen war, »wenn ihr Lust habt, erkunden wir den anderen Teil der Straße. Ganz am Ende soll es ein paar schnuckelige Weingüter geben.«
»Du willst doch nicht sagen, dass du plötzlich Wein trinkst«, sagte Annerose erstaunt.
»Wären wir in Moskau, würde ich freiwillig Wodka trinken.«
»Das sind ja ganz neue Töne.« Susanne war nun wirklich erstaunt.
Edgar gab das Kommando. »Also los, bevor die Keller leer sind.« Er setzte sich in Bewegung, Annerose gesellte sich sofort zu ihm und Susanne hängte sich hinter den beiden bei Fischer ein. Sie sprach in sein Ohr: »Lui, ich bin zwar geschmeichelt, weil sie mir wie aus dem Gesicht geschnitten ist, aber mir scheint, als wärst du nicht so glücklich über unser Zusammentreffen.«
»Es ist blanker Zufall. Ich kenne sie erst ganz kurz und ich glaube nicht, dass daraus mehr wird als eine nette, kleine platonische Freundschaft.« Fischer wollte gerade etwas weiter ausholen und sah dabei auf die Rücken von Annerose und Edgar, bemerkte halb im Unterbewußtsein, dass sie beide Riemen um den Hals trugen, an denen ihre Kameras hingen. Da streifte sein Blick einen Stand, unmittelbar nachdem sie in den Kellerweg hineingegangen waren, wenige Meter nach dem Verlassen des Geländes am Julianenbrunnen.
An diesem Stand hielten sich mindestens zehn Menschen auf, aber nur zwei davon erregten Fischers Aufmerksamkeit. Ein lachendes Paar, dass mit hoch erhobenen Weingläsern einem anderen Paar zu-

prostete: Harald Lorenz und Stephanie!
Fischer wusste nicht aus eigenem Erleben, wie sich eine Ohnmacht ankündigt, aber das, was er in diesem Augenblick fühlte, musste dem ziemlich nahe kommen.

14
Worms
August, Samstag Nachmittag

Alles in Allem hatte er mit dem Mietwagen zwei Stunden von Stuttgart nach Worms gebraucht. Diverse Staus hatte er von vornherein mit cirka einer halben Stunde veranschlagt, so dass es ihm nichts ausgemacht hatte, als der Verkehr auf der Autobahn mehrfach ins Stocken geraten war. Im Gegenteil, er konnte die Momente des Stehens und die Langsamfahrten dazu nutzen, sich mental auf seinen Auftrag vorzubereiten. Inzwischen hatte er den Wagen bei der Wormser Zweigstelle der Agentur abgegeben, wo er ihn selbstverständlich unter falschem Namen gemietet hatte und war nun mit öffentlichen Verkehrsmitteln unterwegs. Bei Bedarf konnte er sich bei einer anderen Agentur unter irgend einem anderen Namen einen Wagen mieten, jetzt aber wollte er erst mal das Terrain sondieren. Er war vom Hauptbahnhof aus mit einem Bus der Linie 408 zum Hauptfriedhof gefahren und näherte sich nun stadteinwärts zu Fuß der schmalen Obergasse, in der seine Zielperson ihr Büro unterhielt. Es ging um den Privatdetektiv Ludwig Fischer, genannt Lui, einen ehemaligen Schutzpolizisten, der während seiner Ausbildung zum Kriminalpolizisten über eine Sektenaffaire gestolpert war, danach jahrelang berufslos, aufgrund einer Erbschaft aber in der Lage war, sich an der gut gehenden Werbeagentur seines Neffen Edgar Zimmermann in Alzey zu beteiligen, bei dem er auch bis vor wenigen

Jahren wohnte.
Dann war er durch Zufall im rheinhessischen Bechtheim in eine Mordsache geraten, die wieder etwas mit Sekten zu tun hatte. Fischer konnte der ermittelnden Kriminalpolizei aus Mainz beim Suchen und Finden des Täters helfen und war anschließend nach Worms gezogen, um seine Ein-Mann-Detektei zu eröffnen.
Durch zwei mehr oder weniger spektakuläre Fälle war er kurzzeitig ins Licht der Öffentlichkeit getreten. Einmal ging es um die Ermordung einer Musicaldarstellerin aus Hamburg, die beim Wormser Nibelungenmusical auftreten wollte. Beim zweiten Fall trug Fischer wesentlich zur Verhaftung eines Serienmörders bei, der junge Mädchen in Höhlen in die ›rheinhessische Schweiz‹ hinter Alzey verschleppte, ihre Todesschreie auf Band aufnahm und elektronisch bearbeitete. Dazwischen und danach, bis heute, gab sich Fischer mit der üblichen detektivischen Kleinarbeit ab.
Das also war die Zielperson des Mannes aus Stuttgart. Der Auftrag war erst am Mittag hereingekommen. Es hatte eine Stunde gedauert, um über Internet und private Kanäle die nötigen Infos an Land zu ziehen und nun war er bereits am Zielort. Er mochte es, die örtliche Atmosphäre einer Zielperson kennenzulernen und mit in seine Pläne einzubeziehen.
Über irgendwelche Hintergründe, über eigentliche Auftraggeber und deren Motivationen wollte er nichts wissen. Sein Kontaktmann fragte ihn immer wieder, ob er bei diesem oder jenem speziellen Fall genauere Informationen haben wolle, aber er verneinte stets. Er wollte nicht seine eigenen moralischen Maßstäbe an die der Auftraggeber legen, weil er dann nicht mehr objektiv sein konnte. Es ging um die gezielte, möglichst unauffällige Beseitigung von Personen, deren Weiterleben vom Auftraggeber nicht erwünscht war. Und das musste mit handwerklicher Präzision erledigt werden; moralische Kriterien seinerseits hatten da nichts zu suchen.
Die Zielperson selbst interessierte ihn allerdings jeweils auch von der psychologischen Seite her. »Wenn du weißt, wie einer tickt, weißt du auch, wie du sein Uhrwerk abstellen kannst«, hatte ihm der Mann gesagt, bei dem er ›in die Lehre‹ gegangen war. Darüber hi-

naus betrachtete er die Erforschung menschlichen Verhaltens auch als privates Hobby, und wenn man Beruf und Berufung miteinander verbinden konnte ...

»Verzeihung, kennen Sie sich hier aus?«

Der Stuttgarter war zwar überrascht, als er plötzlich von hinten angesprochen wurde, aber er war trainiert genug, sich nichts anmerken zu lassen. Er wusste auch, dass es nicht sinnvoll war, auf eine solche Frage mit: »Tut mir leid, ich bin selbst fremd hier«, zu antworten. Also drehte er sich langsam um, sah die kleine, leicht mollige Frau im Jogging-Anzug an und fragte seinerseits: »Sind wir nicht alle überall fremd? Es sei denn wir kennen uns aus.«

Die Frau kicherte, obwohl sie den Scherz offensichtlich nicht verstand. Ihr rundes Gesicht war ein einziges Fragezeichen. Der Stuttgarter fügte rasch hinzu: »Wo möchten Sie denn hin?«

Jetzt erst bemerkte er den kleinen Hund, einen schmutzig-weißen Westhighlandterrier, den die Frau an einer Leine hielt und der mit leisem Dauerknurren vor seinen Füßen herum sprang.

»Wigbert, lass den Onkel«, rief die Frau und zog halbherzig an der Leine. Dann glaubte sie noch den Standardsatz aller Hundebesitzer hinzufügen zu müssen: »er macht nix.«

Der Stuttgarter regte sich keineswegs über den Hund auf, obwohl er kein Freund dieser Rasse war, aber er war erschüttert über den Namen, den die Dame dem Tier gegeben hatte. Dennoch verkniff er sich eine diesbezügliche Bemerkung. Er fragte lediglich noch einmal: »Wo soll es denn hingehen?«

»Zur Haingasse!«

Der Mann besaß ein gutes Gedächtnis. Das musste er in seinem Beruf haben. Er hatte vorhin im Bus den Stadtplan studiert, daher wusste er, dass die gewünschte Gasse direkt von der Obergasse abzweigte. Streng genommen standen sie beide direkt an der Einmündung.

»Hier hoch«, sagte er und wies mit ausgestrecktem Arm auf die Haingasse, die direkt neben einer schmucken Villa steil bergauf führte. Wigbert schien sich von der Geste angeregt zu fühlen, wahrscheinlich dachte er, der ›Onkel‹ habe ein Stöckchen zum Apportieren geworfen, jedenfalls zerrte er mit gewaltigem Tatendrang so an

der Leine, dass es sein Frauchen beinahe umgeworfen hätte.
»Böser Hund«, kreischte sie auf. Wegen des dabei entstandenen dissonanten Tones dachte der Mann für eine Sekunde daran, welch nützliches Strangulierungswerkzeug so eine Hundeleine darstellen konnte. Aber das hätte nicht zu seinem Stil gepasst. Es gab ausser einer angemessenen Bezahlung keinen Grund für ihn, ein Leben auszulöschen. Er würde privat nie einen Mord begehen.
Die Frau konnte ihren Hund etwas beruhigen, dann beäugte sie den Stuttgarter plötztlich von unten herauf mit unverhohlener Neugier.
»Sie sind nicht zufällig der Detektiv?«
Selbst jetzt ließ sich der Mann seine Überraschung nicht anmerken.
»Ich bin mit Sicherheit kein Detektiv, gnädige Frau«, sagte er verbindlich, »wie kommen Sie denn darauf?«
»Hier soll doch einer wohnen.«
»In dieser Gegend wohnt sicher auch eine Bäckereifachverkäuferin, und ich bin trotzdem keine.«
Die Frau kicherte wie vorhin, ohne ihm folgen zu können.
Der Mann fügte hinzu: »Suchen Sie denn einen«?
»Ich, einen Detektiv?«
»Könnte doch sein. Wenn der Herr Gemahl den Hochzeitstag vergessen hat ... Sie verstehen?«
Sie verstand nicht. »Ich bin nicht verheiratet«, sagte sie ernsthaft, während Wigbert einen ersten Knabberversuch am unteren Saum des rechten Hosenbeines des Mannes unternahm.
Frauchen zerrte an der Leine. »Gehst du wohl ...« Dem Stuttgarter dauerte das Gespräch inzwischen viel zu lange. An einen solchen Wortwechsel könnte sich die Dame später bei einem möglichen Verhör erinnern. Aber er hatte ja nicht vor, einen offiziellen Mord zu begehen. Es sollte, laut Auftrag, wie ein natürlicher Tod aussehen. Und ausserdem würde er seine Zielperson nicht ausgerechnet hier eliminieren. Also dürfte das Gespräch mit der Hundebesitzerin nicht schädlich sein. Nur länger ausdehnen durfte er es nicht. Es war schon unangenehm, dass sie ausgerechnet auf den Detektiv zu sprechen gekommen war.
»Schönen Tag noch«, wünschte er, und drehte sich in die Richtung

um, in der das Büro Fischers lag.
»Wigbert hat ihnen was an der Hose gemacht«, rief ihm die Frau nach. Wigbert bellte dazu.
»Das macht nichts«, sagte der Mann halb über die Schulter, »das ist meine Hose für die Gartenarbeit.« Er musste das Gespräch dringend abbrechen, bevor die Dame ihm anbot, die betreffende Stelle zu flicken.
»Garten? Da wohnen Sie hier in der Gegend?«
Er stand mit dem Rücken zu ihr, fühlte schon wieder Wigberts heißen Atem an der Ferse. »Nicht weit weg.«
»Kennen Sie den Detektiv?«
»Nicht persönlich!«
»Wissen Sie, ich habe noch nie einen Detektiv kennengelernt. Ob die so sind wie im Fernsehen?«
Der Mann machte einen Schritt nach vorn aus der Reichweite des Hundes weg, dann drehte er sich wieder zu ›Frauchen‹ um. »Ich glaube, das ist ein Beruf wie jeder andere auch.«
Die Hundebesitzerin war dabei, sich warm zu reden. »Na, wenn der den ganzen Tag mit Verbrechern zu tun hat ...«
»Na, ja, die haben nicht nur mit Verbrechern zu tun. Die verfolgen untreue Eheleute, oder passen im Kaufhaus auf, das keiner etwas stiehlt ...«
»Woher wissen Sie das denn, wenn Sie keiner sind? Sind sie am Ende doch einer?« Die Frau begann dem Stuttgarter auf die Nerven zu gehen, und das wurmte ihn, war er doch stolz darauf, dass ihn nichts aus der Ruhe bringen konnte. Er gab sich inzwischen schon viel zu lange mit Frau und Hund ab. Es war möglich, dass sie von anderen Anwohnern gesehen würden, und wie der Teufel so spielte, erinnerte sich irgendwann vielleicht doch jemand an ihn. Warum hatte die Frau auch ausgerechnet von dem Detektiv anfangen müssen?
»Ich muss weiter, auf Wiedersehen«, sagte der Stuttgarter und wandte sich wieder ab, in der Hoffnung, dass die Nervensäge in der gesuchten Haingasse verschwinden möge.
Wigbert bellte ihm nach und die Frau lachte etwas hysterisch auf. »Also doch, aber das macht doch nichts. Sie müssen sich doch nicht

schämen. Sie haben doch selbst gesagt, dass es ein Beruf wie jeder andere ist«.

Aus einem Haus, nur zehn Meter entfernt, trat in diesem Moment eine mittelgroße, spindeldürre Frau mit einer riesigen Handtasche. »Guten Tag«, grüßte sie. Der Stuttgarter erwiderte den Gruß und auch die Hundebesitzerin hinter ihm ließ ein »Guten Tag«, ertönen. Während die Dünne an ihm vorbei ging und hinter seinem Rücken nicht mehr zu sehen war, sprach ›Frauchen‹ weiter. »Entschuldigung, wohnen Sie hier?«

Die Stimme der Anderen entsprach in Volumen und Zerbrechlichkeit ihrem Aussehen. »Ja, hier in dem Haus«, antwortete sie.

»Dann wissen Sie doch sicher, ob dieser Herr hier der Detektiv ist, der da vorne wohnt«. Er ging schneller.

Die Nachbarin Fischers schien etwas verwirrt. »Dieser Herr hier?«

»Ja«, dann wurde die Stimme der Hundebesitzerin lauter, mit ihren folgenden Worten meinte sie offenbar den Stuttgarter: »Bleiben Sie doch mal stehen. Es geht schließlich um Sie.« Wigbert bellte im gleichen unangenehmen Ton.

Der Mann stoppte. Er musste dieser Angelegenheit jetzt ein schnelles Ende bereiten, ehe sich die Szene zur Freiluftaufführung mit reger Anwohnerbeteiligung entwickelte.

Wieder einmal drehte er sich um und lächelte den beiden Frauen und dem kläffenden Hund unverbindlich freundlich entgegen. »Wir kennen uns nicht, nicht wahr?«

Die extrem schmale Frau mit der extrem großen Einkaufstasche lächelte scheu zurück: »Ich kenne Sie nicht!«. Die Frau sprach weiter: »Aber das hat nichts zu sagen, ich habe ein ganz schlechtes Personengedächtnis. Und wir wohnen noch nicht lange hier. Mit den Nachbarn haben wir noch gar keinen Kontakt. Aber es wird natürlich Zeit. Wenn mein Mann heute Nacht von der Schicht kommt, spreche ich mal mit ihm, und dann machen wir eine Tour durch die Straße, vielleicht mit einem Fläschchen Wein... und dann stellen wir uns überall vor.« Die Dünne wandte sich jetzt direkt an die Hundebesitzerin: »Sie wohnen auch in der Obergasse?« Wigbert sprang inzwischen um ihre Füße herum: »Du bist aber ein Süßer.« Sie bückte

sich und versuchte das völlig aufgedrehte Tier zu streicheln. »Ich wohne in der Siedlung drüben, beim Dental-Labor«, sagte ›Frauchen‹. »Münstermann!«
»Gellert!« sagte die Dünne, während sie jetzt in die Hocke ging und den Hund am Kinn kraulte, was ihn etwas beruhigte. Der Stuttgarter wusste, dass beide Damen nun von ihm erwarteten, dass er seinen Namen nannte und er überlegte kurz, ob er einen seiner Falschnamen benutzen sollte, oder einen x-beliebigen. Den Frauen wäre natürlich der Name Fischer am liebsten gewesen, würde das doch bestätigen, dass es sich bei ihm tatsächlich um den Detektiv handelte. Einen abenteuerlichen Moment lang erwog er sogar die Nennung seines tatsächlichen Namens, ›Drell‹, aber das war nur ein winziger Ausflug in die Welt des Verwegenen, also nahm er irgendeinen Allerweltsnamen: »Schulz«, sagte er. »Heißt der Detektiv Schulz?« fragte ›Frauchen‹ Münstermann die überschlanke Frau Gellert. »Ich weiß es nicht«, antwortete diese mit entschuldigendem Lächeln. »Na, da schauen wir doch mal nach«, forderte Frau Münstermann in einem Ton, der keinen Widerspruch zuließ. Es waren ja nur wenige Meter zu dem Haus des Detektivs. Also marschierte die Münstermann los, Wigbert hinter sich herziehend, der sich gerade niedergelassen und das Kraulen der Frau Gellert zu genießen begonnen hatte. Diese erhob sich etwas verwirrt aus der Hocke und trabte folgsam hinter der kleinen, drallen Hundebesitzerin her.
Der Stuttgarter schloss sich an. Was blieb ihm übrig, wenn er nicht noch mehr auffallen wollte.
Frau Münstermann hatte die Eingangstür zu dem kleinen Haus erreicht, beugte sich vor, um auf das Schild neben dem Klingelknopf zu blicken und rief dann laut über die Schulter den anderen zu: »Fischer. Der heißt Fischer, nicht Schulz.«
»Sehen Sie, ich bin's nicht«, sagte der Stuttgarter mit dem echten Namen Drell, den hier niemand je erfahren würde.
Frau Gellert schaute sich das Schild auch genauer an. ›Ludwig Fischer, Privatdetektiv‹. »Den merk' ich mir jetzt. Wenn wir uns den Nachbarn vorstellen, müssen wir ja die Namen kennen, gell?«
»So, wo ich nun über jeden Verdacht erhaben bin, kann ich mich ja

verabschieden«, sagte Drell, der Auftragskiller aus Stuttgart und tippte mit dem Zeigefinger der rechten Hand an einen imaginären Hut. Dann verneigte er sich kurz in Richtung der Damen und nickte sogar dem Hund zu, was Wigbert mit einem erneuten Knurren beantwortete. »Wo wohnen Sie denn genau, Herr Schulz?«, fragte die magere Frau Gellert, »mit Ihnen will ich doch auch auf die neue Nachbarschaft anstoßen, wenn's soweit ist.«
»Na, es ist schon ein Eckle weg«, sagte Drell und verwünschte dabei insgeheim die beiden Frauen, den Hund, seinen eigenen Drang zur Recherche, den ungewollten Absturz in seinen heimischen Dialekt und dieses unglückselige Zusammentreffen. Im Grunde müsste er den Auftrag jetzt abbrechen. Da war inzwischen schon zu viel schief gelaufen. Bei jeder späteren Nachforschung würden sich Frau Münstermann und Frau Gellert an den falschen Herrn Schulz erinnern, und vor allen Dingen an seine Verbindung zu dem Detektiv, obwohl sie diese selbst hergestellt hatten. Diese Kette von kleinen Pannen hatte Drell zwar nicht selbst verschuldet, aber sie war nun mal geschehen und die vernünftigste Konsequenz daraus hieß: Fort von hier!
»Ein Eckchen weg«, rief Frau Münstermann, gottseidank ohne auf das »Eckle« einzugehen, »das ist aber ein dehnbarer Begriff!« Sie lachte Frau Gellert an: »Der macht's aber spannend, was? Da könnte man ja glatt glauben, dass er doch der Detektiv ist und nur nicht will, dass man ihn erkennt.« Sie drohte dabei schelmisch mit dem Finger in Drells Richtung. Der wünschte sich mittlerweile, dass er demnächst einen Auftrag bezüglich dieser Dame bekäme. Er würde ihn zum Selbstkostenpreis ausführen.
»In Wirklichkeit bin ich beim Geheimdienst«, sagte er und legte den Zeigefinger seiner rechten Hand beschwörend an seine Lippen. Er versuchte dabei entwaffnend zu grinsen.
»Ich hab mal einen Film gesehen«, erklärte Frau Münstermann, »da hat ein Vampir gesagt: ›Ich bin ein Vampir‹. Alle haben gelacht und er war aus dem Schneider. Das ist nämlich ein ganz gemeiner Trick.« Frau Gellert lachte etwas unsicher und Wigbert bellte dazu. Drell stöhnte innerlich auf und sah Frau Münstermann in die Augen.

Eine gewitzte Spaziergängerin. Womit hatte er das verdient?
Auch die schmale Frau Gellert übte sich nun in Humor: »Aber sogar Leute vom Geheimdienst wohnen doch irgendwo«, sagte sie und stellte sich demonstrativ neben Frau Münstermann und ihren Höllenhund, der sich irgendwie überbellt hatte, jedenfalls hielt er ausnahmsweise gerade die Schnauze.
»Klar«, antwortete Drell, »aber das ist eben geheim«. Jetzt lachten sie alle drei, während Wigbert schweigend und scheinbar fassungslos zwischen ihnen hin- und herblickte.
Der Auftragsmörder aus Schwaben überlegte kurz, versuchte sich an Straßennamen aus dem Stadtplan zu erinnern, die nicht ganz so nahe an Ober- und Haingasse lagen. Schließlich fiel ihm etwas ein. »Aber weil Sie es sind. Ich wohne in der Binger Straße«.
»Das ist doch gar nicht weit«, protestierte die mollige Hundefreundin, und bemühte wieder einmal ihren ausgestreckten Arm. »Die liegt doch gleich da unten.«
Drell fiel wieder etwas ein. »Ja, ja, aber ich wohne fast an der Pfrimm«.
Frau Gellert griff in ihre riesige Handtasche, brachte blitzschnell einen Einkaufszettelblock und einen Kugelschreiber zum Vorschein und ging noch mal in die Hocke. Sie legte den Block auf ihr linkes Knie und schielte zu Drell hoch. »Welche Nummer?«
An die Reihenfolge der Straßennummerierung konnte sich der Stuttgarter nun beim besten Willen nicht erinnern. Jetzt erwies sich Frau Münstermanns Mitteilungsbedürfnis ausnahmsweise einmal als hilfreich. »Da unten, wo sie zum Feld hin abbiegt, da sind die Siebzigernummern, stimmt's«?
»Wie klug Sie doch sind, Frau Münstermann«, sagte der Killer, »ich erwäge, Sie für den Geheimdienst zu rekrutieren. Sieben!«, warf er der anderen beiläufig hin. Frau Gellert schrieb und Frau Münstermann kicherte: »Null, null Sieben?« Drell dachte an seine Frau zu Hause in Stuttgart. Er sehnte sich nach deren Humor.
Jetzt musste dieses Intermezzo unbedingt beendet werden. »Ich freue mich auf das Gläschen Wein, Frau Gellert. Auch wenn ich kein echter Nachbar bin. Bis dann also«.

Er wandte sich zum Gehen. »Ich freue mich«, sagte die Dünne, während sie sich aus der Hocke erhob. »Auf Wiedersehen, Herr Schulz«, rief die Dralle. Wigbert hatte wohl beschlossen, für immer stumm zu bleiben. Die beiden Frauen winkten tatsächlich. Drell winkte zurück, drehte sich endgültig um und schritt kräftig aus. Wäre er religiös gewesen, hätte er jetzt ein Gebet zum Himmel geschickt mit dem inständigen Wunsch, keine Stimme mehr in seinem Rücken vernehmen zu müssen, die ihn zurückhielt.
Auch ohne Gebet geschah das Wunder. Er wurde nicht mehr behelligt. Das Leben konnte so schön sein!
Natürlich musste er den Auftrag nun absagen. Aber das machte nichts. Hatte er halt einen kleinen Ausflug unternommen. Seine Frau würde sich freuen, wenn er heute Abend wieder ins Ehebett kletterte, wo er ihr doch gesagt hatte, dass er ein paar Tage geschäftlich unterwegs sein würde. Jetzt würde er den Bus in die Innenstadt zurück nehmen, vielleicht noch kurz den Dom besichtigen und dann mit dem Zug nach Hause fahren.
Als er in der Binger Straße ankam, unten im Tal, steuerte er die Bushaltestelle an. ›Seltsam‹, dachte er, dieser Fischer würde nie erfahren, dass er hier gewesen war, um ihn zu töten. Wahrscheinlich würde das nun ein anderer übernehmen. Aber dass er, Drell, sich in Worms aufgehalten hatte, mit dem erklärten Ziel, Fischers Erdendasein zu beenden, das würde dem Detektiv ebenso verborgen bleiben wie die Tatsache, dass er sein Leben vorläufig zwei Frauen und einem kleinen Hund zu verdanken hatte.

15
Guntersblum
August, Samstag Spätnachmittag

Fischer hasste den spät pubertierenden Jüngling in sich selbst von Minute zu Minute mehr. Gleichzeitig aber wusste er, dass er ihm nicht entkommen konnte. Um halbwegs würdig mit seinen Gefühlen umgehen zu können, versuchte er sich einzureden, dass die Fähigkeit, sich überhaupt verlieben zu können, gerade in seiner momentanen Situation ein gutes Zeichen darstellte.
Er liebte ... also lebte er.
Aber diese Selbsteinschätzung gelang ihm nicht wirklich. Denn natürlich hinterfragte er sich gleich wieder. Es gelang ihm meisterhaft, jeder selbst erdachten Problemlösung mindestens drei Gründe hinzuzufügen, warum diese Lösung nicht klappen würde.
Während er die Stufen des Weinkellers hinter Susanne, Edgar und Annerose wieder hoch zum Kellerweg kletterte, bemühte er sich etwas verkrampft, seine Gefühle zu analysieren. ›Ich liebe ... also lebe ich‹. Solche Kernsätze gaukelten einem gern vor, sie würden glasklar beschreiben, was Sache war. Ein Sinnspruch und schon war die Welt wieder überschaubar. ›Ich liebe ...‹! Musste es nicht heißen: ›Ich bin verliebt‹? Und war das nicht etwas ganz anderes?
Fischers Herz klopfte nicht nur vom steilen Anstieg zum Weg, sondern auch in einer Mischung aus freudiger Erwartung und Angst, weil er dort oben Stephanie wieder begegnen könnte. Stephanie, die

vorhin beim Julianenbrunnen mit ihrem Mann Harald und anderen Menschen gelacht und getrunken hatte.
Er war sich sicher gewesen, dass Harald ihn nicht gesehen hatte. Der Blick Stephanies aber hatte ihn für Sekundenbruchteile gestreift. Ob sie ihn aber tatsächlich wahrgenommen hatte? Er hätte es sich gewünscht, ja, natürlich hätte er es sich gewünscht, und wenn, dann wäre es schön gewesen, einen Funken des Erkennens in ihren Augen zu sehen. Aber er glaubte es nicht.
Beim Erklimmen der letzten Stufen blickte der Detektiv von seinen Füßen hoch. Unmittelbar vor sich sah er Annerose Neuwirths Hinterteil wippen.
Er befürchtete, dass sowohl Susanne als auch Edgar sich anschickten, diese Frau in ihr Herz zu schließen. In der halben Stunde, in der sie nun zusammen die Weinkeller des berühmten Guntersblumer Weges erkundet hatten, waren sich die Drei nähergekommen. Sein Neffe und dessen Frau schmiedeten wahrscheinlich bereits Pläne für mehrere Vierertreffen, in denen sie die erhoffte Beziehung zwischen ›Onkelchen‹ und der Drogistin fördern konnten.
Einen Moment lang schaffte es der straffe, runde Hintern, Fischer von den Gedanken an Stephanie abzulenken. Warum entschied er sich nicht um? Hier gab es eine schöne Frau, die offensichtlich an ihm Gefallen gefunden hatte und dort oben gab es eine andere Frau, die mit ihrem Gatten scherzte, obwohl der sie beschatten ließ. Stephanie und Harald wussten beide von Fischers beruflichem Scheitern, während Annerose ihn für einen Lebensretter hielt. Seine Karten bei der letztgenannten Dame lagen ergo eindeutig günstiger.
Die warme, fast heiße Luft im Kellerweg löste die feucht-kühle Luft im Weinkeller ab. Die Menschentrauben zogen inzwischen immer dichter durch den engen Weg.
Auf der anderen Straßenseite, halb links von ihrem momentanen Standort, sah Fischer das Haus von Stephanies Tante. Bis hierher hatte er sie in der Nacht ihrer ersten Begegnung verfolgt. Erst jetzt, beim erneuten Anblick des Hauses, das nicht anders aussah, als die vielen anderen Häuser mit ihren Weinkellern, sandte ihm sein Gedächtnis die Botschaft, dass zwar nicht das Haus selbst, aber seine

Einwohner Fremdkörper im Kellerweg darstellten. Er erinnerte sich, was in seinen Unterlagen hinter dem Namen der Tante stand: *Gesellschafterin der Landvogt-Brauerei in Mainz.* Was machte eine Brauerfamilie an einem solchen Ort wie dem Kellerweg in Guntersblum?
Fischer hatte in der letzten halben Stunde einige Weinproben zu sich genommen, weil ihn die beiden Damen und Harald dazu genötigt hatten. Jetzt, beim Anblick des Hauses von Stephanies Tante, stieg der Bierdurst wieder in ihm hoch. Aber es gab nur einen Weinstand vor dem Haus und dort wurde der Rebensaft eines Nachbarn angeboten, der auch gegenüber, vor seinem eigenen Haus, Stände unterhielt. Scheinbar stellte die Tante nur den Platz vor ihrem Haus zur Verfügung und bot nichts Eigenes an.
Fischer gesellte sich zu seinen drei Begleitern und versuchte in dem allgemeinen Stimmengewirr das Organ seines Neffen herauszuhören, der gerade Pläne machte, wie es nun weitergehen sollte, als ihn Annerose Neuwirths Ellbogen kurz und schmerzhaft in die Rippen stiess.
Ihr Mund war dicht an seinem Ohr: »Da ist der Mann. Drüben, vor dem verwinkelten Haus.«
Fischer sah zwar noch nichts, aber er wusste sofort, wen sie meinte. Dann folgte er dem Blick der Drogistin und nahm die Gestalt wahr, um die es ging. Am Eingang des Hauses, das Stephanies Tante gehörte, stand, im angeregten Gespräch mit einer schlanken, sehr hellhäutigen Frau, der Mann aus Anneroses Videofilm.
»Wenn jetzt noch die kleine Simone mit ihrem Steinewerfer kommt, können wir ein Ehemaligen-Treffen veranstalten«, zischte Annerose. Fischer blickte sie von der Seite her an. Ihre Wangen glühten. Die Frau hatte Jagdfieber. Vielleicht sollte er sie doch mal als Hilfsdetektivin einsetzen.
»Was gibt's denn da zu flüstern«, krähte Edgar fröhlich dazwischen und Susanne sagte: »Das geht uns gar nichts an. Jedenfalls dich nicht, Gatte.« Dann beugte sie sich zu Annerose und Fischer: »Na, was gibt's zu flüstern?« Dabei lachte sie, als habe sie soeben einen besonders gelungenen Witz gemacht.

»Wir haben nur einen alten Bekannten gesehen«, sagte Fischer lahm.
»Oh, ihr kennt euch selbst kaum und habt schon einen gemeinsamen Bekannten?« Susanne konnte sehr ironisch klingen.
Annerose war so nahe an Fischers Ohr, dass sie ihn hätte beißen können. »Ich verdünnisiere mich nach links zum Ende des Kellerwegs. Der muss uns nicht zusammen sehen«.
»Eigentlich sollte er keinen von uns sehen«, flüsterte Fischer zurück und wollte weiter sprechen, aber Annerose fiel ihm leise und beschwörend ins Wort: »Das wir unabhängig voneinander auf dem Fest sind kann Zufall sein. Aber wir beiden Hübschen gemeinsam ... dann weiß er sofort dass du weißt, dass er hinter dir her ist.«
Natürlich hatte sie recht. Fischer nickte. »Okay, ich komme mit Susanne und Edgar nach. Wir treffen uns gleich.«
Und schon fädelte sie sich in den Teil des Menschenstroms ein, der nach links strebte.
»Was ist denn mit deiner Freundin los?«, fragte Susanne und auch Edgar sah seinen Onkel fragend an.
»Sie hat noch einen Bekannten entdeckt, den ich nicht kenne. Wir sehen sie am Ende der Straße wieder.«
Die beiden schienen sich mit der Auskunft vorerst zufrieden zu geben. Jedenfalls sagten sie nichts dazu. Dann übernahm Susanne die Führung und steuerte zielsicher die kleine Theke an, die vor dem verwinkelten Haus stand. Edgar schloss sich an. Fischer blieb nichts anderes übrig, als hinterher zu trotten. Als sie sich der schlanken, weißhäutigen Frau mit den hochgesteckten blonden Haaren und dem kleinen, schmalen Mann mit dem runden Gesicht näherten, wuchs in dem Detektiv die Neugier. Der Mann stand mit dem Rükken zu ihm, hatte ihn also noch nicht gesehen. Wie würde er reagieren, wenn Fischer plötzlich hinter ihm auftauchte?
Susanne schob sich neben den für sie Fremden und sprach über die Theke hinweg die Frau an: »Kann ich ein Glas von ihrem Wein haben?«
Die großen, wasserblauen Augen weiteten sich noch. Zu dem Ausdruck auf ihrem Gesicht fiel Fischer nur die altmodische Vokabel

›pikiert‹ ein.
»Tut mir leid. Das ist zwar unser Haus, aber der Stand gehört drüben zu Speer. Der junge Mann, der den Wein ausschenkt, kommt gleich zurück.«
»Entschuldigen Sie bitte«, sang Susanne mit ihrer fröhlichsten Stimme und hängte sich bei ihrem Gatten ein. »Dann warten wir einen Moment«. Jetzt standen sie und Edgar direkt neben dem kleinen Mann mit dem runden Kopf, und neben Susanne hatte sich Fischer plaziert. Der Weißhäutigen schien das unangenehm zu sein. Sie blickte irritiert von ihrem bisherigen Gesprächspartner zu den drei Störenfrieden und wieder zurück. Der Gesprächsfaden schien abgerissen zu sein. Fischer schielte an Susanne und Edgar vorbei zu dem Mann, der jetzt seinerseits den Kopf zur Seite drehte. Der Detektiv konnte die Augen seines Verfolgers von vorgestern gut genug sehen, um festzustellen, dass der zunächst nur Susanne wahrnahm.
Ein leichtes Erschrecken zuckte über das Gesicht. Fischer wunderte sich, bis ihm Susannes Ähnlichkeit mit Annerose Neuwirth einfiel. Dann schwenkte der Blick auf ihn selbst und jetzt wirkte der Mann richtig erschrocken. Er blinzelte hektisch, senkte mit einer abrupten Bewegung den Kopf, sah kurz zu Susanne und Fischer und versuchte sich anschließend wieder auf seine Gesprächspartnerin zu konzentrieren. Die hatte die Irritation ihres Gegenübers mitbekommen und man sah ihrer weißen Stirn an, wie es dahinter arbeitete.
An dieser Stelle meldete sich Fischers eingebauter Humor, der in letzter Zeit nicht allzu oft zum Einsatz gekommen war.
›Was muss in dem armen kleinen Kerl vorgehen? Er sieht scheinbar die Frau, die ihn bei seiner Observation vorgestern gefilmt hat, stellt vielleicht fest, dass es sich nur um eine Ähnlichkeit handelt, um dann neben ihr den Observierten zu entdecken.‹ Schade, dass die echte Annerose gegangen war, das hätte den Schock perfekt gemacht.
»Ich muss gleich mal nach meiner Tante sehen«, sagte die Frau mit den wasserblauen Augen, »darf ich Sie auf eine Tasse Kaffee einladen?«
Fischer glaubte das Aufatmen des Angesprochenen über Edgar und

Susanne hinweg zu hören. »Gern, Clarissa. Ihr Kaffee ist und bleibt der Beste«.
Die Frau sagte darauf hin: »Wenn Sie mir folgen wollen, Herr Kennichmeier?« Wieder kam ein Atemgeräusch von dem Mann, dieses Mal klang es beinahe ärgerlich.
Er wagte keinen weiteren Blick mehr in Fischers Richtung. Als sich die Dame namens Clarissa zum Hauseingang umwandte, nachdem sie Susanne einen frostigen Blick zugeworfen hatte, der wahrscheinlich das Mindestmaß eines höflichen Grußes darstellen sollte, schloss er sich ihr sofort an und beide verschwanden im Haus.
Fischer freute sich diebisch. Dem Burschen konnte es gar nicht recht sein, dass die Hellhäutige seinen Namen genannt hatte, auch wenn er zunächst einmal nicht davon ausgehen musste, dass Fischer von der Beschattung erfahren hatte.
Edgar meldete sich zu Wort: »Täusche ich mich, oder hat dich der Typ eben etwas seltsam angeguckt?«
»Hat er das?«
»Ja«, sagte Susanne, »das ist mir auch aufgefallen.«
Fischer verspürte immer weniger Lust, die beiden einzuweihen.
»Ich mache euch einen Vorschlag«, sagte er so flapsig wie es ihm möglich war, »wenn ich die Detektei aufgebe, übernehmt ihr sie. Bei eurer Beobachtungsgabe ...« Dabei versuchte er sich den Namen Kennichmeier einzuprägen. Bei der nächsten unbeobachteten Gelegenheit würde er ihn aufschreiben.
Die beiden wechselten das Thema und wenig später erschien der junge Mann, von dem die Dame namens Clarissa gesprochen hatte. Sie tranken alle drei vom Wein der Familie Speer. Er schmeckte sogar Fischer.
Irgendwann bemerkte Susanne, dass sie weitergehen sollten, weil man die arme Annerose nicht so lange warten lassen könne.
Als sie sich in Bewegung setzten, blickte Fischer unwillkürlich noch einmal zu dem Haus und sein Blick wanderte hoch zum ersten Stock, schwenkte über die Fensterreihe. Hinter einer Gardine glaubte er das Gesicht des Mannes namens Kennichmeier zu sehen. Dann tippte ihm jemand auf die Schulter.

Er drehte sich um und sah in das Gesicht von Harald Lorenz. »Hallo, Herr Fischer. War der Auftrag so lukrativ, dass Sie die Finger nicht von ihm lassen können, oder sind Sie hier, um sich vom Guntersblumer Wein berauschen zu lassen? Obwohl, Sie trinken doch lieber Bier, war es nicht so?«

Fischer fühlte die fragenden Blicke von Susanne und Edgar, während er in Harald Lorenz' Gesicht die Spuren ausgedehnten Alkoholkonsums wahrnahm. Seine Haut war fast ebenso krebsrot wie die des Steinestemmers vom Wormser Marktplatz.

Aber während der Detektiv noch versuchte, die Stimmung des anderen richtig einzuschätzen, sah er über dessen Schulter hinweg das Gesicht der Frau, das ihn seit wenigen Tagen nicht mehr los gelassen hatte.

Es befanden sich mehrere Fremde zwischen ihr und ihrem Mann. Sie sprach gerade zu einer großen, korpulenten Frau, tätschelte dann flüchtig den Unterarm eines offenbar dazu gehörigen gebeugten alten Mannes, kam dabei näher ... und entdeckte ihrerseits Fischer. Den Anblick ihrer Augen in diesem speziellen Moment würde Fischer nie vergessen.

Jetzt war er sich hundertprozentig sicher, dass sie ihn vorhin am Julianenbrunnen nicht gesehen hatte. Diese Überraschung in den dunklen, schmalen Augen, diese offensichtliche Wiedersehensfreude wirkte so echt, wie er es nie zu hoffen gewagt hätte.

Sie kam näher und stellte sich neben ihren Mann, berührte ihn aber nicht. Der warf ihr einen Seitenblick zu: »Schatz, das ist ...«, er reckte sein Kinn in einer trunkenen Bewegung Fischer entgegen, »aber ihr kennt euch ja schon, oder?«

Stephanie lächelte: »Lui Fischer, Privatdetektiv. Schöner Beruf. So kommunikativ.«

Harald lachte laut gegen den allgemein hohen Geräuschpegel im Kellerweg an. »Meine kleine süße Gattin steckt das weg wie nix. Richtig sportlich, Herr Fischer.« Er lallte sehr stark. Es klang nicht nach einem typischen Weinrausch. Fischer hatte den Verdacht, dass sich in Harald Lorenz' Blutbahn noch hochprozentigere Flüssigkeiten tummelten.

Harald und Susanne beobachteten die Szene, ohne sie zu begreifen. Im Normalfall hätte sich Fischer jetzt bereits Gedanken darüber gemacht, wie er ihnen die Situation hinterher erklären könnte. Aber er hatte nur Augen für Stephanie. Und sie für ihn. Ihr Blick widersprach den coolen Sätzen, die sie sagte. »Spione haben mich schon immer gereizt. Sie sind weniger langweilig als enge Verwandte, die sie einem hinterher hetzen.«

Harald ging nicht darauf ein. Er kniff die Augen zusammen und ließ seinen Kopf mit einer übertrieben schwungvollen Bewegung nach vorn Richtung Susanne rucken. »Gehört die schöne Frau zu Ihnen, Fischer? Hätt' ich Ihnen gar nicht zugetraut.«

»Du traust doch sonst jedem alles zu«, sagte Stephanie und klang dabei so boshaft wie ihr Ehemann. Der kümmerte sich nicht darum. Er grabschte nach Susannes Hand und drückte ihr einen schmatzenden Kuss auf den Handrücken. Fischer warf einen kurzen Blick zu Edgar. Doch bevor sein Neffe explodieren konnte, rettete Susanne selbst die Situation. »Einen Handkuss haucht man. Wenn Sie wünschen demonstriert Ihnen das mein Mann mit Ihrer Frau.«

Stephanie reagierte prompt und hielt Edgar ihre rechte Hand hin. »Edgar Zimmermann, Stephanie Lorenz«, stellte Fischer vor, und dann: »Harald Lorenz, Susanne Zimmermann.«

Edgar fabrizierte einen formvollendeten Handkuss und sagte dazu: »Sehr erfreut.«

Harald Lorenz lallte: »Sehr erfreut. Wir sind alle sehr erfreut. Die ganze verdammte Menschheit ist sehr erfreut. Besonders dann, wenn sie hintergangen wird. Sie kann sich gar nicht einkriegen vor lauter Erfreutsein. Es gibt immer was zu grinsen und zu lachen und zu busseln. Und wenn sich alle gegenseitig bescheißen, wird besonders breit gegrinst.«

»Und wenn wir alle betrunken sind, sagen wir uns die Wahrheit«, sagte Stephanie und fasste ihren Mann am Arm. »Vielleicht hättest du die Cognacs bei Jäckels weglassen sollen, Schatz«, fügte sie hinzu.

Harald Lorenz ließ seinen Oberkörper kreiseln, bis er ihn zu seiner Frau umgedreht hatte. Dabei schüttelte er ihre Hand ab. »Bin ich dir

zu besoffen? Schämst du dich ... meiner?« Dieses ›meiner‹ kam besonders theatralisch heraus. Er schien so stolz darauf zu sein, dass er es wiederholte: »Meiner.«
»Ich wüsste nicht, wofür ich mich schämen müsste«, sagte Stephanie. »Ich habe mich nicht sinnlos betrunken.«
»Aber du bist mit einem verheiratet, der sinnlos betrunken ist. Und dafür schämen sich brave Ehefrauen normalerweise. Aber du bist ja keine brave Ehefrau, stimmt's, Fischer?«
Der vermied es, Susanne und Edgar anzusehen. Er überlegte blitzschnell, wie er aus der peinlichen Nummer unbeschadet herauskommen könnte. Und das Wichtigste dabei war, er wollte vor Stephanie das Gesicht nicht verlieren. Sie sah ihn erwartungsvoll an.
Wenn sich stark alkoholisierte Menschen in irgendein Thema verrannt hatten, sollte man im Dialog mit ihnen weder fortfahren noch ihnen widersprechen. Das hatte er früher im Polizeidienst des öfteren am lebenden Objekt durchexerziert.
»Wie heißen die Leute, bei denen es Cognac gibt«, fragte er Harald Lorenz, »Häckel?«
Die gerötete Stirn seines Gegenübers begann Falten zu schlagen, die glasigen Augen verdrehten sich. »Was, wie?«
»Ich würde gern einen Cognac trinken, Herr Lorenz. Zeigen Sie mir bitte den Stand.«
Der Kopf des Betrunkenen pendelte einen Augenblick lang zwischen Stephanie, Fischer, Susanne und Edgar hin und her, dann lallte er in Stephanies Richtung: »Ach, leckt mich doch ...!« Damit wandte er sich um und taumelte, sich mit den Armen durch die Menschenmassen schaufelnd, zum Eingang des Hauses, in dem die Tante wohnte.
Stephanie kam dicht zu den Dreien. »Ich schäme mich tatsächlich nicht. Deshalb werde ich mich für meinen Mann auch nicht entschuldigen. Aber ich sorge dafür, dass er sich morgen telefonisch bei Ihnen entschuldigt, Herr Fischer.« Der Detektiv öffnete den Mund für eine Antwort, aber da schoß der Zeigefinger ihrer rechten Hand zu einer wahnsinnig kurzen Berührung an seine Lippen. »Und jetzt sagen Sie bitte nicht, ›Das ist doch nicht nötig‹«!

Fischer würde diese Berührung konservieren, bis er mehr davon bekam.
»Sie haben meine Telefonnummer?« sagte er.
»Mein Mann hat sie. Ich muss ihm jetzt mal nachgehen. Meine Tante ist schwer krank. Die kann ihn im Moment noch weniger ertragen als Sie oder ich.«
Sie warf Susanne und Edgar ein bedauerndes Lächeln zu, dann bohrte sich ihr Blick in Fischers Augen, noch kürzer als die Berührung ihres Fingers an seinen Lippen, aber intensiver als alle Blicke, die sich in den letzten Jahren in Fischers Augen gebohrt hatten. Als sich Stephanie schließlich abwandte und zur Haustür ging, hinter der Harald gerade verschwunden war, fühlte sich Fischer wie eine Mischung aus Superman und Volltrottel. Er würde seinen Verwandten viel mehr zu erklären haben als er wollte. Aber dass sie ihn mit Fragen löchern würden, war ihm klar. Und: Annerose Neuwirth wartete auf sie.
Er blickte noch einmal zum ersten Stock des Hauses hoch. Hinter dem gleichen Fenster wie eben war immer noch das runde Gesicht des Herrn Kennichmeier zu sehen. Als sich unten die Tür hinter Stephanie schloss, verschwand das Gesicht plötzlich vom Fenster.
Fischer beschloss, morgen, am Telefon, wenn sich Harald Lorenz für sein Benehmen entschuldigte, nach Kennichmeier zu fragen.
Ja, er zweifelte keinen Augenblick daran, dass Stephanie ihr Versprechen wahr machen würde.

16
Guntersblum
August, Nacht von Samstag auf Sonntag

Als Letzter hatte Kennichmeier das Haus verlassen. Clarissa atmete tief durch, als sie endlich wieder allein war. Lange vorher waren Stephanie und Harald gegangen, nachdem der sich eine halbe Stunde lang übergeben und vier ganze Stunden lang in Stephanies Zimmer im Erdgeschoss geschlafen hatte. Die ganze Zeit über hatte Kennichmeier bei Clarissa in der Küche gehockt und Anekdoten aus seinem Leben als Weinbuch-Vertreter erzählt, die Clarissa nicht interessierten. Sie hatte dabei ständig an den schlafenden Harald denken müssen. Allerdings mischte sich bei ihr immer dann eine milde Art von Verachtung in die heimliche Schwärmerei, wenn er sich dem Alkohol zu sehr hingegeben hatte. Das kam nicht so oft vor, aber wenn, war es stets äußerst heftig, und beim Kellerwegfest war es sowieso vorprogrammiert.
Stephanie war die ganze Zeit über bei Tante Illona im Zimmer gewesen und Clarissa hätte viel darum gegeben, das Gespräch zu belauschen. Doch nicht nur die Ablenkung durch den Weinbuch-Vertreter hielt sie davon ab. Die Lethargie vom Vortag, als Dr. Lehning nach Tante Illona gesehen hatte, war nicht gewichen. Der Wunsch nach Aufklärung über die finanziellen Machenschaften Stephanies und Tante Illonas war noch nicht groß genug für Clarissa, um selbst aktiv zu werden.

Jetzt, wo sie allein war, bestürmten sie allerdings alle Fragen wieder mit Macht. War es Zufall, dass ausgerechnet heute dieser Privatdetektiv aufgetaucht war, den Harald hinter Stephanie hergehetzt hatte? Harald war sehr überzeugend gewesen, als er ihr berichtet hatte, dass er nicht daran dachte, diesen Mann weiter zu beschäftigen, weil er Stephanie beim Beschatten aufgefallen war. Somit war Haralds Aktion geplatzt und so etwas konnte keinen erfreuen, der seine Frau heimlich verfolgen lässt. War das Erscheinen dieses Herrn Fischer hier vor dem Haus ergo purer Zufall? Oder hatte ihr Harald doch nicht die ganze Wahrheit gesagt?
Clarissa hatte im Haus nicht hören können, was Harald zu dem Detektiv gesagt hatte, aber dass es keine erfreuliche Unterhaltung gewesen war, konnte sie einigen ungehaltenen Äußerungen zwischen ihm und Stephanie entnehmen, als die das Haus betreten hatten. Was ihr völlig schleierhaft war und blieb, war Kennichmeiers Verhalten. Schon draußen an der Theke hätte man beim Auftauchen des Detektivs meinen können, der Weinbuch-Vertreter habe einen Geist gesehen. Dann, im Haus, hatte er aus dem Fenster gestiert, bis Stephanie und Harald reingekommen waren. Auf Clarissas Frage, ob ihm dieser Mann bekannt sei, war die Antwort gekommen: »Nein, woher soll ich den kennen?« Das hatte etwas kindlich geklungen, wie bei einem Achtjährigen, der trotz einer klaffenden Kniewunde seiner Mutter gegenüber steif und fest behauptet, er sei nicht mit dem Skateboard unterwegs gewesen und er sei erst recht nicht gestürzt. Clarissa wunderte sich ohnehin schon seit langem über die enge Verbindung Kennichmeiers zur Restfamilie. Er kam oft angemeldet und auch unangemeldet vorbei, schwätzte sich fest, obwohl ihn mit der Familie nichts Persönliches verband. Gut, mit Haralds Autowerkstatt hatte er hin und wieder geschäftlich zu tun und mit Stephanie hatte es mal Verbindungen gegeben, die ihren Beruf als Bibliothekarin betrafen. Bis vor zwei Jahren hatte selbst Tante Illona noch öfter mit ihm gesprochen. Erst seitdem ihre Krankheit so weit fortgeschritten war, dass sie mit keinem Außenstehenden mehr kommunizierte, hatte das auch aufgehört.
Clarissa mochte ihn nicht besonders, aber sie nahm seine häufige

Nähe hin, denn ein uninteressanter Mann zählte manchmal mehr als gar keiner. Sie wusste allerdings, dass er sich auf erotischem Gebiet genausowenig für sie erwärmen konnte wie sie für ihn.
Sie wurde aber das Gefühl nicht los, dass er für Stephanie schwärmte. Das trug er zwar nie offen zur Schau, er versuchte es genauso zu verheimlichen wie sie ihr Faible für Harald, aber es gab da heimliche Blicke und Gesten seinerseits, die darauf hindeuteten. Stephanie ihrerseits schien ihn als Mann nicht wahrzunehmen. Etwas anders schien es sich bei Stephanies Wahrnehmung bezüglich des Detektives zu verhalten. Als Clarissa neben Kennichmeier heute die Begrüßung zwischen den beiden beobachtet hatte, war ihr ein Ausdruck im Gesicht ihrer Cousine aufgefallen, den sie dort nur ganz selten gesehen hatte. Nun, Clarissas Typ war er auf Anhieb nicht, wenn sie ihn auf ihrer Skala auch einige Punkte über Kennichmeier plazieren konnte. Aber ein Mann, der bei den heutigen Temperaturen eine Lederjacke über dem Arm mitschleppte, der passte nicht in ihr Beuteschema.
Jetzt stand Clarissa wieder an jenem Fenster im Obergeschoss und blickte hinunter auf den Kellerweg. Dort lehnten nur noch wenige Nachtschwärmer an den Ständen. Jene, die jeden ›letzten Halwen‹ zum vorletzten werden ließen.
Der allgemeine Lärmpegel war stark gedrosselt und nur manchmal wurde ein Lachen zu laut.
Clarissa blickte auf ihre Armbanduhr. Schon zwei Uhr. Gottseidank hatte die Tante seit vielen Stunden durchgeschlafen. Dr. Lehnings Medikamente hielten sie in einem Dauerkokon von Müdigkeit.
Dort drüben hinter der Efeu-Ampel und dem alten Stuhl befand sich die Tür, hinter der Tante Illona schlief.
Schlief sie wirklich oder war sie schon hinübergeglitten in die Welt, vor der sie sich mehr fürchtete als vor allem, was ihr diesseits geschehen konnte? Ein Schauer überlief Clarissa bei dem Gedanken daran, dass sie vielleicht allein im Haus mit einer Toten war. Doch wieso kam der Schauer erst jetzt? Die Tante war schon lange sehr krank und man musste ständig mit ihrem Ableben rechnen.
Wahrscheinlich schauderte es sie jetzt, weil sich Clarissa immer be-

wusster wurde, dass sich mit dem Tod der Tante ihr persönliches Schicksal ändern würde. Zum Nachsehen konnte sie sich aber nicht durchringen.
Sie war gespannt, wann sich die wenigen letzten Verwandten melden würden, denen sie auf ihre Anrufbeantworter gesprochen hatte um sie von Tante Illonas Wunsch zu einem letzten Treffen in Kenntnis zu setzen.
Clarissa ging ins Badezimmer, um sich für die Nacht fertig zu machen. Als sie die Badezimmertür hinter sich schloss, zuckte sie zusammen. Auf den Spiegel über dem Waschbecken hatte jemand, offensichtlich mit Lippenstift, zwei Worte gekritzelt: **Stirb! Mörderpack!**

17
Worms
August, Nacht von Samstag auf Sonntag

Der silbergraue BMW stand einsam auf dem Platz vor dem Pegelhäuschen am Beginn der Rheinpromenade. Die Innenraumbeleuchtung war ausgeschaltet, nur das Armaturenbrett blinkte und das Autoradio spielte die letzten Takte von »Feel« mit Robby Williams. Fischer saß auf dem Beifahrersitz und starrte durch die Windschutzscheibe auf den Rhein. Seine schwarze Lederjacke lag locker auf der Schulter Annerose Neuwirths, die es trotz der lauen Nacht fröstelte.
Sie schwiegen seit einer Weile und als Annerose plötzlich ein leises, glucksendes Lachen von sich gab, erschrak Fischer ein wenig. »Was ist so lustig?« fragte er.
Sie sah genau wie er weiter geradeaus, als sie antwortete: »Lustig ist nicht das richtige Wort. Ungewöhnlich wäre richtiger.«
»Soll ich dich jetzt fragen, was so ungewöhnlich ist oder ist es dir lieber, wenn ich gar nichts sage?«
»Stell dir vor, darauf weiß ich keine Antwort.«
»Oh!«
Wieder schwiegen sie, während das Radio von Williams zu Phil Collins wechselte: Er sang »Somewhere« aus der »Westside Story«.
»Das ist mein bevorzugter Platz, wenn ich auf Männerfang bin«, sagte Annerose Neuwirth in das Lied hinein. »Es kommt nicht oft

vor, aber hier unten klappt es nach einem langen Kneipenabend immer.«

»Eine schöne Frau, sanfte Musik, eine laue Nacht und der Rhein. Man kann Männer mit weniger fangen«, sagte Fischer leise. »Aber dann spricht man nicht über seine Taktik.«

Sie sagte: »Eben.« Fischer spürte, dass sich Anneroses Kopf ihm zuwandte. Er sah sie an, sie sprach weiter: »Das macht ihr Jungs ja auch nicht. Ich versuche mir gerade darüber klar zu werden, warum ich es mache. Wahrscheinlich will ich dir das Gefühl nehmen, dass ich dich anmachen will.«

Eine dünne Strähne ihres blonden Haares fiel über ihre Stirn, über das linke Auge und am Mundwinkel vorbei. Ihre Stimme war sehr leise und vibrierte leicht. Etwas wie Trauer klang mit. »Aber eigentlich ...« sie ließ eine kleine Pause »will ich genau das.«

Fischers Kopfhaut wurde angewärmt, als habe jemand im Schädel einen Heizlüfter angeschaltet. Es konnte nicht mehr lange dauern bis die Wärme auch anderswo aufflammte. Aber das wollte er nicht. Warum hatte er sich auch in diese Situation manvörieren lassen? Nach einem langen Abend in Guntersblum, bei dem sie sich zu viert prächtig verstanden hatten, waren Edgar und Susanne nicht mehr in der Lage gewesen, nach Alzey zu fahren. Schließlich hatte sich Annerose, die fast nichts getrunken hatte, bereit erklärt, sie zu kutschieren, während Fischer mit geringer Promillezahl dem Wagen seines Neffen hinterher gefahren war. Mit Annerose war er zurück nach Guntersblum gegondelt, um seinen Mitsubishi zu holen. Den hatte er beim Büro abgestellt, hatte aber bereits vorher Annerose versprochen noch eine kleine Fahrt in ihrem BMW durch Worms mitzumachen.

Tja, nun waren sie schließlich hier gelandet.

»Ich glaube, dass jemand, der dir einen Korb gibt entweder, ein Idiot ist oder schwul«, sagte er und versuchte nicht zuviel unpassenden Humor in die Betonung seiner Worte zu legen. Hoffnung wollte er ihr allerdings auch nicht machen. »Schwul bist du nicht, oder?« Sie hauchte nur noch.

Er hatte Angst, dass sie ihn berühren würde. Nahe genug war sie.

»Nein, ich bin nicht schwul. Ich halte mich nicht einmal für einen Idioten«, sagte er, »jedenfalls nicht grundsätzlich.«
»Aber einen Korb gibst du mir trotzdem!« Sie formulierte es nicht als Frage.
Er nickte nur. Sie wandte ihren Kopf in Zeitlupe ab. »Normalerweise würde ich dich jetzt schon zum zweiten Mal als One Night-Versehen abstempeln, dich nach Hause fahren, dich zum Teufel wünschen und mich eine Stunde unter die Dusche stellen. Vielleicht würde ich sogar heulen. Ich bin nämlich nicht so verflucht taff wie ich mich gerne gebe.«
»Annerose« ...
»Dein Neffe und seine Frau gefallen mir. Ich hatte lange nicht so einen guten Abend wie mit Euch heute ...« Sie blickte fahrig auf die Uhr auf der Konsole.
»Gestern«, berichtigte sie sich. »das will ich mir irgendwie nicht verscherzen«.
»Annerose« ...
Sie zeigte ihm wieder ihr Gesicht: »Schon gut, das einzige, was ich wirklich tue ist, dass ich dich jetzt heimfahre«. »He, ich wollte dich nicht verletzen ...« , dabei näherte Fischer seine Hand etwas tapsig ihrer rechten Schulter. In ihrer Stimme lag leichte Hysterie: »DAS jetzt bitte nicht.«
Sie ließ übertrieben hastig den Motor an, setzte zurück, rangierte und schon fuhren sie auf die Wormser Innenstadt zu.
Später auf der Friedrich-Ebert-Straße begannen sie wieder zu sprechen. Es gelang ihnen über den Abend zu reflektieren, etwas über Kennichmeier und das Haus im Kellerweg zu plaudern und Fischer gab Annerose Neuwirth das Versprechen, sie bald ein bisschen mitschnüffeln zu lassen. Dann wollte Annerose den Detektiv zu seiner Wohnung in die Tafelgasse fahren, von der er ihr erzählt hatte, aber er sagte: »Nee, es ist schon früh am Morgen, ich übernachte im Büro.«
Daraufhin lenkte Annerose ihren BMW über Binger Straße und Berggasse in die Obergasse, wo vor dem Büro der Mitsubishi stand. Kurz vor dem Eingang erfassten die Scheinwerfer einen Wagen, der

wenige Meter weiter mit Standlicht in der Obergasse wartete. Und obwohl dieser Wagen sofort zurückstieß, gelang es Fischer, sich die Nummer zu notieren. Er wollte endlich herausbekommen, wer der Besitzer des schwarzen Mercedes war.

18
Mainz
August, Nacht von Samstag auf Sonntag

Etwas hatte seinen Schlaf gestört. Aber der alte Mann wusste nicht, um was es sich handelte. Es gab mehrere Möglichkeiten. Zwei davon konnte er sofort ausschließen, während er in das Dunkel hinein lauschte, das ihn umgab. An einen Traum konnte er sich nicht erinnern und seine Blase hatte ihn auch nicht gedrückt, obwohl letzteres seit etlichen Jahren der Hauptgrund für sein häufiges nächtliches Erwachen gewesen war.

Er verspürte auch keine wie immer gearteten körperlichen Schmerzen und dennoch war er sehr beunruhigt. Er neigte nicht zu Angstzuständen und es hatte ihm noch nie etwas ausgemacht, in der großen Wohnung vollkommen allein zu leben. Wenn es irgendwo knisterte und knackte, dachte er weder an Gespenster noch an Einbrecher, sondern an arbeitendes Holz, von dem es in dieser Wohnung genug gab. Auch Ratten oder Mäuse vermochten ihn nicht zu schrecken, die hatte er hier allerdings noch nie angetroffen.

Aber etwas war anders als sonst. Etwas befand sich in der Wohnung, das hier nicht hingehörte.

Mit leisem Ächzen reckte er sich nach der Nachttischlampe, tastete nach dem Schalter, fand ihn, legte ihn um. Das durch den braunen Lampenschirm gedämpfte Licht erhellte nur die unmittelbare Umgebung seines Bettes.

Auf dem Nachttisch standen neben Lampe und Telefon das Glas mit seinem Gebiss, ein weiteres mit Mineralwasser und es lagen mehrere Päckchen mit Tabletten herum. Da lag auch der Zettel, auf dem er sich Clarissas Handynummer notiert hatte. Gestern, als er in Brüssel einen Freund besucht hatte, war ein Anruf aus Guntersblum auf dem Anrufbeantworter gespeichert worden, in dem Clarissa um einen Rückruf bat. Illona ginge es schlecht. Nun, bisher hatte er nicht zurückgerufen. Sein Interesse für die Familie war nahezu erloschen. Obwohl es wichtig sein konnte, noch einmal mit Illona zu sprechen, bevor sie starb. Der Brief von 1992, der in seinem Safe lag, hatte sich durch Clarissas Anruf wieder in Erinnerung gebracht.
Neben dem Zettel lag seine momentane Lektüre. Das dicke Buch, mit dem er sich zur Zeit beschäftigte, beinhaltete die Lebensgeschichte von Sir Ernest Henry Shackleton, dem britischen Südpolarforscher und Teilnehmer der ersten, wenn auch erfolglosen, Scott-Expedition. Dessen spätere eigenen, letztlich grandios gescheiterten Expeditionen bildeten den Schwerpunkt dieses neuen Buches.
Der alte Mann hatte erst seit fünf Jahren begonnen, sich für den Südpol zu interesssieren. Nachdem er die berühmten Namen wie Scott und Ammundsen abehakt hatte, war er nun auf Shackleton gestoßen, dessen Schicksal ihn noch weit mehr faszinierte als die der bekannteren Helden.
Die Beunruhigung, die den alten Mann befallen hatte wie eine fiebrige Erkältung im Anfangsstadium, war für ihn in seiner häuslichen Umgebung derart ungewöhnlich, dass ihn das zusätzlich ängstigte. Zunächst setzte er sich im Bett auf. Er lauschte in seinen gewohnten Lebensraum hinein, als wäre der ihm gänzlich fremd. Es war nichts zu hören außer dem entfernten Brummen eines Automotors auf der zwei Stockwerke unter ihm liegenden Straße.
Die schweren dunkelgrünen Vorhänge im Schlafzimmer waren geschlossen. Sie hingen reglos. Kein Luftzug, der auf ein geöffnetes Fenster hingewiesen hätte, bewegte sie.
Es war warm und etwas stickig im Zimmer. Vielleicht sollte er das Fenster aufsperren, nachdem sich herausgestellt hatte, dass alles in Ordnung war.

Jetzt schwenkte er seine Beine vom Bett auf den geblümten, persischen Läufer. Das Ding war im Laufe der Jahre ausgetreten, blass und unansehnlich geworden, aber so ging es den meisten Einrichtungsgegenständen in der großen Wohnung. Er verspürte in seinem Alter nicht mehr den Wunsch, sich neu einzurichten. Er war es hier so gewohnt, bevor seine Frau gestorben war und er hatte nicht die Absicht, die Erinnerung an sie durch neues Mobiliar zu zerstören.
Er stand etwas wackelig auf. Im Stehen lauschte er weiter. Ein weiterer Motor brummte auf der Straße, scheinbar ein LKW. Erst dachte er angesichts der frühen Morgenstunde, dass dies einer der ersten Wagen sein konnte, die den Supermarkt in der Nachbarschaft beliefern wollten, bis ihm einfiel, dass es Sonntag war.
Kurz darauf herrschte wieder Stille.
Aber war es wirklich still?
Das Fremde, das er in der Wohnung vermutete, gab zwar kein durch die Hörorgane objektiv wahrnehmbares Geräusch von sich, aber da war etwas, irgendetwas im Ultraschallbereich, das den alten Mann alarmierte wie eine Fledermaus.
Er schlüpfte in seine Pantoffeln, ging langsam zur Tür, die hinaus in den Flur führte und knipste den Lichtschalter an. Die diffuse Beleuchtung der Nachttischlampe wurde abgelöst vom ungleich helleren Licht einer 60 Watt-Birne.
Die Helligkeit nahm etwas vom Gefühl der Bedrohung. Aber das war normal, das war menschlich, und es vermochte ihn nicht wirklich zu täuschen. Er ging zu einer riesigen Vitrine, die neben dem ebenso riesigen Kleiderschrank stand und zog eine Schublade im unteren Teil auf.
Dort lag der Revolver, den er noch aus seiner Zeit in Afrika besaß. Zwischen sauber zusammengelegten Socken und zwei weißen BHs seiner Frau, von denen er sich nach ihrem Tod nicht hatte trennen wollen. Ein Päckchen mit Patronen lag neben der Waffe.
Der alte Mann lud sie mit fast unmerklich zitternden Händen.
Als er fertig war, entsicherte er die Waffe und öffnete die Tür zum Flur. Sofort griff er mit der freien linken Hand zum Lichtschalter im Flur. Es wurde hell und der Raum war leer. Kein Mensch, kein Tier,

nichts außer ihm selbst.
Welche Tür sollte er als nächste ausprobieren? Die zwei Riegel am Ausgang zum Treppenhaus waren geschlossen, das sah er auf einen Blick.
Es blieben die Türen zur Küche zum Bad und zum Wohnzimmer. Zuerst nahm er sich die Küche vor.
Nachdem sie in Helligkeit getaucht war, überzeugte sich der alte Mann, dass die Tür zum Balkon ebenfalls geschlossen war. Aber er wusste, dass das Wohnzimmer direkt an die Küche grenzte und dass sich der Balkon draußen über beide Räume hinzog.
Er verließ die Küche ohne die Tür zu schließen, spähte erst einmal ins Bad, um sich erst dann der geschlossenen Tür des Wohnzimmers zuzuwenden.
Die Waffe in der Hand machte Mut. Es hatte in Afrika etliche Situationen gegeben, in denen ihm der Sechsschüsser gute Dienste geleistet hatte. Einmal, in Tansania, hatte eine Bande eingeborener Jäger, die unter Naturschutz stehende Affen für europäische Zoos jagten, die Mission überfallen, in der er und sein Schwager übernachteten. Er war der Einzige gewesen, der mit einem Revolver umgehen konnte und er hatte die Burschen vertreiben können. Mit zwei Schüssen, einen in die Luft und einen in den Arm eines Angreifers. Die nur mit Messern bewaffneten Affenjäger waren so eingeschüchtert, dass sie nicht nur ihren Überfall beendeten, der den Vorräten in der Mission gegolten hatte, sondern sie hatten die unmittelbare Umgebung endgültig verlassen und ihren Operationsschwerpunkt in eine andere Gegend verlagert, wie er später hörte. Seither hatte sich in dem alten Mann das Gefühl verfestigt, dass eine Feuerwaffe zur rechten Zeit und am rechten Ort etwas sehr Nützliches sein konnte. Es war genau dieser sechsschüssige Revolver der Firma ›Smith & Wesson‹, den er in Dodoma gebraucht erstanden hatte, der jetzt in seiner Hand lag und ihn wieder einmal mutig machte.
Das Wohnzimmer. Der letzte Raum, den er noch nicht inspiziert hatte. Wenn jemand in der Wohnung herum geisterte, der hier nichts verloren hatte, dann konnte er sich nur dort drinnen aufhalten. Dann konnte er ausschließlich über den Balkon hineingekommen sein.

Der alte Mann überlegte, ob er die Verbindungstür zum Balkon aufgelassen hatte. Wenn, dann war sie gekippt gewesen, um den Raum zu lüften, in dem er am Abend eine seiner seltenen Zigarren gepafft hatte, während er sich der Überlegung hingab, ob und wann er Clarissa zurückrufen würde.
Er drückte die Klinke der Wohnzimmertür hinunter.
Da war ein Widerstand.
Sie ließ sich nicht bis zum Anschlag drücken. Gut, sie klemmte als einzige Tür ohnehin manchmal etwas, aber so schlimm war es bisher nie gewesen.
Ein leichtes Klacken.
Er versuchte es noch einmal.
Wieder nichts.
Die Tür war verschlossen. Von innen!
Eine Hitzewelle breitete sich in seinem Körper aus, begann im Kopf und schoss bis in den Genitalbereich. Seine Beine vibrierten, seine Körperbehaarung stellte sich auf, schien sich gegen den kühlenden Stoff seines Pyjamas zu stemmen.
Es ist immer blöd, wenn sich eine Befürchtung als Realität herausstellt, besonders dann, wenn man schon beinahe glaubt, dass die Angst unberechtigt war.
Ausgerechnet beim letzten Raum, den der alte Mann kontrollieren wollte.
Wer war da drinnen?
Und warum?
Er dachte an seinen Safe. Aber der war im Schlafzimmer.
Gewiss, es gab einige afrikanische Kunstgegenstände im Wohnzimmer, aber deren Wert war zwar für den alten Mann selbst sehr hoch, nicht aber für einen Dieb.
Jetzt erst dämmerte ihm etwas ganz anderes. Wieso war die Tür abgeschlossen? Womit? Es gab für keine der Türen in der ganzen Wohnung außer am Haupteingang Schlüssel. Sie konnte gar nicht abgeschlossen worden sein.
Wieder griff er zur Klinke und drückte sie mit aller Kraft nach unten.

Es gab ein kleines hässlich schabendes Geräusch, dann öffnete sich die Tür.
Blitzschnell knipste der Mann das Licht an.
Da war niemand.
Er lief Richtung Balkonfenster und schob den Vorhang zur Seite. Die Tür war geschlossen. Er öffnete sie, sah auf dem Balkon nach, überprüfte von außen den Eingang zur Küche. Eventuell konnte da jemand durchgeschlüpft sein, während er vor der Wohnzimmertür gestanden hatte. Aber auch da war alles in Ordnung. Nichts wies auf irgendeine Veränderung hin.
Der alte Mann ging zurück, sah im Wohnzimmer in jeden Winkel, hinter Sofa und Sessel, kontrollierte noch einmal Küche und Bad. Während er sich vornahm, das Türschloss zum Wohnraum zu ölen, löschte er überall die Lichter und ging zurück ins Schlafzimmer. Natürlich war er etwas beruhigter, denn es war definitiv kein Eindringling in der Wohnung. Aber innerlich war er doch zu sehr aufgewühlt, um jetzt noch einmal einschlafen zu können.
Er sah auf die Wanduhr. 4.48 Uhr.
Er würde am besten noch etwas lesen. Shakleton, der sich durch unheimliche Zähigkeit ausgezeichnet hatte. Der Durchhaltequalitäten besaß, wie sie der alte Mann bewunderte, die er in seiner Familie nur bei seinem schon lange verstorbenen Schwager festgestellt hatte.
Er fehlte ihm ... immer noch.
Illona hatte ihn nie ersetzen können.
Nun stand er wieder vor seinem Bett, Nachttischlampe und Deckenbeleuchtung brannten, und er konnte sich nicht dazu entschließen, den Revolver aus der Hand zu legen.
Das war noch nicht ausgestanden.
Was zum Teufel hatte seinen Schlaf gestört?
Er stand eine Weile reglos zwischen Bett und Vitrine, dann entschloss er sich halbherzig, die Waffe zurück in die Schublade zu legen. Er konnte sich allerdings nicht dazu durchringen, die Patronen aus der Trommel zu entfernen. Mit langsamen, unentschiedenen Schritten näherte er sich der Vitrine, da hörte er es.

Ein unglaublich leises Schnarren, kaum hörbar, aber er registrierte es nun zum ersten Mal bewusst und es wurde ihm jetzt klar, dass es in bestimmten Abständen die ganze Zeit über an sein Ohr gedrungen war.
Es kann sehr enttäuschend sein, wenn sich ein Rätsel auf so profane Art auflöst wie dieses. Die ganze Aufregung war für die Katz.
Der alte Mann wusste jetzt, woher das Geräusch kam.
Vom Telefon auf seinem Nachttisch!
Er hatte sich vom Weckdienst der Post um 7 Uhr wecken lassen wollen. Zu dem Zweck hatte er gestern Abend den Klingelton lauter drehen wollen. Scheinbar hatte er sich wieder einmal vertan, seine Rechts-Links-Schwäche, die im Alter bei ihm immer gravierender wurde, und so kam es, dass der Ton noch leiser war als üblich.
›Alter Narr‹, schimpfte er sich. Jetzt legte er den geladenen Revolver in die Schublade zurück zu den BHs seiner Frau, den Socken und der angebrochenen Patronenschachtel. Beim Reinlegen rutschten noch ein Paar Tücher afrikanischen Ursprungs zur Seite und darunter kamen ein paar Waffen zutage, die er ebenfalls aus Tansania mitgebracht hatte. Zwei verschieden große Messer und eine Würgeschlinge aus Draht, die einer der Affenjäger auf der Flucht verloren hatte.
Der alte Mann schloss die Schublade und ging endlich zum Telefon auf dem Nachttisch.
Der Anrufer musste eine unglaubliche Sturheit besitzen und unverfroren war er auch, dass er um diese Zeit anrief und es so lange läuten ließ, wo er doch nicht wissen konnte, dass der Klingelton nicht laut gestellt worden war.
Der alte Mann griff Richtung Hörer, stockte!
Sollte er überhaupt abheben?
Er tat es: »Ja?!« Seine Stimme war so rau, dass er sich räuspern musste.
»Kurt?« Das kam brüchig, kraftlos und sehr müde.
»Ja, wer ruft mich denn um diese Zeit ...«
»Erkennst du mich nicht?«
Er lauschte diesem erbärmlichen Klang nach. Dann fragte er fas-

sungslos: »Illona?«
Die Stimme bestätigte seine Frage nicht, aber er wusste, dass er richtig lag. Wirklich erkennen konnte er das ehemals kraftvolle Organ seiner Schwester nicht mehr.
Sie sagte: »Hat dir Clarissa Bescheid gesagt, dass ich dich sehen will?«
»Ja!«
»Kommst du?«
»Ist es dir sehr wichtig?«
»Wichtig, sehr wichtig«. In Illonas Mund schien kein Speichel mehr zu sein. Trotzdem fand sie Kraft für die Frage: »Hast du den Brief noch?«
»Ja!«
Unwillkürlich, noch bevor Illona weiter sprach, wanderte der Blick des alten Mannes zu einem Gemälde an der Wand, auf dem ein junger Afrikaner auf einem Elefanten saß und mit einem Palmwedel winkte. Hinter diesem Bild befand sich der Safe.
Es klang, als müsse die Frau am Telefon um jedes einzelne Wort kämpfen, als sie sagte: »Bringe ihn mit, wenn du kommst!«
»Ich komme nicht!«
»Kurt, es ist nicht meine Art zu bitten, aber ich will diesen Brief ...«
»Hol ihn dir doch!«
»Du weißt genau, dass ich das Haus nicht mehr verlassen kann. Kurt ... Bruder ...«
»Die Verwandtschaftsverhältnisse fallen dir sehr spät ein, Illona. Ich fürchte zu spät. Elisabeth hätte eine loyale Schwägerin brauchen können.«
»Kann ich jemand schicken, der den Brief holt?«
Der alte Mann ärgerte sich darüber, dass sie mit keinem Wort auf das einging, was er gesagt hatte. Aber das war typisch für sie. Dennoch, sie war todkrank. Warum sollte sie ihren verdammten Brief nicht bekommen. Ihm lag nichts an ihrem Geständnis.
»Ich schicke ihn dir.«
»Per Post?«
»Ja, damit die liebe Seele Ruhe hat!«

»Nein, nicht mit der Post. Ich lasse ihn holen.«
»Gut«, sagte Kurt Landvogt, »in Dreiteufels Namen, schicke jemand vorbei.«
Ihre Stimme war inzwischen gar nicht mehr als ihre zu erkennen. »Ein Mann, er wird dich anrufen.«
»Er soll in den nächsten Tagen kommen. Dann habe ich es hinter mir.«
Und du kommst bestimmt nicht mehr nach Guntersblum?«
Der alte Mann wusste, dass er herzlos klang. Aber er konnte ihr eines nicht verzeihen. Auch jetzt nicht: »Du hast in den letzten Jahren allein gelebt, du wirst auch allein sterben müssen. Ich kann dir nichts Gutes wünschen. Aber ich will dir auch nicht die ewige Verdammnis an den Hals wünschen. Also wünsche ich dir gar nichts. Sieh es als Zeichen des guten Willens an, dass ich den Brief herausrücke.«
Damit legte er auf.

19
Worms
August, Sonntag Vormittag

Fischer schrie Susannes Namen. Davon wachte er auf. Er lag auf der kurzen, harten Liege in seinem Büro und schwamm in seinem eigenen Schweiß. Der Albtraum war mit dem Erwachen beendet, aber er stand Fischer noch so deutlich vor Augen, als würde er weiter gehen. Einer seiner ersten wachen Gedanken galt Stephanie. Was hatte er sich da nur zusammen geträumt? Ein frisch Verliebter hatte gefälligst den Namen seiner Angebeteten zu schreien, nicht den der Frau seines Neffen.
Stephanie war auch vorgekommen.
Aber nicht als Fischers Geliebte, sondern als unbekannte Frau am Straßenrand. Sie war eine vollkommen Fremde, dennoch wusste er im Traum, dass es sich um Stephanie handelte. Mit großen, starren Augen, die mehr an Annerose erinnerten als an ihre eigenen, hatte sie auf die nächtliche Szenerie einer Straße geblickt, die der B 9 auf dem Abschnitt zwischen Eich und Guntersblum ähnlich sah.
Eine Prozession von fünf schwarzen Leichenwagen, allesamt von Mercedes, war an ihr vorüber gezogen. Die Wagen waren hinter den unbesetzten Fahrerkabinen offen und auf den Ladeflächen standen geöffnete Särge. In jedem von ihnen lag einbalsamiert der gleiche Leichnam: Edgar!
Vor der Frau, die Stephanie war, hielten sie jeweils an und bewegten

sich erst dann weiter, wenn die Frau ihren rechten Arm angehoben hatte. Das sah aus wie bei einem Roboter, der am Fließband immer gleiche stumme Kommandos gibt.
Fischer war aufgefallen, dass die Wolken in seinem Traum besonders tief hingen und sehr rasch über die Straße dahin zogen, die an beiden Seiten von hohen, kahlen Bäumen gesäumt wurde.
Er selbst kniete gegenüber der Stephaniegestalt, getrennt durch die langsam fahrenden Wagen, und versuchte rote Handschellen abzustreifen, die tief in seine Haut schnitten.
Dann war die Prozession vorüber und zwischen ihm und Stephanie war nur noch die Straße.
Sie hob wieder den rechten Arm und er stand auf, ging auf sie zu. Er sah einen Schlüssel in ihrer Hand, mit dem sie sich seinen Handschellen näherte. Sie steckte den Schlüssel ins Schlüsselloch, drehte um, doch die Fesseln lockerten sich nicht. Die Wolken huschten inzwischen nur noch um Haaresbreite über seinen Kopf hinweg.
Die fremde Frau, die Stephanie war, schloss immer hektischer an Fischers Handschellen herum und mit jeder Umdrehung wurden sie enger und enger.
Die Wolken hüllten seinen Kopf ein, so dass er die Gestalt nicht mehr sehen konnte.
Fischers Handgelenke fingen an zu bluten. Und das war der Moment, in dem er Susannes Namen herausschrie.
Er sprang so hektisch von der Liege, als habe die ihm den Albtraum eingebrockt. Er lief in den winzigen Raum seines Büros, in der sich Toilette, Waschbecken und Dusche befanden, riss sich das verschwitzte Hemd vom Körper und stierte in den Spiegel. Er mochte den verschreckt dreinblickenden Kerl mit den Bartstoppeln, den tiefen Ringen um die Augen und der schweißglitzernden Stirn nicht. Um ihn wenigstens optisch ertragen zu können, unternahm er einige Anstrengungen. Er duschte, rasierte sich und zog Ersatzklamotten an, die er in einem winzigen Schränkchen neben seiner Nasszelle aufbewahrte. Was die Oberkörperbekleidung betraf, hatte er nur die Auswahl zwischen einem uninspirierenden weißen Hemd mit langen Ärmeln und einem schwarzen T-Shirt mit der roten Aufschrift:

»I SPY«. Er wählte letzteres.
Dann setzte er sich an den PC und druckte alles aus, was er über die Landvogt-Lorenz'sche Sippe gespeichert hatte. Anschließend besorgte er sich über das Internet alle Informationen über Kennichmeier, derer er habhaft werden konnte, einschließlich der Adresse des Wiesbadener Tafel-Verlages, für den der Mann arbeitete. Den Besitzer des schwarzen Mercedes würde er erst am Montag ermitteln können, wenn ein ehemaliger Kollege, der jetzt im Straßenverkehrsamt arbeitete und der ihm noch einige Gefallen schuldete, wieder im Dienst sein würde.
Es war 11.30 Uhr, als er feststellte, dass er Hunger hatte. Er baute sich eine Vollkornbrot-Tilsiter-Schnitte und gönnte sich das erste Bier des Tages. Demnächst würde er sich wohl mal das Getränk der Landvogt-Brauerei aus Mainz besorgen müssen.
Nach dem Kurzfrühstück rief Fischer im Stadtkrankenhaus an und erkundigte sich nach dem Steinestemmer Kevin Herold. Dieser Anruf wurde nicht von Erfolg gekrönt, weil die Stationsschwester nicht im Dienst war und die amtierende Dame am Telefon einem nicht Verwandten des Patienten keine Auskunft geben wollte. Fischer vermochte nicht einmal damit zu punkten, dass er der korrekten Frau seinen guten Kontakt zur Oberschwester beweisen konnte, denn deren Name fiel ihm nicht ein. Also verschob er auch dieses Ansinnen auf den Montag.
Als er aufgelegt hatte, konzentrierte er sich auf seinen Rücken, aber außer einem leichten Ziehen im unteren Bereich der Wirbelsäule war nichts mehr zu spüren, was ihn an seine Großtat auf dem Marktplatz erinnerte.
Fischer versuchte diesen seltsamen Traum zu analysieren, kam aber nicht weiter als bis dahin, dass er bei aller Verliebtheit wahrscheinlich Angst vor der Beziehung mit Stephanie hatte. Wie allerdings der fünffache Leichnam Edgars und sein Hilferuf an Susanne da hineinpassten, erschloss sich ihm in diesem Augenblick noch nicht.
Alle Gedanken an Annerose Neuwirth wurden vorübergehend auf Eis gelegt. Er beschäftigte sich kurz mit dem Mord an dem Fernsehproduzenten am Kühkopf.

War die räumliche Nähe zwischen Guntersblum und der Gewalttat im Naturschutzgebiet nicht etwas seltsam? Konnte es irgendeinen Zusammenhang geben?
Fischer kam zu keinem Schluss und als er sich in die Unterlagen über die Brauerei-Familie vertiefen wollte, läutete das Telefon auf seinem Schreibtisch.
Er meldete sich, obwohl er sich an seinem Arbeitsplatz befand, nicht wie üblich mit der Bezeichnung ›Detektei‹ sondern nur mit seinem Namen. Immerhin war Sonntag und ein wenig Bürgerlichkeit wollte er sich gönnen.
»Privatmann Fischer?« sagte der Anrufer mit lauter, etwas kratzender Stimme, »oder kann man Sie am heiligen Sonntag auch dienstlich sprechen?«
Der Detektiv erkannte die Stimme sofort: »Sowohl als auch, Herr Lorenz«, antwortete er.
Stephanie hatte scheinbar Wort gehalten mit ihrem Versprechen, ihren Gatten zum Entschuldigen zu bewegen.
»Steph hat mich genötigt, mir bei Ihnen die Absolution abzuholen.«
›Steph‹, er nannte sie ›Steph‹! Schon dafür gehörte ihm die angestrebte Lossprechung verweigert.
Lorenz sprach weiter: »Ich habe halt zu tief ins Glas geschielt. Mein kleines Frauchen hatte Recht: Cognac zum Wein ist ein großer Fehler. Wenn ich Ihnen und der schönen Blondine also auf den Schlips getreten haben sollte, sorry, mea culpa!«
»Man hat mir schon übler mitgespielt, Herr Lorenz«, sagte Fischer leichthin, obwohl er den Mann am liebsten hätte zappeln lassen, aber seine Bewunderung für dessen Ehefrau stieg immer mehr. Wer es fertigbrachte, einen Typen wie Lorenz, der sich kaum darum scherte, was andere von ihm hielten, zu diesem Anruf zu bewegen, musste ein gehöriges Durchsetzungsvermögen besitzen. Zumal sie wusste, dass er von ihrem möglichen geschäftlichen Treuebruch wusste, und es auch noch ausgerechnet um den Mann ging, der ihr hinterher geschnüffelt hatte.
Bei aller Bewunderung ärgerte es Fischer, dass sie dennoch einen solch großen Einfluss auf ihren Gatten hatte, denn das suggerierte

eine größere Nähe zwischen den beiden als ihm lieb sein konnte. Doch dann sagte Lorenz den Satz, der mehr zu ihm passte, als eine Entschuldigung: »Im Grunde ist es mir ja scheißegal, was Sie von mir halten, Fischer, aber ich will was von Ihnen.«
»Ach, was kann ich denn für sie tun?«
»Sie sind halt der einzige Detektiv, den ich kenne. Und das ist was für Sie.«
»Haben Sie etwa einen neuen Job für mich?«
»Könnte sein.«
»Obwohl ich den letzten Auftrag nicht zu Ihrer Zufriedenheit ...«
Lorenz fiel ihm ins Wort: »Das ist was anderes. Sie müssen keinen beschatten. Nur beschützen!«
»Wen?«
»Uns!«
»Meinen Sie mit ›uns‹ sich und Ihre Frau?«
»Clarissa Landvogt, die Cousine meiner Frau und mich. Vielleicht auch Steph. Aber das weiß ich noch nicht so genau. Ich will das nicht am Telefon bekakeln. Können Sie heute noch rauskommen?«
»Nach Guntersblum, zu Ihnen oder ins Haus Ihrer Tante?«
»Is' nicht meine Tante. Aber das Haus stimmt. 15 Uhr?«
»Gut, ich komme.«
»Okay«, Lorenz beendete das Gespräch.
Fischer legte nicht sofort auf. Was war denn das? Auf das kryptische Gerede konnte er sich keinen Reim machen. Während er noch darüber nachdachte, läutete es an der Bürotür.
Einen kurzen Moment lang fürchtete Fischer, Annerose Neuwirth würde ihn besuchen. Dann legte er den Hörer auf und ging zur Tür. Er öffnete sie. Die Luft war noch wärmer als gestern.
Die mittelgroße, dünne Frau hatte er schon mal irgendwo gesehen. »Guten Tag«, sagte er und folgte ihrem Blick, der zuerst auf der Aufschrift ›I SPY‹, auf seinem T-Shirt klebte und dann hoch zu seinen Augen wanderte.
»Entschuldigen Sie vielmals«, sagte die Frau stockend, »ich weiß, es ist Sonntag, aber wir haben Ihr Auto vor dem Haus gesehen, und da hat mein Mann gesagt: ›Wenn er am Sonntag im Büro ist, dann

kannst du auch ruhig stören‹.«
Jetzt fiel ihm ein, woher er die Frau kannte. Er hatte sie in der letzten Zeit zweimal aus dem linken Haus in der unmittelbaren Nachbarschaft kommen sehen. »Sie stören nicht. Sie wohnen nebenan, stimmt's?« Er gab sich Mühe, unverbindlich nett zu lächeln. Hoffentlich würde sie ihn nicht bitten, ihre entlaufene Katze zu suchen.
Ein geschmeicheltes Lächeln erschien auf den knochigen Wangen der Frau. »Dass Sie das bemerkt haben ... ja, also, wir wohnen noch nicht lange da. Aber wir hatten sowieso vor, mit einem Fläschchen Wein von Tür zu Tür zu gehen. Aber da habe ich gestern die Frau Münstermann und den Herrn Schulz kennengelernt, die wohnen ja etwas weiter weg, aber die wollen wir auch einladen, und da wollen wir es anders machen, also nicht von Haus zu Haus gehen, sondern zu uns in den Garten einladen. Wir dachten an nächsten Freitag Abend. Um sieben, also 19 Uhr. Sie müssen sich natürlich nicht sofort entscheiden, aber wenn Sie uns im Laufe der Woche Bescheid geben könnten, wären wir Ihnen sehr dankbar. Es reicht, wenn Sie ein Zettelchen in den Kasten werfen oder mal kurz anklingeln oder ...« Endlich ging ihr die Luft aus.
»Gern, vielen Dank für die Einladung Frau ...«
»Oh, Gott, jetzt erzähle ich Ihnen stundenlang ... und stell' mich gar nicht vor. Gellert!« Sie machte tatsächlich einen Knicks.
Fischer deutete seinerseits einen Diener an, reichte ihr die Hand und sagte, während neben der Tür sein Name auf dem Schild im Sonnenlicht glitzerte: »Fischer. Lui Fischer.«
Frau Gellert schenkte ihm ein schüchternes Lächeln: »Also, dann bis nächsten Freitag. 19 Uhr, ja?«
»Gern, ich melde mich vorher rechtzeitig. Und noch mal vielen Dank!«
Frau Gellert ging eifrig nickend rückwärts, lächelte unsicher aber ausdauernd, schaffte es, nicht zu stolpern und verschwand alsbald im Nebenhaus.
Der Detektiv beschloss, den Nachbarschaftstermin wahrzunehmen, wenn es nur irgend möglich war. Man sollte die Menschen kennen, die in seiner unmittelbaren Umgebung wohnten.

Man sollte überhaupt die richtigen Menschen kennen. Einer davon, der vielleicht wichtigste neue Mensch in Fischers Leben, kündigte sich durch ein kurzes Hupen an.
Von der Berggasse war der weiße VW-Polo in die Obergasse eingebogen, befand sich jetzt in Höhe der Einmündung zur Haingasse und die Person hinter dem Lenkrad drückte noch einmal auf die Hupe.
Ein kleines übermütiges Geräusch.
Fischer trat einen Schritt nach vorn, dirigierte den Wagen direkt neben seinen Mitsubishi, womit die Obergasse halbwegs verstopft wurde und ging zur Fahrertür des Polo. Es war ihm nicht vergönnt, sie galant zu öffnen, die Fahrerin war schneller. Stephanie Lorenz stieg rasch aus.
Sie trug einen knielangen weißen Faltenrock und eine fliederfarbene Bluse. Der kastanienbraune Pagenkopf leuchtete, begünstigt durch Sonnenlicht und hilfreiche Chemie, und die fast schwarzen Augen blitzten. Sie besaß im Moment die frische Ausstrahlung einer Frau aus einer Spülmittelwerbung im Fernsehen der späten Sechziger. Sie schien nicht im Mindesten gezeichnet von der Zecherei des Vortages und ihre flotten Bewegungen waren so ganz anders als die von ihrem ersten Treffen nachts am Weg zum Rheinufer. Da war nichts Belastetes, Ängstliches in Körper und Gesicht, da war die reine Lebensfreude.
Fischer ließ sich von diesem Anblick überwältigen. Dennoch war es ihm nicht möglich, ihr seine Freude einfach so mitzuteilen. Er musste eine flapsige Bemerkung machen, obwohl er sich während des Sprechens darüber ärgerte. »Ich bin geehrt. Die Familie Lorenz kann nicht von mir lassen, eben erst Ihr Gatte, jetzt Sie. Sprecht Ihr Euch nicht ab?«
Stephanie schien sich allerdings nicht abschrecken zu lassen. »Ach, hat er schon angerufen? Ich hab's Ihnen ja versprochen.« Dabei warf sie einen Blick auf die Bergkirche und die Skyline der Stadt. »Sie wohnen sehr hübsch.«
»Hier ist nur mein Büro, ich wohne zwar ganz in der Nähe, aber tief unten in einer Gasse, in der man fast das Tageslicht nicht sieht. Ich

nenne es auch Verlies.«
»Armer Mann, vielleicht sollten Sie einfach Wohnung und Büro tauschen.«
»Ich bin ohnehin öfter hier als in meiner Wohnung.«
»Na, dann ... Hat sich mein Mann nur entschuldigt oder wollte er noch etwas anderes?«
»Er will noch etwas anderes. Ich soll noch heute nach Guntersblum kommen. Hat er Sie diesmal eingeweiht, oder ...«
»Es war meine Idee, Sie zu engagieren«, sagte Stephanie mit plötzlich ernstem Gesicht, das sich aber mit jedem Wort wieder entspannte und zum Schluss des Satzes ein Lächeln präsentierte, das ganze Armeen entwaffnet hätte. So sah es jedenfalls der verliebte Detektiv.
Wie gern hätte er jetzt irgendwelche Schmeicheleien von sich gegeben, auch vor den kitschigsten Floskeln wäre er am liebsten nicht zurückgeschreckt, aber er blieb bei dem einmal begonnenen Konversationsstil. »Wollen Sie seinen Auftrag boykottieren, in dem Sie mich vorschlagen?«
Stephanie Lorenz' Mund verlor sein Lächeln: »Ich mag es nicht, wenn sich ein Mann selbst erniedrigt, Auch nicht im Scherz!«
»Dann mögen Sie auch nicht, wenn er sich dafür entschuldigt?«
»So ist es!«
»Falscher Weg?«
»Falscher Weg!«
»Gut, ist es der richtige Weg, wenn ich Sie bitte, mir ins Büro zu folgen?«
Ein kaum wahrnehmbarer Teil des Lächelns kehrte zurück: »Auf jeden Fall ist es eine Basis.«
Sie schloss den Polo ab. Fischer ging zur Haustür, hielt sie der Frau auf, genoss beim Vorübergehen ihren Geruch, den Sie der Farbe der Bluse angepasst hatte, und sah ihr schweigend zu, als sie die Räumlichkeiten im Büro mit wenigen Blicken begutachtete.
»Schwarz und Weiß sind Ihre Farben, nicht wahr?«
Fischer wollte sagen, dass man Schwarz und Weiß keineswegs als Farben bezeichnet, aber das vermochte er sich zu verkneifen.

»Es ist der schärfste denkbare Kontrast«, sagte er stattdessen und rückte ihr den weißen Kunstledersessel hin, den er für seine Klienten reserviert hatte.
»Die Welt bietet so viele Schattierungen.« Damit setzte sie sich.
»Ich habe nur Mineralwasser und Bier im Haus!«
»Wenigstens Landvogtbier?«
»Nein.«
»Dafür dürfen Sie sich doch entschuldigen.«
»Das hole ich nach, wenn ich festgestellt habe, ob Ihr Bier tatsächlich besser ist, als meine Hausmarke. Mineralwasser?«
»Nichts, danke!«
Fischer überlegte, ob sich das Geplänkel wesentlich von dem unterschied, das zwischen ihm und Annerose Neuwirth stattfand. Wenn nein, war es seine Schuld.
Er setzte sich hinter seinen niedrigen Schreibtisch und sah die Frau seiner Träume an.
Der räumliche Abstand war gewaltig. Zwei Meter und ein Tisch trennten sie jetzt. Auch der innere Abstand war eindeutig zu groß. Er sah sie an und fürchtete, dass sein Blick auf Stephanie sehr nüchtern wirkte.
Plötzlich schoss die Überlegung durch sein Hirn: ›Ich müsste ihr eigentlich von dem schwarzen Mercedes erzählen‹.
Er sagte aber: »Sind Sie gekommen, um mir den Auftrag Ihres Mannes zu erläutern?«
»Mein Besuch hat nichts mit meinem Mann zu tun.«
»Sie werden mir sagen, womit er zu tun hat!?«
»Mit Vertrauen!«
Fischer rieselte etwas vom Kopf über den Rücken hinunter, als habe ihm jemand eine wohlschmeckende Flüssigkeit ins Hirn geschüttet, die sich einen Weg zur Seele suchte.
Wahrscheinlich fehlte diese Flüssigkeit jetzt im Rest seines Körpers, denn sein Mund war trocken, als er ihn zu einer Erwiderung öffnen wollte.
»Und um eine Mordtat«, fügte Stephanie hinzu.
Jetzt schüttete jemand Salzsäure in Fischers Kopf.

Er sagte nichts darauf, sie sprach auch nicht weiter und so lehnte er sich nach einer Weile im Stuhl zurück. Sie sahen sich unverwandt an.
Einen Moment lang fühlte er sich an den Traum erinnert. Eine fremde Frau, die vorgab, Fesseln zu lockern, während sie den Druck noch verstärkte. Aber er wollte dieses Bild nicht. Er wollte das andere. Die frische, fröhliche Stephanie, ohne den störenden Nachnamen, die vor wenigen Minuten leichtfüßig aus ihrem Auto gesprungen war und ihn angelächelt hatte. Die von dem Bier, das ihren Geburtsnamen trug und von Vertrauen gesprochen hatte.
Sie stand auf, trat dicht an den Rand des Schreibtisches, blickte zu Fischer hinunter, drehte dann mit einer tänzerischen Bewegung ab und ging zum Fenster neben der Eingangstür, das zur Obergasse und zur Bergkirche hinaus wies.
Als sie mit dem Rücken zu Fischer stand, begann sie zu sprechen: »Ich weiß nicht, ob Sie sich während Ihrer Recherchen für meinen Mann mit der Geschichte meiner Familie beschäftigt haben.« Sie wartete weder Verneinung noch Bestätigung ab. »Ich weiß auch nicht, ob Sie sich gefragt haben, wie eine Sippe, die sich beruflich mit Bier beschäftigt, ausgerechnet in einer berühmten Weinstraße wohnt. Es ist auch nicht wichtig, ob Sie irgend etwas Offizielles zu dem Thema herausgefunden haben. Denn es würde sowieso nicht stimmen.«
Sie brach ab. Fischer versuchte seine Gedanken von der ›Frau‹ zu lösen und sie, wenn auch nur vorübergehend, wieder zum ›Objekt‹ zu erklären. Das würde es ihm leichter machen, einfach nur zuzuhören.
»Es sind nicht mehr viele von uns übrig«, fuhr Stephanie fort. »Die Landvogts sterben aus. Meine Cousine Clarissa ist nicht der Typ, der Mutter werden will, denn es gibt weit und breit keinen Mann für sie, und ich selbst ... sagen wir so, Harald und ich haben es mal versucht.«
Fischer musste an Susanne, Edgar und Edgar Junior denken. Und an seinen eigenen verschütteten Wunsch nach Nachkommenschaft. Damals mit seiner ersten großen Liebe Gerhild hätte er es sich sehr

gut vorstellen können ... jedenfalls im Nachhinein.
Stephanie drehte sich am Fenster um, blieb dort stehen, stützte sich am Fensterbrett hinter sich ab. Das helle Außenlicht verhinderte, dass Fischer Feinheiten in ihrem Gesichtsausdruck erkennen konnte.
»Meine Tante Illona wird bald sterben. Sie ist die Vorletzte der alten Garde. Danach gibt's nur noch meinen Onkel Kurt in Mainz. Und nur er und Clarissa tragen noch den Namen Landvogt. Ich liebe meine Tante mehr als irgend jemanden sonst, und bevor Sie fragen - ja, auch mehr als meinen Mann.«
Fischer hörte das gern, dennoch störte ihn, wie oft sie von ›meinem Mann‹ sprach. Das war trotz der Liebe zur Tante zuviel an Zusammengehörigkeit mit Harald Lorenz.
»Ich möchte, dass Sie mit Tante Illona sprechen, Herr Fischer. Es gibt etwas, das sie belastet, und ich weiß, dass sie es sich von der Seele reden will, bevor sie stirbt. Es ist etwas, das sie selbst mir nicht anvertraut.«
»Und da kommen Sie auf mich?« Fischer lehnte sich nach vorne über den Schreibtisch und versuchte ihr Gesicht zu sehen, aber das Sonnenlicht ließ das nach wie vor nicht zu. Warum kam sie nicht wieder etwas näher?
»Fragen Sie mich nicht warum.« Ihre Stimme wurde leiser. »Ich kann es Ihnen nicht beantworten. Sie haben sich nicht gerade als Superdetektiv eingeführt, und das, was mein Mann mit Ihnen vorhatte, spricht genauso gegen Sie, wie das, was er jetzt von Ihnen will, aber dennoch ...«
Jetzt kam Stephanie nach vorn, stellte sich hinter den Besuchersessel und hielt sich an der Rückenlehne fest. »Er hat Ihnen noch nichts Genaues gesagt?«
»Nein, deshalb soll ich ja heute noch zu ihm kommen.«
»Gut, ich kann Sie schon mal einweihen. Harald versteht sich sehr gut mit meiner Cousine. Und die hat gestern Nacht, als wir alle weg waren, etwas in ihrem Badezimmer gefunden. Sie rief noch in der Nacht an, in der Hoffnung, mit Harald sprechen zu können, aber der hat seinen Rausch ausgeschlafen und so hat sie es wohl oder übel

mir zuerst gesagt.«
»Was hat sie im Badezimmer gefunden?«
»Jemand hat mit Lippenstift etwas auf den Spiegel geschrieben.«
Fischer sah sie jetzt besser. Ihre Wangen waren gerötet, die schmalen Augen zogen sich noch mehr zusammen und so schmal sie auch wurden, dennoch waren die dunklen Pupillen so präsent, als wären die Lider zentimeterweit voneinander entfernt.
Er fragte nicht, was auf dem Spiegel gestanden hatte. Sie wollte es ja sagen, sie schien geradezu wild darauf, es ihm zu sagen.
»Stirb, Mörderpack!«
»Mörderpack. Damit ist ja nun offensichtlich nicht nur ihre Cousine gemeint.« Er sprach so cool, dass er sich am liebsten übergeben hätte.
Stephanies Bewegungen waren hektisch, als sie sich in den Besuchersessel setzte und den dabei etwas nach vorn Richtung Schreibtisch zog. »Eben, das meinen Clarissa und Harald auch.«
»Weiß ihre Tante davon?«
»Um Himmelswillen, das würde sie nicht überleben.«
»Hat jemand die Polizei informiert?«
»Nur weil uns jemand als ›Mörderpack‹ beschimpft?«
»Nein, aber ›Stirb‹ ist eine Drohung.«
»Was soll die Polizei denn da machen? Die unternehmen doch nichts, bevor nicht wirklich was passiert. Außerdem würde Tante Illona das auch nicht wollen, wenn sie es wüsste.«
»Ist denn was dran?«
Stephanie war von Fischers Worten etwas irritiert: »Dran? An was?«
»Am ›Mörderpack‹!«
Die Frau sprang auf, starrte für Sekunden den Detektiv an, rannte dann mit großen Schritten um den Stuhl herum und begann im Zimmer auf und ab zu gehen. Fischer ließ sie laufen. Er wusste den Grund ihrer Aufregung nicht. Es mochte sein, dass er einen wunden Punkt erwischt hatte, dann war sie entweder betroffen und wusste nicht, wie sie ihm die Wahrheit beibringen sollte oder sie fühlte sich und ihre Familie beleidigt, dann musste er ihr Zeit geben, ihre Wut auf ihn zu formulieren.

Plötzlich blieb sie stehen. »Wann sollen Sie in Guntersblum sein?«
»Um 15 Uhr, im Haus Ihrer Tante.«
»Aha, dann will er also, dass Sie auch Clarissa befragen. Gut. Ich fahre schon mal hin, und rede mit Tante Illona.«
»Ich dachte, sie sollte nicht wissen ...«
»Darum geht es nicht. Aber wenn Sie schon mal da sind, können Sie auch gleich mit ihr sprechen. Sie haben also gleich zwei Aufträge bei uns. Den einen zahlt Harald, den anderen Tante Illona. Ist das nicht eine gute Auftragslage nach einem Fehlversuch?«
Fischer lehnte sich wieder zurück. Ein Teil seiner Verklärtheit angesichts Stephanies war durch das Gespräch neutralisiert worden.
»Jetzt haben Sie mein Scheitern erwähnt«, sagte er.
»Ich bin eine Außenstehende. Ich darf Sie fertig machen. Aber Sie sich selbst nicht. Das ist Schwäche.«
»Schade!«
»Was ist schade?«
Fischer stand auf. »Dass Sie eine Außenstehende sind«.
Stephanie versteifte sich. Ihr Kopf lag leicht schief, als sie ihn mit einem seltsamen Ausdruck ansah. Es dauerte wieder eine Weile, bis sie ihm eine Antwort gönnte: »Ich fahre jetzt. Vielleicht sollten wir erst dann miteinander sprechen, wenn Sie mehr von Tante Illona und von Clarissa erfahren haben. Ich glaube, es war keine gute Idee, Sie vorher informieren zu wollen, Herr Fischer.«
Er war sich nicht klar darüber, ob sie seine Worte richtig verstanden hatte. Und er bereute diese Worte auch. Er hatte von sich den Eindruck, dass er alles falsch machte. Er war kühl, wenn er Emotionen zeigen wollte und er war gefühlsduselig, wenn er besser cool geblieben wäre.
Trotzdem sagte er gleich wieder etwas, von dem er nicht wusste, ob es an dieser Stelle angebracht war: »Ich habe nicht den Eindruck, dass Ihr Besuch so kurz werden sollte, als Sie hier ankamen.«
Plötzlich stand sie ganz dicht vor ihm. Der Fliedergeruch hüllte ihn ein. »Man kann Besuche wiederholen«, sagte sie sehr leise. »Unter anderen Voraussetzungen. Wir sehen uns nachher.«
Damit drehte sie sich um und ging schnurstracks aus dem Büro in

die helle Mittagssonne hinaus.
Fischer sah ihr nach, lauschte, bis das Motorengeräusch des Polo verklungen war, dann trank er ein Bier und schließlich machte er sich am PC über alle Daten her, deren er über die Familie Landvogt habhaft werden konnte.

20
Mainz
August, Sonntag Nachmittag

Vom Geschäftsgebäude der Brauerei aus hatte man einen guten Gesamtblick auf den neu gestalteten Mainzer Hauptbahnhof über die Stadt bis zur imposanten Kuppel der Christuskirche und den legendären Dom.

Der alte Mann mit dem Namen Kurt Landvogt stand am Fenster des Konferenzraumes und versuchte den Ausblick zu genießen. Es wollte ihm nicht gelingen. Trotz des klaren Himmels, trotz der Menschen in ihrer bunten Sommergarderobe und trotz der Bilanzen, die er sich eben noch einmal durchgesehen hatte. Die Landvogt-Brauerei lief so gut wie lange nicht mehr. Das lag nicht zuletzt an der neuen Werbekampagne, die seit wenigen Wochen lief. Zuerst war der Aufsichtsrat ja gegen eine Modernisierung des Logos und gegen einen neuen Werbespruch gewesen. Die, wenn auch kleine, so doch renommierte Agentur Zimmermann aus Alzey hatte mit ihren Entwürfen aber selbst die hartnäckigsten Kritiker in der Firma überzeugen können. Und es war gelungen, die Marke landesweit bekannter zu machen als sie ohnehin schon war. So gesehen war also alles in Ordnung.

Aber die privaten Gespenster der Vergangenheit waren dabei, ihre hässlichen Häupter aus dem morastigen Urschlamm des Verdrängens zu erheben.

Illona!
Hätte die nicht einfach wegsterben können, ohne so etwas unerwartetes wie ihr Gewissen zu reaktivieren?
Weit hinten rechts, irgendwo über Kelsterbach auf der hessischen Rheinseite zeichnete ein Flugzeug Kondensstreifen an den stahlblauen Nachmittagshimmel. Der alte Mann wünschte sich, in einer solchen Maschine zu sitzen und auf dem Flug nach Süden zu sein. Am besten nach Afrika. Dem Kontinent, dem er die aufregendsten, aber auch schönsten Jahre seines Lebens verdankte.
Dort hatte er Elisabeth kennen gelernt. Die Frau, die ihm später nach Deutschland gefolgt war und ihn hier in Mainz geheiratet hatte. Elisabeth, die nun schon so lange tot war und die er nie vergessen würde. Die unersetzbar war. Die von seiner Schwester Illona immer abgelehnt worden war.
Der alte Mann dachte an den Anruf in der vergangenen Nacht.
Er hatte den Brief dabei. Im Umschlag in der rechten Innentasche seines leichten Sommerjacketts, das er damals in Daressalam gekauft hatte, das hoffnungslos altmodisch, aber äußerst bequem war. Sein Schwager Erwin hatte das gleiche Modell besessen. Wahrscheinlich vegetierte es in irgendeinem Kleiderschrank in dem verhassten Haus im Guntersblumer Kellerweg vor sich hin, wie ein Teil seiner Sammlung aus dem zweiten Weltkrieg und aus Afrika.
Damals, in ihrer afrikanischen Zeit, waren Erwin und Illona schon verheiratet gewesen. Aber Illona war in Deutschland geblieben und hatte sich um die Brauerei gekümmert. Da war sie noch an dem Betrieb als solchem interessiert gewesen, nicht nur wie später am Abkassieren.
Kurt Landvogt wandte sich von dem Fenster zur Innenstadtseite hin ab und ging am Konferenztisch vorbei zu einer anderen Fensterfront, von der aus er in den Hinterhof blicken konnte. Dort standen die LKWs mit dem neuen Logo: **L**, **V** und **B**, riesige rote Buchstaben auf weißem Grund, jeweils von einem Schaumhäubchen gekrönt; dicht aneinander angelehnt, ohne ineinander verschlungen zu sein. Darunter in Schwarz: **›Landvogt-Brauerei‹.**
Der Werbespruch dazu lautete: ›5 Minuten zum Genuss - Soviel Zeit

muss sein‹.
Natürlich hätte dieser Spruch auch auf jedes andere Pils-Bier der Welt gepasst. Aber er warb nun mal für Landvogt und war erfolgreich. Also war es richtig gewesen, ihn zu nehmen.
Der alte Mann sah von oben in die kleine Glaskuppel zwischen dem Teil des Geschäftsgebäudes, in dem er sich befand und dem rechtwinklig angrenzenden Teil, in dem hinter einer riesigen Glaswand der Kupferkessel zu sehen war, in dem die Würze gekocht und Hopfen zugesetzt wurde.
Unter der Glaskuppel sah er die Glatze des Pförtners, der seine Mütze anlässlich der Hitze abgesetzt hatte und sich der Übertragung eines Fußballspiels in seinem kleinen Fernseher hingab. In gleicher Front standen vor ihm die Monitore, mit denen er die verschiedenen Produktionsräume überwachen konnte.
Jetzt griff er gerade zum Telefon, lauschte, nickte und drückte einen Knopf auf der Konsole vor sich.
Es läutete im Konferenzraum.
Der alte Mann ging zum Apparat und meldete sich knapp.
Er musste sich anstrengen, den Pförtner zu verstehen. Denn der hatte versäumt, den Kommentator des Fußballspiels leiser zu stellen.
»Herr Landvogt, der Herr wäre jetzt da. Ob Sie runterkommen möchten. Er sitzt im Auto vor dem Portal«.
»Gut, ich komme sofort!«
Unwillkürlich griff der alte Mann noch mal zu dem Brief in seinem afrikanischen Jackett, bevor er den Raum verließ.
Draußen vor dem Tor hielt ein weinroter Passat. Kurt Landvogt schielte kurz durch die Windschutzscheibe und ging dann zur Beifahrerseite. Er wartete bis der Fahrer von innen die Tür geöffnet hatte und stieg ein.
Er blickte den Mann prüfend an.
Ein großer, runder Kopf saß auf viel zu kleinen, schmalen Schultern.
»Sie wollen den Brief?« fragte Landvogt.
Der fremde Mann blickte ihn freundlich an. Mit einer sehr warmen Stimme sagte er: »Frau Heller würde sich freuen.«
»Es ist mir scheißegal, ob sich Frau Heller freut«, knurrte Landvogt,

»nehmen Sie den Brief und gut!«
Er nestelte den Umschlag aus der Innentasche seines Jacketts, zögerte nur einen Augenblick, dann reichte er ihn dem Mann.
»Hier bitte, Herr ... wie war doch ihr Name?«
»Kennichmeier«, sagte der Fremde und verstaute den Brief im Handschuhfach. Dann kam ein leichtes, etwas irres Kichern: »Trotz des Namens kennen Sie mich nicht.«
»Wir müssen das auch nicht vertiefen.« Landvogt öffnete die Beifahrertür und stieg aus.
Bevor er die Tür schließen konnte, rief ihm der Mann nach: »Soll ich Frau Heller grüßen?«
»Geben sie ihr den Brief, das reicht.«
Der alte Mann entfernte sich rasch von dem Wagen. Er sah nicht zurück, als der Motor angelassen wurde.
Als er wieder im Hof der Brauerei stand und das Brummen des Automotors verklang, fühlte Landvogt einen eisigen Schauer über den Rücken laufen. Er konnte sich den Grund nicht erklären, zuckte mit den Achseln, betrat die Pförtnerloge und begann mit dem glatzköpfigen Pförtner zu plaudern.

21
Guntersblum
August, Sonntag Nachmittag

Clarissa war Fischer unheimlich. Der Blick ihrer hellblauen Augen und ihr bleiches Gesicht hatten so etwas Ungreifbares, Verschwommenes wie das Bild einer Wasserleiche, die wenige Millimeter von einem Eisfilm bedeckt wurde. Nicht aufgedunsen, wie bei Wasserleichen üblich, sondern knochig, aber dennoch tot.

Dass die dazugehörige Person in ihrem hellblauen, schulterfreien Sommerkleidchen in Wahrheit lebte, machte sie noch unheimlicher. Sie postierte sich wie die Türsteherin einer Disco vor dem Eingang zum Krankenzimmer. Harald Lorenz fasste sie an beiden Schultern.

»Clara, mein Teufelchen, das geht schon in Ordnung. Steph hat sich mit mir abgesprochen. Ausnahmsweise. Sie hat der Alten eingeredet, dass sich unser Meisterdetektiv hier gut als Beichtvater eignet. Meinen Segen hat sie.«

Clarissa blickte trotzig drein. Eine Regung wie Trotz in einem derart leblosen Gesicht zu beschreiben, entzog sich Fischers Fähigkeiten. Den Effekt konnte man noch am ehesten als ungewollt komödiantisch bezeichnen.

»Ich dachte, du hast ihn wegen der Schrift geholt.« Ihre Lippen öffneten sich kaum beim Sprechen.

»Habe ich ja auch.« Haralds Hände begannen die nackten Schultern zu kneten. Eine Intimität, die Clarissa gewohnt zu sein schien, fand

Fischer, dennoch glaubte er nicht, dass Lorenz bei dieser Dame weiter gehen würde. Ein Mann, der jemand wie Stephanie zu Hause hatte, konnte sich nicht mit dem Typ Frau abgeben wie ihn Clarissa verkörperte. Aber diese Einschätzung mochte mit Fischers eigener Einstellung zu Stephanie zusammen hängen. Wenigstens wurde ihm hin und wieder klar, dass er nicht objektiv sein konnte.

»Dann soll er sich doch zuerst den Spiegel ansehen.« Fischer erwartete, dass sie als nächstes mit dem Fuß aufstampfen würde.

»Außerdem hat sie ja noch gar nicht gerufen, deine Frau«, setzte Clarissa nach.

Harald massierte ihre Schultern wie ein Automat. »Ja, sie wollte sich nur mit dem Pastor und mit deiner Tante absprechen. Sie wird gleich Bescheid sagen«.

»Ach«, sagte Fischer, »Zur Beichte ist nicht nur ein Detektiv, sondern auch die Kirche zugelassen?«

»Wenn nicht die Kirche, wer dann?« grinste Harald Lorenz.

Clarissa sprach jetzt lauter, selbst ihre Lippen öffneten sich etwas. »Die sind jetzt seit fünf Minuten bei der Tante, er ...« sie zuckte mit dem Kopf fast verächtlich in Fischers Richtung, »ist eben gekommen. Das Bad ist gleich da drüben. Meinst du nicht, dass er sich mal eben den Spiegel ansehen kann? Wir hören deine geliebte Gattin, wenn sie ruft, auch im Bad.«

»Okay, Clara, Okay, okay ... wie du willst.« Harald ließ von ihren Schultern ab. Gehen wir rüber. In Ordnung, Herr Fischer?«

›Es gibt doch Leben im Toten‹, dachte Fischer und konnte sich einer gewissen Achtung gegenüber des schlanken Zombies mit der Hochschlagfrisur nicht erwehren. Auch Harald Lorenz schien von diesem Ausbruch überrascht worden zu sein. Denn dass er so schnell nachgab, war sicherlich nicht typisch für ihn, zumal Fischer von der ersten Sekunde an den Eindruck gewonnen hatte, dass Lorenz im Grunde einen beträchtlichen Einfluss auf Clarissa ausübte.

Der Detektiv nickte und ließ die beiden voraus gehen. Die Frau öffnete eine Tür, betrat aber selbst das Badezimmer nicht, sondern ließ Lorenz und Fischer an sich vorbeigehen.

Sie blickte nicht einmal in den Raum.

Da stand es: **Stirb! Mörderpack!** mit jeweils einem dicken Ausrufezeichen hinter den einzelnen Worten. Es waren recht hohe, schnell hingeschmierte, aber dennoch gut leserliche Großbuchstaben in einem karminroten Ton. Fischer sah sofort, dass auf der Ablage vor dem Spiegel zwei Lippenstifte lagen. Einer davon war aufgeschraubt und entsprach dem Farbton der Schrift.

»Das ist Clarissas Badezimmer«, erläuterte Harald Lorenz. Fischer blickte zur Toilettenschüssel, gewahrte den Haltegriff an der Wand daneben. Lorenz folgte dem Blick. »Den Griff haben wir für Tante Illona anbringen lassen. Als sie noch zum Klo geführt werden konnte. Im letzten Vierteljahr wird nur noch mit Schieber gearbeitet.«

»Und Sie versorgen sie hauptsächlich?« Fischer sah Clarissa an, die noch immer in der Türöffnung stand und keine Anstalten machte, hinein zu kommen. »Hauptsächlich, aber es kommt auch jemand von der Gemeinde und ein privater Gesundheitsdienst«, sagte Clarissa leise, ohne in den Raum zu sehen. Dann fügte sie mit spürbarer Bitterkeit hinzu: »Und Stephanie macht auch manchmal etwas. Aber hauptsächlich quatscht sie mit der Tante, wenn sie kommt. Damit macht man sich die Finger nicht schmutzig.«

Harald Lorenz lachte kurz auf. »Sie mögen sich nicht, meine beiden Schönen. Schade drum, aber damit muss man leben«.

»Clarissa, Sie haben die Schrift also schon gestern Abend entdeckt«? fragte Fischer.

»Gestern Nacht, nachdem alle weg waren.«

»Wer war denn überhaupt gestern im Haus und wer ist wann weggegangen?«

»Herr Kennichmeier, Stephanie und Harald. Sonst keiner. Das heißt, vormittags Dr. Lehning ..., aber der war schon weg, als die anderen kamen und zwischendurch war ich mehrmals im Badezimmer.«

»Kennichmeier ist der, der mit Ihnen am Weinstand war, als ich gestern kam, richtig?«

»Ja, ein Weinbuchvertreter. Er wohnt in Oppenheim und arbeitet für einen Verlag in Wiesbaden. Er kauft und least seine Wagen bei mir«, sagte Lorenz, obwohl die Frage an Clarissa gerichtet war.

»Ihr seid doch Bierbrauer, was macht ihr mit einem Weinbuchver-

treter?«
Jetzt antwortete Clarissa: »1992, als das Erdbeben war, da hat er Tante Illona wohl geholfen, ich weiß es nicht mehr so genau, ich war gerade im Keller, und seitdem kommt er oft vorbei und lädt sich zum Kaffee ein ...«
Fischer war sich nicht ganz sicher, aber er meinte einen scharfen Blick von Harald Lorenz zur Cousine seiner Frau bemerkt zu haben, woraufhin sie den Satz abbrach.
Fischer fragte: »Also, wer ging gestern zuletzt?«
»Zuerst Harald und Stephanie, und ganz spät in der Nacht Herr Kennichmeier.«
»Und wann waren Sie zuletzt im Bad, bevor Herr Kennichmeier ging?«
»Lange vorher. Stephanie hatte die Tante zur Nacht fertig gemacht ... aber so weit ich mich erinnern kann, war Herr Kennichmeier danach nicht im Bad ...«
Jetzt trat Lorenz zu der Frau. »He, Teufelchen, du willst doch nicht behaupten, dass Steph den Spruch an den Spiegel geschrieben hat.«
»Warum sollte Sie? Mit Mörderpack sind wir ja wohl alle gemeint. Die Tante, ich, Stephanie und du.«
Fischer seufzte: »Warum kann euch jemand als Mörderpack beschimpfen?«
»Woher sollen wir das wissen?« Lorenz warf dem Detektiv einen bösen Blick zu. »Kann ich was für die schlechte Phantasie der Leute?«
»Leute? Meinen Sie es war jemand aus dem Ort?«
»Jedenfalls eher als jemand von uns selbst.« Lorenz schnaubte und Clarissa senkte ihren Blick zu Boden.
»Hat sonst noch jemand Schlüssel fürs Haus?«
»Die vom Gesundheitsdienst.«
»Von der Kirchengemeinde keiner?«
»Soweit kommt's noch. Die schnüffeln sowieso schon mehr als genug hier rum.«
Fischer konzentrierte sich auf die Schrift auf dem Spiegel. Sah die Buchstaben und sah sich selbst im Glas, wie er sich näherte. Das

Wort ›**Mörder**‹ zog sich gerade über seine Wangen und seine Nase.
»Herr Lorenz, ich kenne Fälle, da hatte mal irgendjemand innerhalb einer Familie einen Unfall, als Verursacher, und jemand einer anderen Familie ist dabei ums Leben gekommen. Und da hat sich dann teilweise über Generationen eine Art Sippenhass aufgebaut ...«
Lorenz sprach sehr laut: »Hier gab's keinen Unfall.«
»Soviel ich weiß, haben Sie eingeheiratet, es kann also vor ihrer Zeit gewesen sein ...«
»Da war nichts.« Das kam von Clarissa. Fischer blickte zur Seite zu ihr, sie sah immer noch zu Boden, aber der Ton war wieder so trotzig wie vorhin und ließ vermuten, dass sie gleich hochblicken würde. Fischer wartete das nicht ab und widmete sich wieder dem Spiegel. Über seinen Mund zog sich jetzt ›...**erpack**‹
Fischer dachte an die bevorstehende ›Beichte‹ Illona Hellers und machte sich seinen Reim über die Aussagen der beiden.

22
Bingen
August, Sonntag Nachmittag

Heinrich Teufel war Vorsitzender des Kirchenvorstandes der evangelischen Melanchton-Gemeinde in Mainz. Am Morgen war er noch in der Kirche gewesen. Jetzt saß er zu Hause in seiner Binger Wohnung und tat gemeinsam mit seiner Frau das, was er immer am Sonntag Nachmittag mit seiner Frau getan hatte. Er trank Kaffee. Ilsa hatte Marmorkuchen gebacken und Schlagsahne geschlagen. Teufel, der sich seines Namens nicht schämte, sondern ihn als Herausforderung begriff, erzählte Ilsa gerade von Pastor Glücks Rolle bei der Erbschaftsangelegenheit Heller in Guntersblum, als das Telefon läutete. Er hatte einen Klingelton nach dem Lied: ›Ein feste Burg ist unser Gott.‹ Er drehte sich im Stuhl und kam bequem an den Apparat.

»Teufel!«

»Stephanie Lorenz. Meine Tante möchte Sie sprechen.«

Der Kirchenmann zwinkerte seiner Frau Ilsa zu. »Frau Lorenz, wie geht es Ihnen? Haben Sie es gut verkraftet, dass Ihnen dieser Detektiv neulich bis zu meinem Haus gefolgt ist?«

Er sah durch das Fenster über die Dächer am Hang hinunter zum Bahnhof und über den Rhein auf die Weinberge auf der Rüdesheimer Seite. Man konnte schlechter wohnen.

»Mein Mann hätte mich fragen können, Herr Teufel. Ich hätte es

ihm nicht verschwiegen. Was meine Tante mit ihrem Geld macht, ist allein ihre Sache. Daran hätte Harald zu keinem Zeitpunkt etwas ändern können. Was den Detektiv betrifft, das erzähle ich Ihnen bei nächster Gelegenheit. Ich soll Sie übrigens von Pastor Glück grüßen. Er sitzt hier neben mir am Krankenbett. Darf ich Ihnen meine Tante geben? Sie ist etwas ungeduldig.«
»Gern. Gott schütze Sie, Frau Lorenz!«
»Das ist sicher eine umfangreiche Aufgabe, Herr Teufel. Bis bald.«
Kurz darauf erklang die Stimme der alten Dame.
»Herr Teufel, ich kann mich im Zusammenhang mit Ihrer Tätigkeit immer noch nicht an Ihren Namen gewöhnen.«
»Gott mit Ihnen, Frau Heller. Was kann ich für Sie tun?«
»Kann ich ganz sicher sein, dass die gesamte Summe in meinem Sinne verwendet wird?«
»Auf Heller und Pfennig«.
»Und kein Cent fließt an Teile der Familie, die ich nicht ausdrücklich im Testament erwähnt habe?«
»Frau Heller, unser Justitiar hat alles mit Ihrer Nichte ausgearbeitet, Ihnen liegt der Akt vor. Ich habe unterschrieben, Sie haben unterschrieben. Herr Doktor Brönner wird als Ihr Testamentsvollstrecker fungieren. Es ist alles in bester Ordnung.«
»Aber Sie haben mir Dr. Brönner empfohlen. Könnte Ihnen nicht Stephanies Mann daraus einen Strick drehen?« Frau Heller klang erregt, ihre Stimme war heiser.
»Dr. Brönner arbeitet nicht für die Gemeinde. Von Vorteilnahme kann keine Rede sein. Glauben Sie mir, das Geld geht einzig und allein den Stiftungen zu, die Sie ausgewählt haben.«
»Glauben ist mehr Ihre Sache, Herr Teufel. Obwohl ich mir angesichts meiner Lage manchmal wünschte, dass es anders wäre, aber genug davon. Ich kann also ganz beruhigt sein?«
»Ganz beruhigt, Frau Heller. Sie können in Frieden ...« ›einschlafen‹, hatte er sagen wollen, aber er bekam gerade noch die Kurve zu »... leben.«
»Gut, dann werde ich jetzt Pfarrer Glück beichten. Leben Sie wohl, Herr Teufel!«

»Auf Wiedersehen, Frau Heller.«

»Arme Socke«, sagte der Kirchenvorsteher zu seiner Frau, als er auflegte. »Ich möchte bei der Beichte Mäuschen spielen. Bei der Summe muss es sich um gewaltige Sünden handeln.«

23
Guntersblum
August, Sonntag Nachmittag

Stephanie Lorenz erschien neben Clarissa in der Türöffnung des Badezimmers wie ein Geist. Dieser Eindruck wurde durch ihre helle Kleidung begünstigt, die sie seit dem Besuch bei Fischer in Worms nicht gewechselt hatte. Fischer musste auch wieder an seinen Traum denken ... und es fiel ihm zum ersten Mal auf, wie geräuschlos und gleitend sich die Frau seiner Träume bewegen konnte. Der Anblick der Cousinen nebeneinander hatte etwas Surreales. Die Türöffnung wurde zum Bilderrahmen und offerierte dem fröstelnden Betrachter einen Geist und einen Zombie.
Fischer versuchte seine Kinophantasien zu verdrängen. Als Stephanie den Mund öffnete, gelang ihm das zum Teil. »Tante Illona ist bereit«, sagte sie.
Ihr Mann fragte: »Gehe ich recht in der Annahme, dass Clara und ich nicht mit hinein dürfen?«
Stephanie bedachte ihn mit einem mitleidigen Blick: »Warum fragst du eigentlich?«
Clarissa machte nur langsam und unwillig Platz, als sich Fischer in Bewegung setzte, um in den oberen Flur hinaus zu gehen. Er musste sich förmlich an ihr vorbei quetschen.
Sie roch nach nichts.
Als er neben Stephanie im Flur stand, drehte er sich zum Badezim-

mer um und sagte zu Harald und Clarissa: »Würden Sie bitte einen weiteren Spiegel besorgen und in Ihrer Schrift mit Lippenstift das Gleiche schreiben, das hier steht? Aber erst nachher, wenn ich dabei bin.«

Stephanie sagte: »Sie glauben doch nicht, dass einer von den beiden ...«

»Von Ihnen brauche ich auch eine Schriftprobe«, sagte er. Ihre Lippen zogen sich einen Moment lang zusammen. Das mochte Enttäuschung ausdrücken, man konnte es aber auch für ein Lächeln halten. Stephanie schritt vor ihm zum Zimmer der Hausherrin. Er hatte das ›I SPY‹-T-Shirt mit dem weißen Hemd aus seinem Büro-Fundus vertauscht. Das schien ihm seriöser für diesen Anlass zu sein. Trotz der Hitze hatte er die Ärmel nicht hochgekrempelt. Die Lederjacke hatte er im Wagen gelassen, den er unweit des Kellerweges geparkt hatte. Die Festivitäten dauerten noch an, so dass er nicht direkt im Weg hatte halten können.

In der Brusttasche steckten ein winziges Notizbuch mit Bleistift und ein fast ebenso kleines Diktiergerät. Der Detektiv hatte allerdings nicht vor, Letzteres zu benutzen.

Vor sich sah er die kastanienbraunen Haare wie einen Soldatenhelm wippen. Fischer strengte sich an, nicht weiter hinunter zu sehen, weder auf die schmalen Schultern noch über den Rücken zum Hinterteil, was alle Gedankenspiele ins Militärische hinweggefegt hätte. Dann öffnete Stephanie die Tür zum Schlafzimmer.

Der Geruch nach Desinfektionsmittel fiel zuerst auf. Und das Dämmerlicht. Fischers Augen nahmen zunächst nur einen Flickenteppich aus Braun-und Grüntönen wahr.

Ein gewaltiges Bett aus dunkelbraunem Holz mit altmodischem Betthimmel beherrschte den Raum.

Zwei sich widersprechende Empfindungen überfielen Fischer. Er dachte beim Anblick dieses Bettes an Krankheit und Siechtum, nicht an Sex, aber gleichzeitig bewies ihm dieser Gedanke, dass er sehr wohl an Sex dachte.

Eine dicke weiße Bettdecke, ein großes Kopfkissen, in dem das kleine, helle Gesicht der alten Frau fast verschwand.

Am Fußende ein Schemel, auf dem eine männliche Gestalt im schwarzen Anzug saß. Der Mann musste schwitzen, heiß wie es war. Er erhob sich, als er Stephanie und Fischer hineinkommen sah.
»Pastor Glück, unser Gemeindepfarrer«, stellte Stephanie vor. Fischer schüttelte kurz eine feuchte Hand, die aber kräftig zudrücken konnte.
»Sie sind Privatdetektiv?«, fragte der Pastor. Fischers Augen hatten sich an das Halbdunkel gewöhnt. Er konnte das Gesicht halbwegs erkennen. Es war breit, schien wettergegerbt zu sein und hatte sehr wache, kleine Augen.
»Ja, mein Name ist Fischer.«
»Petrus war auch Fischer«, sagte der Kirchenmann. Der Detektiv vermochte seinem Gesicht nicht anzusehen, ob es sich bei diesem Satz um einen leicht verunglückten Scherz handelte oder ob der Mensch nicht anders konnte als allem, dessen er ansichtig wurde, eine biblische Bedeutung zu geben.
Stephanie schob einen weiteren Schemel an das Fußende heran und bedeutete Fischer mit einer Geste, darauf Platz zu nehmen.
Als beide Männer saßen, hockte sie sich oben auf das Bett und nahm eine Hand der alten Dame zwischen ihre beiden Hände.
Fischer hatte selten ein solches Bild der Einheit zwischen Menschen verschiedener Generationen gesehen.
Die Stimme der alten Frau war leise und brüchig, zerschnitt aber dennoch die eingetretene Stille wie ein Messer: »Sie werden sich wundern, dass Sie beide gemeinsam das anhören sollen, was ich zu sagen habe, meine Herren. Es bleibt nicht mehr viel Zeit. Ich war jahrelang davon überzeugt, dass es niemanden etwas anginge, was in meiner Familie geschehen ist, aber das war ein Trugschluss.«
Frau Heller bemühte sich offensichtlich in klaren Sätzen zu sprechen. Sie wollte verstanden werden, aber genauso offensichtlich machte ihr das größte Mühe.
Fischer beobachtete Stephanies Hände, wie sie sanft die Hand der alten Dame streichelten.
»Nur eines muss ich Ihnen vorher noch sagen, meine Herren.« Illona Hellers Kopf war so weit zurück gebogen, dass Fischer nur ihr

Kinn über dem faltigen Hals sehen konnte. »In meiner Familie ist viel Unrecht geschehen. Auch durch mich. Nur eine ist frei von jeder Schuld. Meine Nichte Stephanie. Und ich wünsche nicht, dass man sie in all das hineinzerrt, was nach meinem Tod unweigerlich kolportiert werden wird.«
Fischers und Stephanies Blicke trafen sich.
Illona Heller fuhr fort, ihr Ton wurde zärtlich: »Und darum bitte ich dich, mein liebes Kind, jetzt zu gehen.«
Jetzt sahen sich die beiden Frauen an. Die Junge liebkoste noch einmal die Hände der Alten. Dann erhob sich Stephanie und küsste die Stirn ihrer Tante, wie als Höhepunkt einer feierlichen Zeremonie. Danach ging sie nahezu geräuschlos zur Tür und verschwand.
Die Ruhe im Raum wurde nur noch durch den röchelnden Atem Illona Hellers durchbrochen. Die Geräusche vom Kellerweg her, wo das Treiben der Besucher pausenlos weiter ging, waren fern und unwirklich. Gut, dass das Fenster zur Ortsseite hinaus lag.
Fischer wollte gerade überlegen, welcher Umstand es gerechtfertigt erscheinen ließ, dass ausgerechnet er hier in diesem Zimmer saß, da sprach Illona Heller weiter: »Meine Nichte kann mir draußen nützlicher sein als hier«, sagte sie. »Sie selbst wird nicht lauschen und sie kann die beiden anderen daran hindern.« Nach diesen wenigen Worten brauchte die alte Frau bereits eine Atempause. Ihre Hand krampfte sich in die Bettdecke, entspannte sich wieder: »Stephanie weiß, dass ich sie nicht dabei haben will, und sie weiß auch warum. Ich will sie schützen vor dem, was ich Ihnen zu sagen habe. Es ist schon viel zu viel geschehen, von dem sie weiß. Aber alles ...« Sie brach wieder ab, ihr Kopf hob sich etwas vom Kissen hoch, so dass Fischer mehr von ihrem Gesicht sehen konnte als nur das Kinn. Ihre Augen rollten, suchten etwas im Raum und kamen schließlich bei Fischer zur Ruhe. »Ich brauche etwas Wasser ...«
Pastor Glück sprang sofort auf. Der Nachttisch mit Flasche und Glas stand auf seiner Seite des Bettes. »Nein, Herr Pfarrer. Ich möchte, dass dieser junge Mann ... ich will ihn aus der Nähe sehen.«
Der Detektiv stand langsam und nicht so diensteifrig wie der Pfarrer auf und ging um den Schemel des Geistlichen herum zum Nacht-

tisch. Der Blick der alten Dame folgte dabei jeder seiner Bewegungen.
Er goss das Glas mit Mineralwasser voll.
»Mein Kopf ... ein Kissen ...«
Fischer entdeckte am hinteren Bettrand ein weiteres Kissen und schob es unter Frau Hellers Kopfkissen. Sie bedankte sich nicht. Dann führte er das Glas zum schmalen, faltigen Mund der Kranken, schob dabei seinen freien Arm unter die beiden Kissen und drückte sie hoch.
Sogar beim Trinken ließ Illona Heller ihre Augen nicht von Fischer. Nach nur zwei Schlucken drehte sie den Kopf zur Seite. »Das reicht vorläufig. Sie haben interessante Hände, junger Mann.« Wieder kein Dank. Wahrscheinlich dachte sie, dass sie sich nicht bei jemandem bedanken müsse, den sie bezahlte.
Fischer mochte sie nicht, trotz des Mitleides das der Anblick der Kranken unweigerlich auslöste und trotz Stephanies offensichtlicher Zuneigung zu ihr.
Frau Heller sprach weiter: »Pfarrer Glück ist zwar evangelisch, aber er ist dem Beichtgeheimnis verpflichtet. Ist das richtig, Herr Pfarrer?«
Der Geistliche räusperte sich und beeilte sich zu antworten: »Selbstverständlich, Frau Heller.«
»Hatten Sie schon mal einen Vertreter der Konkurrenz dabei?« fragte die alte Dame in einem Anflug von Humor.
»Konkurrenz? Nun, ich sehe Herrn Fischer nicht als Konkurrenz.«
»Bei dem biblischen Namen ...« Der Detektiv konnte nicht anders.
Frau Heller wandte sich wieder an ihn: »Wie sieht es denn bei Ihnen aus, haben Sie auch eine Schweigepflicht?«
»Einen Ehrenkodex, ja, aber ich muss Sie warnen: Wenn ich Kenntnis von Kapitalverbrechen erhalte, muss ich das melden.«
»Und - würden Sie das auch tun?«
»Ja!«
»Ich weiß nicht, warum Stephanie Sie unbedingt dabei haben wollte, aber Sie wird Ihre Gründe haben.« Die alte Dame schickte Fischer mit einer schlaffen, aber dennoch herrischen Handbewegung

wieder zu seinem Schemel. Als er saß, atmete sie sehr tief ein. Dann begann sie: »Die Familie Landvogt kommt ursprünglich aus Bayern, aus dem Raum Augsburg. Meine Vorfahren haben das Brauen im 16. Jahrhundert von den Mönchen des Klosters Weihenstephan gelernt. Im Laufe der Jahrhunderte verlagerte sich die Familie immer weiter nach Norden, bis wir uns Anfang des neunzehnten Jahrhunderts in Hessen im Raum Marburg niederließen.«
Frau Heller machte eine Pause. Bis hierher hatte sie so flüssig gesprochen, wie es ihr in ihrem Zustand möglich war, aber jetzt rang sie nach Luft. Beide Männer machten Anstalten aufzustehen, aber die einsame Hand über der Bettdecke wedelte ihnen den Befehl zu, sitzen zu bleiben.
»Sie müssen nicht ständig aufspringen! Wenn ich Hilfe brauche, lasse ich es Sie wissen.« Sie pausierte wieder, ihr Atem klang wie eine defekte Kettensäge. Sie hustete. Schließlich ging es weiter: »Die früheren Brauereien besaßen Namen, die von den jeweiligen lokalen Gegebenheiten inspiriert wurden wie ›Felsenbrauerei‹ oder ›Kloster-Bier‹ und so weiter. Meine Großeltern und Eltern bauten bei Marburg eine Brauerei auf, die erstmals den Familiennamen Landvogt trug. Um die Jahrhundertwende wollten sie nach Mainz expandieren, was ihnen auch gelang, obwohl es gewagt war, sich in einer Weingegend niederzulassen und obwohl es dort bereits Brauereien gab, die es schwer genug hatten, sich zu behaupten. Aber der Ehrgeiz meines Vaters trieb uns zu waghalsigen Aktionen beim Beschaffen von Geld und Lizenzen. Er hatte sich in den Kopf gesetzt, am Rhein erfolgreich und alt zu werden. Die Marburger Brauerei wurde nach dem Tod des Großvaters verkauft und als sich um 1899 eine Möglichkeit eröffnete, in Guntersblum das Haus eines bankrotten Weinbauern zu übernehmen, schlug mein Vater zu.
Ausgerechnet im Kellerweg wuchsen wir Kinder auf. Fremdkörper wie wir waren. Das heißt, die Nachbarn bemühten sich am Anfang sogar um uns, aber meine Eltern legten keinen Wert darauf. Wir, die Fremden, wollten die Könige sein. Wobei es sich mein Vater sehr leicht machte. Er war fast immer in Mainz in der Brauerei, wo er ein eigenes Zimmer besaß, in dem er meistens übernachtete.

Und meine Mutter leitete das Haus hier in Guntersblum.«
Fischer fragte sich, ob Frau Heller genügend Luft haben würde, um zum Kern ihrer Erzählung zu kommen, denn sie musste schon wieder pausieren. Der Samariter in ihm wollte wieder helfen. Aber er war lernfähig. Diesmal stand er nicht auf, während Pfarrer Glück seinen Hintern auf dem Schemel reflexartig bewegte. Aber auch er bremste sich im letzten Augenblick.
Es ging schneller als vermutet weiter: »Mittlerweile hatten meine Eltern vier Kinder bekommen. Kurt, den Ältesten, dann Reinhard und Siegfried und mich als Jüngste. Reinhard ist der Vater Clarissas und Siegfried der Vater von Stephanie. Kurt und ich blieben kinderlos.«
Es folgte ein kurzes Atemholen, dann: »In den letzten Jahren des Zweiten Weltkrieges wurden sogenannte ›Fliegergeschädigte‹, ›Ausgebombte‹ und ›Evakuierte‹ aus Mainz-Kastel und Mainz in Guntersblum zwangseinquartiert. Mein Vater konnte es so einrichten, dass in unserem Haus Überlebende unterkamen, die bei ihm in Mainz gearbeitet hatten. Die Brauerei selbst wurde zum großen Teil zerstört. Am 21. März 1945 rollten die ersten amerikanischen Panzer ins Dorf. Es kam zu einer denkwürdigen Begegnung in unserem Haus. Einer der Arbeiter aus der Brauerei, die mein Vater bei uns untergebracht hatte, entdeckte in einem jungen amerikanischen Leutnant italienischer Abstammung einen entfernten Verwandten. Der Kontakt zu dem Amerikaner wurde über die Nachkriegsjahre aufrecht erhalten.
Beim Neuaufbau der Brauerei hatte mein Vater finanzielle Schwierigkeiten, aber da kamen ihm die Kontakte mit dem amerikanischen Italiener zugute. Dessen Verbindungen wiederum reichten bis zur sizilianischen Mafia, die uns half. Das habe ich aber erst in den sechziger Jahren mitbekommen, als ich längst mit Erwin Heller verheiratet war. Aber da war es zu spät, um aus den Verknüpfungen heraus zu kommen. Meine Eltern starben bei einem Verkehrsunfall in der Toscana. Kurt und ich übernahmen die Firma. Er vor Ort in Mainz als Praktiker, ich auf dem Papier. Ich wurde gleichzeitig als Nachfolgerin meiner Mutter die Hüterin des Hauses hier im Kellerweg.«

Zu viel Aufregung, zu viel Erinnerung, zu wenig Luft. Illona Heller suchte mit den Augen nach ihren beiden Zuhörern. »Wasser!«
Der Pfarrer war schneller.
Fischer ließ das Wort ›Mafia‹ in sich nachwirken. Was löste das nicht alles aus?! Davon abgesehen, dass er an das Geplänkel mit Annerose Neuwirth vor wenigen Tagen im Wormser ›Time-Café‹ über seine Ähnlichkeit mit Marlon Brando, dem ›Paten‹, denken musste, erinnerte er sich auch an einen Fall in seiner Zeit bei der Polizei in Mainz. Dort hatte er mit einer Gruppe von Autoschiebern zu tun gehabt, die mit der italienischen Mafia zusammen steckten. Aber er dachte auch an die mafiaähnlichen Strukturen, die viele der Sekten aufwiesen, denen er im Laufe seines Lebens begegnet war. So auch die ›Jünger des Senfkorns‹, deren Leiter im Juli tot auf den Stufen des Wormser Nibelungenmuseums gesessen hatte.
Der Spruch auf dem Spiegel fiel ihm wieder ein: **Stirb! Mörderpack!** Wer hatte das hingeschrieben? Leute aus dem Ort, die endlich die ungeliebte Bagage der Brauereifamilie loswerden wollten?
Was würden die Erzählungen der alten Dame noch zutage fördern und, vor allem, wieso sollte er sich das anhören? Was bezweckte Stephanie Lorenz damit?
Es gelang Fischer, seit er hier am Fußende des Hellerschen Bettes saß, sein Verliebtsein gut zu verdrängen. Nicht gänzlich, aber genügend, um sehr wachsam zu sein.
Pfarrer Glück träufelte unterdessen das Wasser auf die Lippen der alten Frau. Es dauerte nicht lange, da wandte sie wieder den Kopf zur Seite, als Zeichen, dass sie genug hatte.
Der Pfarrer setzte sich und Illona Heller unternahm einen neuen Anlauf für ihre Geschichte. »Ich muss jetzt in der Zeit etwas zurück gehen. 1967 ist etwas in diesem Haus geschehen, das lange nachgewirkt hat. Der erste Tote. Ich war 15 Jahre mit Erwin verheiratet, da ging er für ein Jahr mit Kurt nach Tansania. Erwin war schon immer ein leidenschaftlicher Jäger gewesen und Afrika war immer sein Traum. Kurt hatte Verbindungen zur deutschen Botschaft und zu Wirtschaftskreisen und sollte dort unten die Vorbereitungen zum Errichten einer Brauerei durchführen. So konnten sie ihre Aufgaben

und Vorlieben miteinander verbinden. Ich habe meinen Mann in dieser Zeit sehr vermisst, nicht nur aus sentimentalen Gründen.
Seit kurzem wusste ich von der Verbindung zum organisierten Verbrechen. Aber ich wollte das nicht an mich heran lassen. Ich habe versucht zu denken: ›Geschäft ist Geschäft und das ist Männersache. Und wenn die Männer nicht da sind, ruht das Geschäft. Jedenfalls der illegale Teil davon.‹
Eines Abends funktionierte die Verdrängung nicht mehr. Ersparen Sie mir Einzelheiten, aber es ging um einen Mann aus Palermo, der nach Mainz geschickt worden war, um unsere Geschäftspapiere zu überprüfen. Man glaubte meinem Bruder Kurt nicht, dass er nicht mehr Gelder zum Zurückzahlen flüssig machen konnte.
Der Mann kam mit den Akten in Mainz nicht weiter. Er kündigte sich telefonisch hier an. Ich wollte ihn abwimmeln. Es war an diesem Abend kein anderer von der Familie zu Hause. Aber da ich nach Kurt die wichtigste Gesellschafterin der Firma war, bestand der Kerl darauf, mit mir zu sprechen. Er kam hier an und beging gleich ein doppeltes Sakrileg. Er brachte kein Bier zum Trinken mit und keinen rheinhessischen Wein, sondern italienischen Rotwein.«
Fischer wollte es nicht, aber er musste grinsen.
»Er war mit dem Zug gekommen. Er war ein gut aussehender, sehr mediterraner Typ mit guten Manieren. Wir saßen unten im großen Zimmer und gingen die Unterlagen durch. Wir tranken beide von seinem toskanischen Rotwein, er mehr als ich. Irgendwann war die Flasche leer. Ich bot ihm an, aus dem Keller, der früher sowieso ein Weinkeller gewesen war, einen der wenigen Weine zu holen, die wir vorrätig hatten.«
Die nun folgende Pause verging schnell. Diesmal benötigte Frau Heller kein Wasser. Luftmangel hin, Luftmangel her: Sie schien begierig, weiter sprechen zu wollen.
»Er wollte den Kavalier spielen und unbedingt mitkommen. Ich wollte ihm das ausreden, aber er kam mit Ritterlichkeit und damit, dass kein Mann, der Wert auf diese Bezeichnung lege, eine Dame allein in einen dunklen Keller gehen lassen könne, wenn er nicht seine Ehre verlieren wolle.

Also gab ich nach und wir kletterten gemeinsam hinunter. Neben dem Eingang zum alten Weinkeller stand ein Schrank, in dem Kurt allerlei Dinge aus dem zweiten Weltkrieg aufbewahrte. Und als ich da stand und den Schlüssel zum Weinkeller ins Schloss stecken wollte, fing der Kerl plötzlich an, mich anzufassen ... Er berührte mich ... überall ...«
›Wenn sie jetzt nicht nach Wasser ruft, will ich Quasimodo heißen‹, dachte Fischer kalt. Aber Frau Heller tat ihm den Gefallen nicht. Sie schnappte zwar nach Luft, aber dann sprach sie gleich weiter: »Er schob seine Hand unter meine Bluse und ich fühlte einen harten, kalten Ring, der mir in die Haut schnitt. Ich versuchte ihn abzuschütteln. Schrie ihn an, bettelte dann. Aber er lachte nur und behauptete, dass das jede Frau mögen würde und dass eine, die das Gegenteil behauptet, lügt. Ich erinnere mich noch sehr genau, wie er aussah, als er mit seinem verzerrten Gesicht so ganz in meiner Nähe war. Ich habe ihn doch als gut aussehend beschrieben. Das war jetzt völlig ins Gegenteil verkehrt. Sein Gesicht war eine hässliche Fratze. Er riss meine Bluse auf und zog seine Krawatte vom Hals. Dann warf er mich gegen den Schrank und zog seine Hose aus.«
Fischer dachte: ›Armer Pfarrer‹ und schielte hinüber zu dem Geistlichen, der mit unbewegter Miene zuhörte.
Illona Heller brauchte keine Pause: »Ich versuchte zur Seite hin zu entkommen. Nicht zum Weinkeller, denn der war ja noch abgeschlossen, sondern zur Kellertreppe hin. Aber er erwischte mich am Arm, riss mich zurück zu sich und warf mich noch einmal gegen Kurts Schrank. Ich spürte einen stechenden Schmerz im Rücken, denn ich war gegen den Schrankschlüssel gestoßen, der abbrach. Wieder versuchte ich zur Seite hin auszubrechen. Plötzlich öffneten sich die beiden Schranktüren. Mein Bruder hatte den Schrank so vollgestopft, dass viele der gesammelten Utensilien nach vorn herausfielen. Urkunden, Ehrennadeln, Abzeichen jeder Art, Messer, Mützen, alles Mögliche. Und noch etwas.«
Sie rief röchelnd: »Wasser ...« und dann kam ein Wort, dass Fischer bisher nicht von dieser Frau gehört hatte, außer als sie Stephanie bat, aus dem Zimmer zu gehen: »Bitte!«

Beide Männer sprangen auf.
Pfarrer Glück war näher dran und machte seinen Samariter-Job. Während er noch bei ihr am Kopfende war, sprach sie weiter. Sehr hastig, als fürchte sie, keine Zeit mehr zu haben: »Was da noch hinaus fiel, war eine Drahtschlinge. Ich hatte mal gelesen, dass Gestapo-Männer so etwas benutzt hatten zur Exekution. Die fiel dem Kerl quasi in die Hand. Er grinste noch viel stärker als vorher, riss mich wieder an sich und legte mir das Ding um den Hals. Nur locker, aber er flüsterte mir direkt ins Gesicht, dass er sie zuziehen würde, wenn ich nicht das täte, was er wollte. Er hatte die ganze Zeit deutsch gesprochen, das beherrschte er sehr gut, aber nach dieser Drohung sprach er plötzlich auf italienisch weiter, und das erschreckte mich zusätzlich, denn jetzt verstand ich nichts mehr. Wenn einem jemand droht und man merkt es nur am Ton, an der Art, an der Fratze ... das ist das Schlimmste.«
Pfarrer Glück blieb neben ihr stehen, das Glas Wasser in der Hand und wartete. Fischer stand am Fußende.
»Und dann drehte er mich um und tat, was er tun wollte. Mein Gesicht presste er in den Wust von Wehrmachtsandenken, wobei mich einige Nadeln stachen. Und die ganze Zeit hatte ich diese Schlinge um den Hals.
Als er fertig war, zog er sich wieder an, zog sogar mich wieder an, legte die Schlinge in den Schrank zurück, bekam ihn aber nicht zu und schloss die Tür zum Weinkeller auf. Jetzt redete er wieder in Deutsch mit mir. Er sagte, dass wir uns jetzt eine Flasche Wein verdient hätten und seine Miene war fast wieder so heiter und freundlich wie am Anfang. Dann ging er an mir vorbei in den Keller. Und da nahm ich die Drahtschlinge aus dem Schrank, trat von hinten an ihn heran und schlang sie ihm um den Hals.«
Jetzt sah Fischer den Adamsapfel des Pfarrers auf und nieder gehen. Ihm selbst stellten sich die Nackenhaare auf.
»Es war überhaupt nicht schwer. Keiner soll behaupten, eine Frau könne so etwas nicht. Das hat nichts mit Kraft zu tun. Es ist reine Technik, die ich zwar nicht gelernt hatte, aber ich konnte es.«
Ihre Augen waren groß geworden, klar. Sie sah abwechselnd beide

Männer an. »Das ist noch nicht alles, meine Herren. Aber ich brauche eine Pause. Sie vielleicht auch. Vertreten Sie sich doch draußen die Füße. Und schicken Sie mir Stephanie herein.«
»Ja, Frau Heller«, sagte Pfarrer Glück und stellte das Glas auf dem Nachttisch ab. Fischer nahm jetzt auch wieder das ferne Rumoren wahr, das vom Kellerweg hoch drang.
Als sie draußen im Flur Stephanie sahen, sagte Fischer: »Sie will Sie sehen.«
»Wie geht es ihr?«
»Nicht wesentlich schlechter als mir.« Das war nicht flapsig gemeint, und Stephanie reagierte auch gar nicht darauf, nur der Pastor hob indigniert eine Augenbraue.
Stephanie warf Fischer noch einen undefinierbaren Blick zu und verschwand dann im Krankenzimmer.
Die beiden Männer standen neben der Efeuampel. Keiner von beiden schien Lust auf Konversation zu verspüren.
Von Harald und Clarissa war nichts zu sehen.
»Ich glaube, ich will mir die Hände waschen«, sagte Fischer. Der Pfarrer nickte nur.
Fischer öffnete die Tür zum Badezimmer.
Er blieb noch in der Türöffnung stehen und starrte zum Spiegel. Jemand hatte die Schrift weggewischt.

24
Alzey
August, Sonntag Nachmittag

Die beiden blonden Frauen, die sich so ähnlich sahen, saßen einander gegenüber. Edgar brachte ihnen Grünen Tee in Gläsern und setzte sich dann auf einen Sessel zwischen ihnen.

»Halten Sie mich ruhig für eine Schwarzseherin, aber ich glaube, dass Lui in Gefahr ist«, sagte Annerose Neuwirth. Sie hatte am Telefon von Susanne erfahren, was gestern vor dem Haus der Brauereisippe geschehen war, hatte ihrerseits vom Steinestemmer und von Kennichmeier erzählt, und so konnten sich die drei ein ungefähres Bild machen. Daraufhin hatten Edgar und Susanne die Drogistin zu sich nach Alzey eingeladen. Sie hatte eben im Kinderzimmer auch Edgar Junior kennen gelernt und wurde von dem Ehepaar so herzlich aufgenommen, dass sie sich wohler fühlte, als wenn sie mit Fischer allein war, der ständig mit seinem Abwehrmechanismus kämpfte.

»Ich glaube«, sagte Edgar, »Lui weiß gar nicht, dass ich die neue Werbung für Landvogt-Bier gemacht habe. Ist schon seltsam. Er hat mit denen irgendwie zu tun, und im Endeffekt verdient er sogar daran, immerhin steckt er finanziell noch bei mir in der Firma mit drin. Und umgekehrt stehe ich gestern vor dem Haus im Kellerweg ohne zu wissen, dass ein Teil meiner Auftraggeberfamilie da wohnt. Die Welt ist klein, aber uninformiert.«

»Und das bei Berufen wie Detektiv und Werbefachmann«, spottete

Annerose.
Edgar hatte sich am Telefon bei Annerose über seinen Onkel beschwert, dass der ihm nicht viel von der Aktion auf dem Marktplatz erzählt hatte. Noch mehr hatte er sich gewundert, dass die Wormser Zeitung nichts berichtet hatte. Dafür hatte Annerose ihren DVD-Film jetzt mitgebracht. Sie wollten ihn später ansehen.
Annerose fuhr fort: »Eigentlich habe ich ja ein schlechtes Gewissen, dass wir hier so über ihn sprechen und uns in seine Sachen mischen, aber ich habe mich mal im Internet ein bisschen über diesen Kennichmeier kundig gemacht. Und auch über diesen Harald Lorenz.« Sie schob Edgar und Susanne je zwei Computerausdrucke über den Couchtisch und ließ sie eine Weile lesen. »Was meint ihr? Lui hat mir versprochen, dass ich demnächst ein bisschen für ihn schnüffeln darf. Ihr kennt ihn wesentlich besser als ich. Wäre er für den Rest seines Lebens sauer, wenn ich mal für ihn schnüffele, ohne dass er es vorher weiß?«
Susanne nippte an ihrem Tee und befand ihn als zu heiß. Sie wollte danach etwas sagen, aber Edgar kam ihr zuvor: »Da ist er schon eigen, der gute Onkel. Aber du tust es ja zu seinen Gunsten. Du arbeitest ja nicht gegen ihn, oder?«
»Wirklich nicht. Ich kenne ihn noch nicht lange, aber ich mag ihn. Ich fürchte, ich mag ihn mehr als er mich.«
»Er ist so etwas Wunderbares wie uns Frauen nicht mehr gewohnt«, sagte Susanne, »gib ihm etwas Zeit.«
»Wenn ich etwas hasse, dann sind es Leute, die sich aufdrängen. Das gilt für andere mir gegenüber, aber genauso gut für mich selbst. Seine platonische Freundin zu sein ist doch sicher auch ganz gut, oder?«
»Wem das reicht«, sagte Edgar vielsagend und wechselte dann das Thema: »Was würdest du denn für ihn herausfinden wollen?«
»Was dieser Kennichmeier für einer ist, was er tut, wie er tickt und vor allem, warum er hinter Lui her ist. Der kann es sich gar nicht erklären, obwohl es ja jetzt einen Zusammenhang mit dieser Brauerfamilie gibt. Ich könnte mir vorstellen, dass ich mich mal im Wagen vor seiner Wohnung in Oppenheim postiere und seinen Eingang ein

wenig filme.«
Susanne zupfte ihren Mann am kurzen Hemdsärmel: »Edgar? Mein Ehemann?«
»Na, na, na, den Ton kenne ich doch. Du willst doch irgendetwas Ungehöriges.«
»Ich würde mich nur mal gern mit Annerose zusammen auf die Pirsch begeben. Lui nimmt mich ja nie mit. Aber zwei harmlose Frauen, mal zwei Stunden in einer Straße in Oppenheim, mit einer Videokamera, das müsste doch klar gehen.«
»Du hast Annerose noch nicht gefragt, ob sie dich überhaupt mitnimmt.«
Annerose lächelte: »Es wäre mir eine Ehre. Zwei Detektivamateurinnen sehen mehr als eine.«
»Wenn das so ist, muss ich mich halt mal ein paar Stunden allein mit Junior rumschlagen.« Edgar küsste seine Frau auf die Stirn. »Wann wollt ihr los?«
»Gegen Abend, so in zwei Stunden?« schlug Annerose vor. Susanne jubelte: »Okay, dann essen wir vorher noch eine Kleinigkeit und schauen uns den Film vom Marktplatz an.«
Alle waren einverstanden und stimmten sich gut gelaunt auf das ›Abenteuer‹ ein. Edgar bemerkte nur, dass das Ganze dann vergebene Liebesmühe wäre, wenn Herr Kennichmeier diesen Abend komplett auf dem Kellerwegfest verbringen würde.
Doch diesen Einwand ließen die beiden nicht gelten. Sie scherzten noch ein wenig über ihre Ähnlichkeit und beschlossen, um den Spaß perfekt zu machen, am Abend ihr Outfit anzugleichen. Susanne hatte genug identische Kleidungsstücke im Schrank.

25
Guntersblum
August, Sonntag früher Abend

Er hielt ihre Hand nun schon seit Minuten und schien es nicht einmal zu bemerken.

Wer es bemerkte, waren sowohl Fischer als auch Stephanie und Pfarrer Glück, aber keiner von ihnen verstieg sich zu einer Äußerung darüber.

Clarissa aber hatte ein triumphierendes Glitzern in den wasserblauen Augen, für sie hatte Haralds Berührung, für alle offensichtlich, einen hohen Stellenwert.

»Ist es gut, wenn sie so lange allein ist?« fragte der Pfarrer nach einer Weile des Schweigens.

»Sie wollte es so«, antwortete Stephanie. »Sie hat noch einiges zu erzählen. Sie will sich vorbereiten.«

»Sie haben sie vor einer Stunde verlassen. Wann sollen wir wieder hineingehen?«

Stephanie sah auf ihre Armbanduhr. »Fast Sieben. Ich sehe gleich nach ihr. Aber keine Sorge, sie hat ja die Glocke, wenn etwas wäre ...«

Fischer hasste diesen Ausdruck. Aber das lag nicht etwa daran, dass er Stephanie mit anderen Augen sah als vorher. Nein, er selbst hatte sich schon oft dabei ertappt, in ähnlichen Situationen solch unklare Formulierungen benutzt zu haben, und bei sich hasste er sie auch.

›Wenn etwas wäre‹, ›Wenn was passiert‹, ›Für den Fall, dass ...‹. Warum trauten sich die Menschen nicht konkret auszusprechen, was sie jeweils befürchteten? Wobei in diesem Fall ja wohl mit dem Tod der Patientin gerechnet werden musste, und ›wenn DAS passierte‹, würde sie wohl kaum noch irgend eine Glocke betätigen können.
Vor ihnen auf dem Tisch im unteren Wohnzimmer standen leer getrunkene Kaffetassen, Teller mit Kuchenkrümeln und ein von Clarissa nur halb gegessenes Stück Rhabarberkuchen.
Harald löste seine Hand jetzt von der Clarissas. »Sie glauben doch immer noch, dass ich den Spiegel abgewischt habe, Herr Fischer.«
»Ihre Tante wird's nicht gewesen sein.«
»Wie oft muss ich Ihnen noch sagen, dass sie nicht meine Tante ist. Aber Sie glauben doch, dass ich es war. Oder Clarissa mit meinem Einverständnis. Immerhin haben Sie gedroht, dass Sie unsere Schrift mit der am Spiegel vergleichen wollen.«
»Ach, haben Sie das als Drohung aufgefasst?« Fischer sah ihn mit einer gewissen Belustigung an.
»Er war es nicht! Und ich war es auch nicht«, sagte Clarissa emotionslos.
Stephanie suchte Fischers Blick, bevor sie sprach: »Da bleibt nur noch der große Unbekannte oder ... ich. Was meinen Sie, Herr Fischer, als Fachmann?«
»Den großen Unbekannten möchte ich ausschließen«, antworte er und ließ die Augen nicht von denen der Frau, in die er sich verliebt hatte. Ja, das Gefühl kam wieder, tauchte auf aus der Verdrängung, die ohnehin nur halbherzig gewesen war.
»Aber die Person, die es abgewischt hat, muss nicht zwangsläufig die sein, die es geschrieben hat«, fügte er hinzu. »Vielleicht hat der oder die Beseitiger/in geglaubt, dass die Kritzelei nicht so schwerwiegend sei und dass sie nur von den eigentlichen Problemen ablenken würde.«
»So könnte es gewesen sein.« Stephanie hielt seinem Blick stand.
Harald sah auf die Uhr. »Es ist Sieben!«
Es war, als würde Stephanie aus einer Trance erwachen. Ein Ruck ging durch sie. Dann stand sie auf. »Ich sehe nach Tante Illona.

Wenn sie soweit ist, rufe ich Sie.« Damit verließ sie den Raum und gleich darauf hörten die anderen ihre Schritte auf der steilen Treppe in das Obergeschoss.

Vor dem Haus pulsierte die Menge der Weinfreunde und Vergnügungssüchtigen und erinnerte daran, dass es ein Leben außerhalb der Vergangenheitsgespenster dieser Familie gab.

26
Frankfurt
August, Sonntag früher Abend

Im Westend zogen dunkle Wolken auf. Und das nicht nur in witterungsbezogener Hinsicht.

Die Polizei war im Haus gewesen. Ein ziemlich nassforscher Kommissar, der sich den Teufel um die guten Verbindungen des Weißhaarigen zum Polizeipräsidenten scherte.

Er hatte von der harten Konkurrenz im Mediengeschäft gesprochen, von einer möglichen Feindschaft zwischen dem ermordeten Fernsehproduzenten Alfons Kaiser und ihm, dem renommierten Professor mit seiner Produktionsgesellschaft.

Nicht, das der Weißhaarige nicht mit einem Besuch der Polizei gerechnet hätte. Spätestens, als er gestern um 14 Uhr mit Frau Dr. Melzer von der CARA-Film gesprochen hatte, war ihm klar gewesen, dass die der Kripo einen Wink geben würde. Ihr Einfluss war nie groß genug gewesen, obwohl sie sich stets bemüht hatte, im Klüngel gewisser Produzenten mitzumischen, zu denen sowohl Kaiser als auch der Weißhaarige gehörten. Das hatte sie seit Jahren gewurmt. Jetzt sah sie wahrscheinlich eine Chance, stärker zu werden, jenseits des Klüngels.

Einer von den verhassten Kollegen war ermordet worden. Wenn man einen anderen verdächtigen würde und wenn auch nur ein Schatten davon an ihm kleben bleiben würde, könnte das ihre Position stärken.

Verdammtes Weib!
Dass dieser Polizist so hartnäckig war, hatte der Weißhaarige nicht erwartet. Ein Wadenbeißer schlimmster Güte. Solche Typen setzte er gern in seinen Serien ein. Entweder als ›Sidekick‹ des sympathischen Helden, der ihm zuarbeitete, oder als Gegner desselben, der dem Protagonisten das Leben zusätzlich schwermachte. Dass solche Burschen in der Realität vorkamen, erschreckte den Produzenten.
Er trug wieder seinen Nadelstreifenanzug und war bereit, das Haus zu verlassen. Er wollte mit seiner geschiedenen Gattin in die alte Oper zu einem Symphoniekonzert gehen. Nicht, dass er dazu Lust gehabt hätte, aber vielleicht lenkte ihn das ab.
Er war schon auf dem Weg zur Tür, als sich sein Handy meldete. Schade, er stellte es meistens vorher aus, wenn er ein Theater oder einen Konzertsaal besuchte, um es später nicht zu vergessen. Es gab nichts Peinlicheres als einen Klingelton, während der Sologeiger eine besonders leise und gefühlvolle Passage spielte. Nun hatte er es aber noch nicht ausgeschaltet und so nahm er das Gespräch entgegen.
»Ja?«
Er bereute es sofort.
»Eine Meldung für den Janusgesichtigen!«
»Ich glaube nicht, dass wir uns schon wieder was zu sagen haben.«
»Rufen Sie zurück!«
»Den Teufel werde ich ...«
»Sie werden zurück rufen.« Damit unterbrach der Anrufer das Gespräch. Der Weißhaarige erwog nur sehr kurz, sich nicht zu melden, dann tippte er die bekannte Nummer ein.
Der Andere meldete sich: »Ja!« Die Stimme schnarrte wie immer. Der Weißhaarige war wütend wie selten. Denn er hatte Angst, seit ihm der Kripomann so auf die Zehen getreten war. »Was gibt's denn noch, verdammt noch mal?!«
»Wenn hier einer Grund hat zum Fluchen, dann bin ich das.«
»Wieso, ich habe Ihren Auftrag weitergegeben.«
»Nett von Ihnen, aber da ist nichts passiert. Der Schnüffler erfreut sich allerbester Gesundheit. Ihr Killer hat versagt. Wenn meiner so

schlampig arbeiten würde, läge er schon auf dem Grund des Rheins.«
»Ich habe den Auftrag erteilt, aber keine Rückmeldung erhalten. Das ist nicht üblich.«
»Mein Service ist besser.«
Der Weißhaarige stöhnte: »Soll ich noch mal nachhaken?«
»Falls sich Ihr Nichtskönner doch noch melden sollte, pfeifen Sie ihn zurück. Wir übernehmen das selbst.«
»Aha, ist mir egal.«
»Das kann ich mir denken. Ich wollte Ihnen nur sagen, dass ich unzufrieden bin. Das erhöht den Preis bei zukünftigen Geschäften, Janus. Und wenn Sie den nicht zahlen wollen ... hinter soviel Köpfen können Sie sich gar nicht verstecken wie sie brauchen, wenn ich der Polizei erst mal Tipps gebe.«
Der Fernsehproduzent schwitzte: »Haben Sie etwa schon?«
Der Andere wurde hellhörig: »Wieso, haben Sie Ärger mit den Bullen?«
»Das kriege ich in den Griff.«
»Na, gut, wenn nicht ... ich warne Sie. Ziehen Sie uns da nicht mit rein. Wir erwischen Sie auch im Knast.« Damit brach der Auftragsannehmer ab.
Der Weißhaarige schaltete das Handy sofort aus, verließ das Haus und hoffte, dass ihn das Konzert ablenken würde. Aber er glaubte nicht daran.

27
Guntersblum, Oppenheim
August, Sonntag früher Abend

Kennichmeier hatte das Handy nach seinem Gespräch mit Frankfurt ausgeschaltet. Er musste sich ein paarmal räuspern. Es strengte an, so schnarrend zu sprechen. Andere Stimmimitationen fielen ihm leichter.
Er fuhr den weinroten Passat auf den Hof des Autohauses Lorenz an seinen Platz, stieg aus und ging zu den offenen Garagen neben dem Büroanbau. Ganz hinten an der Rückwand stand der Wagen, den er nur manchmal benutzte und auch nur zu bestimmten Anlässen.
Er kramte den passenden Schlüssel hervor, schloss den Wagen auf und setzte sich hinter das Lenkrad. Er würde jetzt nach Hause fahren, nach Oppenheim. Später würde er telefonieren und schließlich würde er einen Besuch in Worms machen. Wahrscheinlich erst spät in der Nacht, aber mit weitreichenden Konsequenzen.
Kennichmeier hatte sich zwei Leben ausgesucht, die aus unterschiedlichen Gründen Unruhe bedeuteten. Positiver ausgedrückt verlangten diese beiden Leben ein großes Ausmaß an Flexibilität. Zunächst der Vertreterjob, der ihn innerhalb eines bestimmten geographischen Gebietes mit vielen verschiedenen Menschen zusammen brachte. Er musste dafür reisen, aber meist konnte er abends wieder zu Hause in Oppenheim sein.
Sein zweites, dunkles Leben war noch unruhiger, obwohl es sich,

sehr praktisch, mit dem Telefon erledigen ließ. Die Gefahr zu scheitern war aber ungleich größer ... allerdings auch die Verdienstmöglichkeiten.
Jemand, der so lebte, brauchte Konstanten.
Kennichmeier glaubte, die gefunden zu haben.
Die materielle Konstante stellte seine Eigentumswohnung in Oppenheim dar. Ein teures Wohnparadies mit High-Tech-Küche und erlesenen Möbeln. Dort lebte er allein und er lud so gut wie nie Fremde oder Bekannte dorthin ein. Freunde hatte er nicht.
Er hätte ohnehin Schwierigkeiten gehabt, Besuchern den relativen Luxus zu erklären. Von dem Verdienst, den seine offizielle Berufstätigkeit abwarf, hätte er sich diese Wohnung nicht leisten können.
Aber es gab noch einen weiteren Grund, weshalb es unklug war, andere Menschen in die Wohnung zu lassen.
Dabei handelte es sich um die Einrichtung eines bestimmten Raumes, besser gesagt um die Dekoration dieses Raumes. Er stellte so etwas wie eine Kapelle dar. Einen Andachtsraum, der mit Abbildungen einer bestimmten Person übersät war. Mehr war dort nicht zu sehen: Ein Stuhl, Hunderte von Kerzen und Bilder von Stephanie Lorenz.
Sie würde nie etwas davon erfahren dürfen. Nie!
Kennichmeier lenkte den Wagen über Ludwigshöhe und Dienheim auf Oppenheim zu.
Das Wahrzeichen der Stadt, die Katharinenkirche, wurde sichtbar, lange bevor er Oppenheim erreichte.
Er wohnte ganz in der Nähe dieses berühmten Bauwerks, nicht weit vom zweigiebeligen Rathaus entfernt.
Er war ganz ruhig beim Fahren, konzentrierte sich auf diese Tätigkeit und ließ keinen Gedanken an die Dinge zu, die noch zu tun waren. Man konnte sagen: Er freute sich auf zu Hause.
Als er schließlich in den Hof einbog, der neben dem Haus lag, in dem er wohnte, fiel ihm ein silbergrauer BMW mit Wormser Kennzeichen auf, der auf der gegenüberliegenden Straßenseite parkte. Aus den Augenwinkeln nahm er die Haarfarbe Blond wahr, aber er kümmerte sich nicht weiter darum.

Als er im Hof geparkt hatte und das Tor per Knopfdruck automatisch geschlossen wurde, holte er aus der Garage eines von mehreren Ersatznummernschildern und wechselte es gegen das amtliche Nummernschild an seinem Wagen aus.
Er musste sich überlegen, ob er den schwarzen Mercedes nicht demnächst gegen einen anderen eintauschen sollte. Nostalgie und Sentimentalität waren auf Dauer keine guten Ratgeber in Kennichmeiers Zweitgeschäft.

28
Guntersblum
August, Sonntag früher Abend

Der bisher makellos blaue Himmel über Guntersblum wies seit einigen Minuten kleinere Wolken auf. Fischer sah sie durch das Fenster im Krankenzimmer.
Es hatte noch etwas gedauert, bis Stephanie ihn und Pastor Glück gerufen hatte.
Nun saßen sie wieder am Fußende des großen Himmelbettes und lauschten den Worten der alten Frau. Stephanie war hinausgegangen, gleich nachdem sie die Männer im Zimmer abgeliefert hatte.
Der Festlärm hatte zugenommen. Und, obwohl er nur gedämpft herein drang, begann er zu stören.
»Elisabeth«, sagte die alte Dame gerade, »die Frau meines Bruders Kurt. Die zweite Tote, die ich auf dem Gewissen habe.«
Fischer dachte den hässlichen Satz: ›Da läppert sich was zusammen.‹
Er hatte sich während der Pause gefragt, ob er nicht heimlich das Diktiergerät mitlaufen lassen sollte, das in seiner Brusttasche auf seinen Einsatz wartete. Ob er sich all das merken konnte, was er heute noch zu hören bekommen würde?
Schließlich hatte er sich dagegen entschieden. Dabei nahm er mehr Rücksicht auf Stephanie als auf deren Tante. Allerdings war er sich keineswegs darüber im Klaren, wie er mit diesem ganzen Wissen umgehen sollte.

Glücklicher Pastor Glück. Der durfte nicht reden.
»Damit Sie mich nicht falsch verstehen, meine Herren«, fuhr Frau Heller fort, »ich habe Elisabeth nicht ermordet. Nicht so direkt und nicht beabsichtigt, aber ich gebe mir die Schuld. Und nicht nur ich. Kurt, der nie geheiratet hatte, war ja mit meinem Mann Erwin in Afrika gewesen, als die schreckliche Sache mit dem Mafiamann im Keller geschah. Ich hatte in meiner ersten Panik den Toten in eine mit Brettern ausgelegte Lücke zwischen dem Schrank und der Wand gezerrt und mit weiteren Brettern abgedeckt. Im Laufe der Zeit fiel mir kein anderer Ort ein, an dem ich ihn aufbewahren konnte. Ich habe ihn immer wieder mit Kalk beschüttet um den Verwesungsgeruch einzudämmen. Und immer wenn ich im Haus allein war, was oft vorkam, habe ich das Bretterversteck etwas mehr ausgebaut und verstärkt. Später habe ich noch eine kleine Mauer hochgezogen, alles in dem Winkel ... in der Lücke zwischen Wand, Schrank und der Eingangstür zum Keller.«
Frau Hellers Mund war wieder trocken geworden. Die beiden Zuhörer hatten allmählich eine Routine entwickelt und wechselten sich jetzt ab beim Befeuchten ihrer Lippen. Jetzt war Pastor Glück dran. Danach ging es, den Umständen entsprechend, zügig weiter: »Ich hatte natürlich das Bedürfnis, mich jemandem anzuvertrauen. Aber ich wusste nicht, wem. Meine Geschwister wohnten zu dem Zeitpunkt zwar in Guntersblum, aber nicht mehr hier. Nur Stephanie, die Tochter meines Bruders Siegfried, war oft bei mir. Aber die war damals gerade mal sechs Jahre alt. Von den Leuten in der Mainzer Brauerei stand mir niemand nahe genug und enge Freunde hatte ich auch nicht. Ich wollte Erwin davon erzählen, wenn er wieder aus Afrika nach Hause kam.
Als es dann soweit war, war es unmöglich ihm davon zu erzählen.«
Wieder brach Frau Heller ab, diesmal schwer atmend. Ihr Röcheln übertönte sogar einen Moment die Geräuschkulisse vom Kellerwegfest.
Der Geistliche verständigte sich durch einen raschen Blick mit Fischer. Beide sprangen auf, der Pfarrer war zuerst bei ihr. Die alte Frau rollte wild mit den Augen und die Männer deuteten das richtig.

Sie schien ihnen klar machen zu wollen, dass Pastor Glück ihr genügte. Fischer setzte sich wieder hin. Obwohl sein Mitleid für die Frau proportional zur Tragik ihrer Erzählung zugenommen hatte, begann ihn ihr herrisches Gehabe immer mehr zu nerven. Die selbsternannten ›Könige vom Kellerweg‹. Diese Frau hatte ihre Einstellung zu anderen, scheinbar Untergeordneten, dermaßen verinnerlicht, dass sie selbst angesichts von Schmerz, Not und Tod nicht aus ihrem Denken heraus kam. Fischer fürchtete, dass er im Augenblick von ihr ebenso wenig liberal dachte wie sie wahrscheinlich von ihm. Manchmal, nicht zu oft, aber manchmal doch pfiff er auf Liberalität.

Pfarrer Glück zog das Wasserglas von ihren Lippen zurück, das Röcheln war wieder gedrosselt. Sie sprach weiter, nicht ohne den Pfarrer per Handbewegung zurück zu seinem Schemel zu scheuchen.

»Ein halbes Jahr war vergangen, da kamen mein Bruder Kurt und mein Mann Erwin aus Afrika zurück. Das mit der Brauerei hatte nicht ganz geklappt, aber Kurt war ein Geschäft mit amerikanischen Brauern eingegangen, die in Daressalam einen Fuß in die Tür bekommen hatten. Beide Männer schwärmten von ihrer Zeit dort unten. Und sie brachten jemanden mit. Elisabeth, die Witwe eines ehemaligen deutschen Textilkaufmanns. Kurt hatte sie noch dort unten geheiratet. Sie war eine Weiße, aber mir erschien sie wie eine ...«

Frau Heller sprach das Wort nicht aus.

»Kurt hatte sie durch Erwin kennengelernt. Sie nahm an einer seiner Safaris im Dschungel teil. Ich sah mich wegen dieser neuen Entwicklung nicht in der Lage, meinem Mann gleich nach seiner Ankunft von dem Mafiamann zu erzählen. Und da sich niemand um den Keller kümmerte, wie immer, war es auch nicht so dringend. Selbst Kurt, dessen Kriegssammlungen sich ja in dem Schrank befanden, interessierte sich nicht mehr dafür. Er hatte nur noch Augen für seine junge Frau.

Aber eines Abends im Bett, hier in diesem Bett«, sie unterbrach sich ganz kurz, »wollte ich meinem Mann doch alles sagen. Und ausgerechnet zu diesem Zeitpunkt kam er mit einer eigenen Beichte heraus. Er gestand mir, dass er im Dschungel ein Verhältnis mit Elisa-

beth gehabt habe, nicht lang, aber heftig, und dass sie eigentlich ihm nach Daressalam gefolgt sei. Dann aber hatte sie sich dort in Kurt verliebt und alles hatte seinen Lauf genommen.
Es ist für mich inakzeptabel, dass ein Ehemann seiner Frau so etwas antut. Vollkommen unmöglich aber ist es, wenn er sich bei der Betrogenen auch noch die Absolution holen will.«
Fischer beäugte verstohlen den Pfarrer. Der blickte zu Boden.
»Und während ich einen Angriff auf meinen Körper mit diesen Konsequenzen abwehre, vergnügt sich der Herr in Afrika mit einer Frau, die er später auch noch an meinen eigenen Bruder verkuppelt.
Für mich aber ist die Ehe unantastbar. Auch wenn der Ehemann das tut, was meiner getan hat. Ich habe vorgegeben, ich würde ihm verzeihen. Es war mir möglich, jegliche ehelichen Pflichten wieder aufzunehmen.«
Fischer wusste nicht, ob ihn ihre Formulierungen mehr gruselten oder die Geschichte selbst.
»Aber natürlich konnte ich ihm jetzt nicht mehr von meiner Tat berichten. Und auch sonst keinem Menschen. Ich konnte nur hoffen, dass niemand jemals den Toten finden würde. Über all die Jahre hinweg.
Ein Umstand bestärkte mich ein Jahr nach Kurts Rückkehr in meiner Furcht. Er setzte sich in den Kopf, mit Elisabeth hier einzuziehen. Das konnte ich nicht zulassen. Ich hatte Angst vor Entdeckung. Denn wenn Kurt ständig im Hause wäre, würde er sich sicher auch um den Keller kümmern, obwohl der bisher von uns immer vernachlässigt worden war. Vielleicht würde er ihn sogar umbauen wollen. Ich malte mir alle Möglichkeiten aus, die meine Tat ans Tageslicht zerren würden.
Aber der zweite Grund, der für mich genauso zählte, war, dass ich den Anblick dieser Frau, die sich meinem Mann hingegeben hatte, nicht ertragen wollte. Ihr jeden Tag zu begegnen, allein die Vorstellung brachte mich um den Verstand.
Kurt ließ aber nicht locker. Ich versuchte Erwin dazu zu bringen, Kurt seinen Plan auszureden. Erst schmeichelnd mit der Lockung, wie schön es doch wäre, wenn wir hier so gut wie alleine leben

könnten. Aber als er sagte, das Haus sei doch groß genug, musste ich zu anderen Mitteln greifen. Am meisten erschreckte mich, dass es ihm nichts auszumachen schien, diese Person im Hause zu haben. Zunächst weigerte ich mich, darüber nachzudenken, dass es ihm vielleicht sogar gelegen käme. Ja, ich malte mir sogar aus, dass er und Elisabeth ihr Techtelmechtel wieder aufnehmen könnten und eines Tages im Keller während eines Schäferstündchens den Toten entdecken würden.
Ich setzte Erwin unter Druck. Ich drohte ihm zuerst, Elisabeth zu sagen, dass er mir alles erzählt hatte. Er fand das eher lächerlich und fasste es nicht als ernstzunehmende Drohung auf. Dann aber zog ich in Erwägung, Kurt einzuweihen. Und das war für meinen Mann Grund genug, sich die Sache zu überlegen.
Schließlich sprach er mit ihm. Hielt für ihn nach anderen Häusern Ausschau und machte ihm einiges schmackhaft. Auch hier in Guntersblum, wenn er schon unbedingt hierher wollte. Aber nein, Kurt blieb stur. Er argwöhnte bald, dass ich hinter Erwins Versuchen stecken könnte, ihn umzustimmen. Natürlich vermutete er den falschen Grund. Er meinte, ich würde Elisabeth einfach ablehnen, weil sie sich ins gemachte Nest setzen wollte, nachdem ihr erster Mann in Afrika verstorben war, ohne sie testamentarisch ausreichend zu versorgen. Ich stritt das ab, schob Platzgründe vor. Leider konnte ich in meinem damaligen Alter nicht mehr mit Kinderplänen kommen. Aber insgesamt musste meine Ablehnung eher halbherzig wirken, denn eines Abends schickte Kurt Elisabeth alleine zu mir. Sozusagen zu einem Gespräch von Frau zu Frau.«
Erst jetzt, nach dieser langen Tirade, benötigte die alte Dame wieder eine Pause. Aber sie winkte die möglichen Retter zurück, atmete mehrmals schnell und flach, sprach dann weiter: »Elisabeth versuchte meine möglichen Vorurteile gegen sie zu entkräften. Sie würde meinen Bruder über alles lieben, auf das Geld der Brauerei würde sie nur insofern Wert legen, wie es ihr und Kurt den normalen Lebensstandard ermögliche, und so weiter ...
Sie war sehr gewinnend und unter normalen Umständen wäre ich beinahe bereit gewesen, nachzugeben.

Aber als ich merkte, dass mir die Argumente ausgingen, packte ich meine Waffen aus. Erst sagte ich ihr, dass ich von ihr und meinem Mann wisse. Sie war erschrocken, versuchte mir zu versichern, dass sie damals im Dschungel gar nicht gewusst habe, dass Erwin im fernen Deutschland verheiratet sei und dass sie sich später unsterblich in Kurt verliebt habe, dass diese Liebe groß und ehrlich sei, und so weiter, und so weiter. Sie weinte sehr.«
Fischer bemerkte ein zusätzliches Vibrieren in der brüchigen Stimme. Es war, als würde Frau Heller das Weinen, von dem sie gerade sprach, übernehmen und selbst zu weinen beginnen.
Es gelang ihr nicht, weiter zu sprechen. Wieder winkte sie den Pfarrer und den Detektiv zurück. Fischers Fähigkeit zum Mitleiden kam zurück und begann stärker zu werden als seine Abneigung gegen diese Frau.
Genau in diesem Augenblick fuhr sie fort: »Ich habe ihr dann angedroht, Kurt die Wahrheit zu sagen und ihr klar gemacht, was das für sie bedeuten könnte. Kurt würde das auf gar keinen Fall auf sich beruhen lassen, auch wenn das Techtelmechtel stattgefunden hatte, bevor er Elisabeth kennen lernte. Kurt ist ein Landvogt wie ich. Wir dulden so etwas nicht.«
›Wenn Sie wüssten, welche Absichten ich mit Ihrer verheirateten Nichte habe, gnädige Frau, würden Sie mir sicher keinen Vortrag über die Unantastbarkeit der Ehe halten‹, dachte Fischer, schämte sich ein wenig dafür und versuchte herauszubekommen, warum sein Mitgefühl so ambivalent war.
»Elisabeth hat mich angefleht, Kurts Vertrauen zu ihr nicht zu zerstören, denn das wäre nicht nur das Ende dieser Liebe, sie wisse auch nicht, ob es sich für sie dann lohnen würde, weiter zu leben. Ich sagte ihr, es würde ausreichen, wenn sie ihn dazu brächte, nicht hierher ziehen zu wollen. Noch bevor sie an diesem Abend wegging, rief Kurt hier an und wollte sie sprechen. Ich hörte ihren Teil des Gespräches mit. Sie versuchte ihn umzustimmen, brachte einige Argumente, die ihm nicht einleuchteten. Er schien dann böse auf mich aber auch auf sie zu werden und sie schließlich sogar am Telefon anzuschreien. Dann legte er auf und Elisabeth bekam einen re-

gelrechten Weinkrampf. Ich sagte ihr, dass sie sich mehr anstrengen müsse, denn meine Warnung hätte weiterhin Bestand.
Sie fuhr dann mit ihrem Wagen Richtung Mainz und hatte hinter Nierstein einen tödlichen Unfall. Ihr Wagen stürzte nach einer frontalen Kollision mit einem Wagen voller Jugendlicher in den Rhein. Später erfuhr ich, dass sie vorher in Oppenheim noch einmal angehalten und bei Kurt in Mainz angerufen hatte. Der hatte sie beschuldigt, von mir eingewickelt worden zu sein. Ob wir ein Geheimnis hätten? Er würde es nicht dulden, wenn seine Ehefrau ein Geheimnis vor ihm hätte ...«
»Denn die Familie Landvogt hat keine Geheimnisse«, sagte Fischer und erschrak, wie laut seine Stimme klang. Pfarrer Glücks Augenbraue ging auf Wanderschaft, weit nördlich ihrer üblichen Stellung.
Frau Heller allerdings empfand offenbar nichts Anrüchiges an der Äußerung des Detektivs. »So ist es, junger Mann.«
Dass sie seit einiger Zeit nichts weiter tat als Geheimnisse aufzudecken, war ihr wohl nicht bewusst.

29
Oppenheim
August, Sonntag früher Abend

In dem Brief stand wenig Neues. Kennichmeier war fast enttäuscht. Dennoch war es gut, das Stück Papier zu besitzen. Er hatte kein Problem damit gehabt, Kurt Landvogt seinen echten Namen zu nennen, denn er war sich sicher, dass der alte Mann bei seiner siechen Schwester nicht nachfragen würde, ob sie den Brief auch wirklich erhalten hatte.

Er legte den Brief in seinen kleinen Wandsafe, der sich unter einem Bild von Onkel Dagoberts Geldspeicher befand. Dann rief er bei einem Auftraggeber zurück, der sich vor wenigen Minuten für ein Gespräch angemeldet hatte.

Ein neuer Auftrag. Mord mit Schlinge. Auftraggeber aus München. Opfer aus Koblenz. Ort: ein Autobahnparkplatz bei Koblenz. Zeitpunkt: in einer Woche.

Recht früh. Normalerweise kamen die Aufträge erst zwei Tage vorher rein. Umso besser, da konnte er die ›Location‹ in aller Ruhe abchecken.

Er beschloss, den Auftrag so knapp wie immer weiterzugeben. Einen Tag vorher. Es durfte keine wie auch immer geartete persönliche Beziehung zwischen Täter und Opfer entstehen. Auch keine gedankliche.

Das Opfer war kein Mensch. Es war nicht einmal ein Opfer. Es war

ein Objekt.
Doch es gab eine Ausnahme von der Regel. Die Person, um die es ging, hatte einen Namen, der sich nicht verdrängen ließ. Fischer! Der musste weg. Und wenn der Killer, den der Frankfurter für ihn bestellt hatte, nicht versagt hätte, wäre das Problem schon ausgestanden.
Einerseits war es ja unumgänglich in diesem Geschäft, dass an allen Enden Stillschweigen bewahrt wurde. Aber in diesem Fall hätte er gern gewusst, warum es nicht geklappt hatte. Aber selbst der Frankfurter Janus wusste ja nicht, wer da losgeschickt worden war. Also war es nicht herauszubekommen.
Kennichmeiers Schock in der Nacht hätte nicht größer sein können, als er Fischer aus dem BMW vor dessen Büro in Worms aussteigen sah.
BMW!
BMW?
Grau? Silbergrau?
Hatte da mit Fischer nicht diese blonde Videofilmerin vom Marktplatz gesessen? Diese Frau, die der ähnlich sah, die gestern mit Fischer vor dem Landvogt-Heller-Haus in Guntersblum aufgetaucht war?«
Kennichmeier verfluchte sich. Wieso hatten seine Alarmglocken nicht gleich geläutet, als er vorhin nach Hause kam und diesen Wagen auf der gegenüberliegenden Straßenseite sah?
Seine Gedanken waren zu sehr mit den nächsten wichtigen Schritten beschäftigt gewesen, so dass er eine mögliche Gefahr nicht sofort als solche erkannt hatte. So was Blödes! Sibergrauer Wagen, Wormser Kennzeichen, blonde Haare.
›Du Idiot. Du musst Schluss machen mit dem Geschäft. Deine Konzentration lässt nach. Das darf einem Profi nicht passieren.‹
In diesem Zusammenhang fiel ihm noch einmal der unbekannte Killer ein, der sich gestern Fischer vornehmen sollte. Vielleicht war der auch unkonzentriert gewesen und hatte irgendeinen dummen Fehler begangen.
Trotzdem: kein Verständnis für dessen Fehler und auch keines für

die eigenen. Das konnte man sich in diesem Job einfach nicht leisten.
Kennichmeier näherte sich vorsichtig dem Fenster, das zur Straße hinaus führte. Der BMW war nicht mehr da.

30
Guntersblum
August, Sonntag früher Abend

Es war selbstverständlich nicht die passende Bezeichnung, aber Fischer fiel zum momentanen Zustand der kranken alten Dame nur der Begriff ›heiter‹ ein. Sie schien, was ihre Geständnisse betraf, das Gröbste hinter sich zu haben. Sie winkte mit der Hand etwas energischer als vorher und gab Fischer den Auftrag, Stephanie herein zu bitten.

Die kam auch sofort und eilte zum Kopfende des Bettes. »Hetz dich nicht, Kind«, sagte Illona Heller mit einer Stimme, die man als ›frisch‹ empfinden könnte, wenn das Dauerröcheln den Zuhörer nicht ständig an den wahren Gesundheitszustand der Frau erinnert hätte.

»Ich will nicht mit Kurt sprechen«, sagte sie. »Wenn er es nicht für nötig hält, auf meine Bitte hin hier zu erscheinen, will ich auch seine Stimme nicht hören. Aber rufe ihn in meinem Namen an und sage ihm, er soll den Brief verbrennen. Den, den du ihm damals überbracht hast.«

»Soll ich gleich ...«

»Ja, ich möchte den Vollzug des Auftrags noch hören.«

Stephanie sah nach diesen Worten sehr besorgt aus.

»Ach ...«, fuhr die alte Dame fort, »... und bestelle Dr. Lehning her.«

Stephanies Besorgnis schien zu wachsen: »Brauchst du eine Spritze?«

»Kind, sehe ich so aus, als ob ich eine Spritze brauche? Man benötigt gemeinhin einen Arzt, um einen Totenschein auszustellen.«
»Tante Illona ...« Stephanie beugte sich weit zu der Frau hinunter, ergriff ihre Hände, doch diesmal wurde sie abgeschüttelt. »Nun mach schon, Kind, ich verspreche dir, dass ich noch lebe, wenn du zurück kommst.«
Als Stephanie auf dem Weg zur Tür war, warf sie Fischer einen langen Blick zu. Kaum war sie draußen, zog Illona Heller die Aufmerksamkeit der beiden Männer wieder voll auf sich. »Kurt brach nach Elisabeths Tod den Kontakt zu mir fast gänzlich ab«, berichtete sie. »Er sprach noch mit meinem Bruder Siegfried, Stephanies Vater, der damals noch lebte, und auch mit Elvira, Clarissas Mutter, die beide in Guntersblum wohnten, aber nicht hier im Haus. Alle hatten Anteile an der Firma. Ich aber besaß außer Kurt die meisten. Mit mir verkehrte er nur noch über Dritte. 1992, inzwischen waren Siegfried und Elvira gestorben, gab es einen eigentümlichen Tag, an dem mich das dringende Bedürfnis überkam, Kurt die Wahrheit über meinen Anteil an Elisabeths Tod genau zu beschreiben und ihn um Verzeihung zu bitten. Es ist weiß Gott nicht meine Art ...«
Fischer nickte innerlich. Sie fuhr fort: »Wir hatten einen Tipp erhalten, dass wir als Unternehmen bei der Mafia mal wieder in Ungnade gefallen waren. Das hatte nichts mit dem Verschwinden des Mafioso zu tun, nach dem sie nur halbherzig geforscht hatten, sondern mit irgendwelchen Unregelmäßigkeiten in Mainz bei der Finanzierung. Wir wussten, dass ein sogenannter ›Bestrafer‹ unterwegs war. Was wir nicht wussten, war, wem sein Besuch gelten würde und was genau geplant war. Das konnte eine Tötung sein, oder eine Körperverletzung oder sogar eine Entführung. Aber auch eine einfache Sachbeschädigung war möglich. Jedenfalls war ich in ängstlicher Stimmung und daher aufgeschlossen für sentimentale Rührung. Also schrieb ich den Brief an Kurt. Als ich ihn fertig hatte, bot sich Clarissa an ihn weiterzuleiten. Ich aber wollte ihn Stephanie mitgeben, die an diesem Tag zwar nicht in Guntersblum war, aber demnächst nach Mainz fahren würde.
Als ich gleich darauf hier hoch in mein Zimmer gehen wollte, war

Clarissa gerade im Keller, und eines der seltenen leichten Erdbeben begann. Es wurde später im Kölner Raum als wesentlich stärker empfunden als hier, aber es hat gereicht, um meine Angst zu vergrößern. Zu allem Überfluß kam Harald, der damals mit Stephanie nur verlobt war, und ein fremder Weinbuchvertreter namens Kennichmeier tauchte auch noch auf. Clarissa schrie im Keller auf, und als der Vertreter gegangen war, kamen Harald und Clarissa aus dem Keller. Sie hatten den Toten gefunden. Das Erdbeben hatte den Schrank verrückt und meine Behelfsmauer einstürzen lassen.« Jetzt war Frau Heller wieder sehr atemlos. So lange hatte sie in der letzten Stunde ihres Geständnisses noch nicht an einem Stück gesprochen. Pastor Glück flößte ihr Wasser ein.
Als sie wieder sprechen konnte, klang sie besonders leise: »Ich bin dann oben an der Kellertreppe zusammen gebrochen. Seitdem bin ich bettlägerig. Dreizehn Jahre lang ... bis heute.« Sie brach wieder ab, um noch einmal zu beginnen: »Ich hatte Angst, dass Clarissa und Harald den Brief lesen würden. Aber inzwischen glaube ich nicht, dass sie es je getan haben. Ich kam rasch wieder zu Bewusstsein und der Brief war noch bei mir. Ich leugnete, von dem Skelett irgend etwas zu wissen, und Harald redete sich und uns ein, dass es noch aus der Zeit des Zweiten Weltkrieges stammen könnte, als die Zwangseinweisungen stattfanden. Irgendein finsteres Geheimnis, an dessen Aufklärung heute niemand mehr interessiert sein könnte. Harald schaffte es weg und entsorgte auch den Inhalt von Kurts Schrank. Einen Teil davon hat er Kurt nach Mainz gebracht. Er hat den Fund später gegenüber Stephanie zugegeben und auf ihre Fragen hin habe auch ich davon gesprochen. Aber immer nur als fernes, nicht relevantes Relikt aus vergangenen Zeiten. Mein anfangs schlechtes Verhältnis mit ihm hat sich im Laufe der Jahre etwas gebessert. Aber jetzt, als er den Verdacht hatte, dass ich mein Geld anderen vererben will als ihm ... wurde er wieder böse. Besonders auf Stephanie, weil die mich unterstützt hat. Was er nicht wusste war, wer das Geld bekommen soll. Und deshalb hat er Sie, Herr Fischer, beauftragt, seiner Frau hinterher zu fahren.« Wieder stockte Frau Heller und es schien, als wolle sie jetzt nicht mehr weiter sprechen.

Ihr Kopf rutschte wieder nach hinten. Erneut konnte Fischer nur ihr Kinn sehen.
Stephanie kam zurück. »Ich habe Dr. Lehning Bescheid gesagt. Er ist gleich da!«
Leise kam die Frage von Frau Heller: »Was ist mit Kurt? Hast du ihn erreicht?«
Stephanie zögerte: »Nein, Tante Illona. Noch nicht. Soll ich es weiter versuchen?«
»Hat er kein Handy?«
»Wenn, habe ich seine Nummer nicht. Aber wenn du willst, versuche ich es gleich wieder ...«
»Gut, beeile dich. Ich will es noch hören.«
Stephanie ging zu ihr, küsste sie auf die Stirn, streichelte sie.
Fischer beobachtete Stephanies Hände. Wie schön sie doch waren. Nicht zu lang, gerade, schlank, mit einem leichten Bronzeton.
›Was die Liebe doch mit der Urteilsfähigkeit eines Menschen machen kann‹, dachte Fischer. Ein nicht so verzauberter Beobachter wie er hätte vielleicht behauptet, ihre Finger seien kurze, dürre, kackbraune Stoppeln.
Aber was sollte es? Er war nun mal verzaubert und er wolllte sich das nicht nehmen lassen.
»Ich möchte mit dem Pfarrer allein sein«, sagte Frau Heller, und etwas von der alten Energie kam durch. »Küss mich noch mal!« So befehlsmäßig die Wortwahl, so viel Zärtlichkeit war plötzlich in ihrer Stimme. Die Hand, die immer auf der Bettdecke gelegen hatte, hob sich und streichelte über den Kopf und die Wange ihrer Nichte. Die Köpfe waren ganz dicht beisammen. Stephanie spitzte die Lippen, berührte wieder die Stirn der alten Frau, die Augenlider, die Wangen.
Dann löste sie sich, ging einen Schritt rückwärts, drehte sich zur Tür und sagte zu Fischer: »Kommen Sie?«
Der wusste nicht, ob er irgend etwas sagen sollte, aber Stephanie bugsierte ihn rasch aus dem Krankenzimmer.
Der Gang draußen war leer. Von Clarissa und Harald keine Spur. Der Festlärm war hier lauter als im Zimmer, und dennoch war es ei-

gentümlich still.
»Ich habe meinen Onkel Kurt doch erreicht«, sagte Stephanie unvermittelt.
»Sie haben Ihre Tante angelogen? In ihrem Zustand?«
»In ihrem Zustand hätte sie die Wahrheit nicht vertragen.«
»Inwiefern?«
»Er hat den Brief nicht mehr. Er behauptete, Tante Illona habe ihn angerufen, sie würde den Brief abholen lassen. Aber das stimmte nicht.«
»Und, wer hat ihn geholt?«
»Kennichmeier.«
»Ach, über den müssen Sie mir demnächst sowieso etwas mehr erzählen. Er scheint sich für mich zu interessieren.«
Stephanie sagte nichts dazu. Sie kam näher. »Ich habe ihn angerufen und auch Kurt nochmal. Ich habe heute am späteren Abend ein Treffen mit beiden in Kurts Wohnung in Mainz.«
»Was versprechen Sie sich davon?«
»Das werden Sie merken. Denn ich möchte, dass Sie mitkommen.«
»Meinen Sie, ich komme mit?«
»Ja!«
Fischer wollte den Mund öffnen, da erschien Harald auf der Treppe. Hinter ihm tauchte ein fülliger Mann mit stark vergrößernder Brille auf, dessen Haar glatt nach hinten gekämmt war.
»Dr. Lehning«, grüßte Stephanie und reichte ihm die Hand. Haralds Blick wanderte zwischen Stephanie und Fischer hin und her, als würde er eine Bestätigung für irgendeine Vermutung suchen.
Der Arzt hatte schnaufend den oberen Flur erreicht, als sich die Tür zum Krankenzimmer von innen öffnete.
Dort stand Pfarrer Glück, die Hände vor dem Bauch gefaltet. »Unsere Schwester ist heimgegangen«, sagte er mit voll tönender Stimme.

31
Oppenheim
August, Sonntag später Abend

Sie kamen sich einerseits toll, andererseits albern vor. Seit Stunden saßen sie nun schon in Annerose Neuwirths Wagen und beobachteten das Haus in Oppenheim. Nachdem der Mann mit seinem Mercedes in den Hof gefahren war, hatten sie sich etwas zurückgezogen Richtung Marktplatz. Von hier konnten sie immer noch genug sehen. Sie hatten sich lange darüber unterhalten, dass es sich bei diesem schwarzen Mercedes um den gleichen Wagen handeln musste, der gestern Nacht vor Lui Fischers Büro gelauert hatte.
Edgar hatte vor einer halben Stunde angerufen und gefragt, ob sie nicht allmählich Schluss machen wollten. Er sei unruhig, und sie wüssten ja gar nicht, was sie da täten, und Lui wäre es bestimmt auch nicht recht. Außerdem würde sich Edgar Junior nach seiner Mutter sehnen und Edgar Senior im Übrigen auch. Die beiden abenteuerlustigen Frauen hatten geantwortet, dass sie in Bälde aufbrechen würden und Edgar war nichts anderes übrig geblieben, als sich vertrösten zu lassen.
Manchmal während ihrer Wartezeit sprachen sie über Lui Fischer. Susanne erzählte zwar nichts von ihrer Beinahe-Affäre mit dem Onkel ihres Ehemannes, aber Annerose las zwischen den Zeilen.
Sie sahen sich jetzt noch ähnlicher als sonst. Susanne hatte mit wenigen Handgriffen ihre Frisur der von Annerose angeglichen und ein

schwarzes, ausgeschnittenes langes Kleid gewählt, von dem sie ein Duplikat besaß, das sie Annerose gegeben hatte.
Jetzt unterhielten sie sich gerade über Anneroses Videofilm über die Stadt Worms, da öffnete sich das Hoftor, das sie die ganze Zeit im Auge gehabt hatten.
Der schwarze Mercedes bog auf die Straße.
Annerose sah auf die Uhr. »Fast Zehn. Hinterher?«
Susanne fand das Leben sehr spannend. Gerade jetzt konnte sie gar nicht verstehen, dass Lui aufhören wollte mit dem Detektivspielen. Sie nickte ihrer neuen Freundin verschwörerisch zu und antwortete: »Hinterher!«

32
Guntersblum
August, Sonntag später Abend

Clarissa hatte etwas Farbe bekommen. Die Wangen im sonst so bleichen Gesicht waren leicht gerötet. Sie lauschte auf die Geräusche, die aus dem Obergeschoss kamen. Nachdem der Arzt und der Pastor fertig waren, hatten sich die Leute vom Bestattungsinstitut eingefunden und waren an der Arbeit. Illona Heller sollte nach ihrem letzten Willen in ihrem Zimmer für einen Tag aufgebahrt werden. Sie wollte erst nach dem ersten Festwochenende abtransportiert werden. Sie hatte gesagt, dass sie in ihrem Leben nicht am Fest teilgenommen habe, sie wolle das nicht im Tod nachholen.
Fischer saß mit Harald und Clarissa wieder im unteren Wohnzimmer. Stephanie hatte die ganze Zeit oben im Schlafzimmer geholfen. »Jetzt arbeitet sie mehr als zu Tante Illonas Lebzeiten«, sagte Clarissa. Harald machte den Mund auf, als wollte er seine Frau verteidigen, aber es blieb bei dem Versuch. »Weiß Ihre Frau von dem Skelett im Keller und dass Sie es beseitigt haben?« fragte Fischer in die Stille des Raumes hinein. Frau Heller hatte das zwar zugegeben, aber er wollte es von Harald selbst hören. Clarissa sah ihn erschrocken an. Sie schien es zu schockieren, dass ein Fremder wie Fischer derart eingeweiht worden war. Harald Lorenz sagte: »Sie weiß es. Von mir selbst. Dann haben wir gemeinsam mit Clarissa mit der Tante darüber gesprochen. Einmal. Die Alte hat uns verdonnert, für

alle Zeiten das Maul zu halten.«
»Weiß Kennichmeier irgendetwas davon?«
»Wie kommen Sie denn auf den? Der ist in Steph verknallt, sonst nichts.«
»Das macht Ihnen nichts aus?«
»Ein harmloser Warmduscher. Scharwenzelt sich seit langem durch die Familie. Hat ein paar Autos bei mir stehen. Mal least er was, mal kauft er was ... keine Ahnung, wozu der mehrere braucht. Aber was soll's. Geschäft ist Geschäft.« Harald grinste ohne Begeisterung.
Fischer lehnte sich zurück und trank einen Schluck von dem Kaffee, den ihm Clarissa serviert hatte. »Apropos Geschäft«, sagte er dann und fixierte die wasserblauen Augen Clarissas: »Hat Ihnen Ihre Cousine schon etwas über Ihren Anteil am Erbe erzählt?«
Clarissa schien dem nicht gerade geliebten fremden Detektiv keine Auskunft geben zu wollen. »Sie kann hier wohnen bleiben«, sagte stattdessen Harald. »Hätte mich auch gewundert. Die Alte konnte Clara zwar nie leiden, aber immerhin hat sie sich ihren knochigen Arsch für sie aufgerissen. Jedenfalls mehr als mein Sonnenschein.«
Wie aufs Stichwort erschien Stephanie im Wohnzimmer. Ihr Gesicht war noch mehr gerötet als Clarissas Wangen, immerhin hatte sie zwei Stunden richtig gearbeitet. Schweiß stand in kleinen Perlen auf ihrer Stirn und der Pagenhelm war auf reizvolle Weise durcheinander geraten. Fischer dachte: ›Wenn Sie so aussieht, wenn sie Sex hat, ist sie eine Offenbarung.‹
Stephanie wandte sich an Harald: »Ich habe dir vorhin gesagt, dass ich heute Abend noch mal dringend zu Kurt muss.«
»Gehst du jetzt?« Ihr Mann bedachte sie mit einem Blick, den sich Fischer nicht erklären konnte. Da war etwas Trauriges, etwas, das er vorhin bei der Nachricht von Illona Hellers Tod nicht gehabt hatte.
»Ja, ich mach mich kurz frisch. Herr Fischer, wären Sie dann bereit?«
»Zu Diensten«, sagte der und ließ Harald nicht aus den Augen. Stephanie verschwand. Bald hörte man zu den Geräuschen von der Straße und dem Rumoren aus dem Obergeschoss noch die Wasserspülung im unteren Badezimmer.

»Hat sie Ihnen gesagt, warum sie Sie mitnehmen will?«
»Nein,« log Fischer, denn er wusste nach Haralds Äußerungen über Kennichmeier nicht, ob ihn Stephanie in die Sache mit dem Brief eingeweiht hatte.
Er hasste diesen Wust an Halb- und Viertelwahrheiten. Wer wusste etwas, wer wusste warum etwas nicht, gab es überhaupt jemand, der komplett durchblickte? Und vor allem, was war mit der allgemeinen Verstrickung in Mafiageschäfte? Und, noch schlimmer: Wie sollte er sich dazu verhalten? Was sollte er der Polizei melden? Er würde sich einen Tag Bedenkzeit geben und sich dann mal mit Hauptkommissar Bühler in Mainz unterhalten. Der war zwar hauptsächlich für Sekten zuständig wie die ›Jünger des Senfkorns‹, aber er hatte auch genügend andere Fälle in Bearbeitung. Man war im Lande trotz eines wachsenden spirituellen Booms noch nicht so ausgelastet bei der Mainzer Mordkommission, dass man jahresübergreifend nur in Sachen Sekten unterwegs sein konnte. Gottseidank!
Als Stephanie aus dem Bad kam, sah sie frisch und sauber aus, nicht mehr so erotisch wie eben und sehr ernst. Sie hatte ein kniekurzes, oben geschlossenes schwarzes Kleid angezogen.
Die Verabschiedung von ihrem Mann war eigentümlich. Die beiden reichten sich die Hände. Selbst Clarissa schien das befremdlich zu finden.
Fischer stand auf und verabschiedete sich in gleicher Weise von Clarissa und Harald. Nur ... bei ihm war es normal.
Er warf einen letzten Blick auf die beiden. Er hatte beim Abwenden den Eindruck, dass sie etwas näher zueinander rückten.
Draußen, im Getümmel der Feiernden, das jetzt langsam abnahm, schlug Fischer vor, dass sie zu seinem Wagen laufen sollten, den er so nahe wie möglich am Kellerweg geparkt hatte. Stephanie nickte nur.
Morgen würden die meisten wieder arbeiten müssen, daher waren die Straßen jetzt etwas verstopft. Viele drängten aus dem Ort.
Als sie im Mitsubishi saßen, fragte Fischer: »Nach Mainz?«
»Nach Mainz, ja!«
»Sie dirigieren mich in der Stadt?«

»Ja!« Dabei blieb es.
Fischer konzentrierte sich auf's Fahren. Das heißt, er wollte, dass es so aussah, als würde er sich auf's Fahren konzentrieren. Es gab doch wohl nichts Anregenderes für eine Beifahrerin, als wenn sie aus den Augenwinkeln die markigen Züge eines männlichen Mannes wahrnahm, der seinen Job beherrschte. Der weder rauchte noch telefonierte, noch zu Countryklängen im Autoradio deutsche Texte mitträllerte, sondern sich mit stahlhartem Blick, kontrollierten Schalt- und Lenkbewegungen und dem feinen Spiel der Oberarmmuskeln die Landstraße untertan machte!
Fischer besaß genug Selbstironie um zu wissen, dass das nicht der Grund für sein Teil des Schweigens war. Ehrlich gesagt war er einfach befangen. Er hatte Angst, dass seine Stimme belegt sein würde, wenn er etwas Belangloses sagen würde. Und etwas Gehaltvolles, das eventuell mit Mord, Totschlag, Tantentod und Testamentsvollstreckung zu tun haben könnte, wollte ihm erst recht nicht über die Lippen kommen.
Er fühlte sich Stephanie körperlich jetzt näher als heute Mittag im Büro, wo sie auch allein miteinander gewesen waren.
Sie, direkt neben ihm im Auto.
Der Fliedergeruch war noch da, obwohl sie die Bekleidung gewechselt hatte. Schwarz stand ihr. Er wusste zwar, dass sie mit dem Kleid ihre Trauer über den Tod ihrer geliebten Tante ausdrücken wollte, hatte aber Lust sich vorzustellen, dass sie es wegen ihm trug. Hatte sie nicht in seinem Büro gesagt, dass er ein Schwarz-Weiß Typ sei?
Sie fuhren durch Oppenheim und Nierstein ohne ein Wort zu sagen. Jetzt kam die Strecke zwischen Nierstein und Nackenheim, auf der Illona Hellers Bericht zufolge ihre Schwägerin Elisabeth Landvogt den tödlichen Unfall gehabt haben sollte.
Auch jetzt schwiegen sie.
Sie befanden sich kurz vor der Stelle, an der sich die zweispurige Bundesstraße 9 in eine vierspurige verwandelte.
»Fahren Sie bitte von der B9 runter«, sagte Stephanie unvermittelt. Fischer blickte kurz zu ihr, schaltete dann und lenkte den Wagen von der Bundesstraße hinunter zu einer Abfahrt, die über die paral-

lel verlaufende Eisenbahnstrecke hinweg in die Weinberge führte. Die Schranke war geschlossen. Der Detektiv schaltete den Motor ab.
»Wohin?« fragte Fischer.
»Erst mal auf die andere Seite.«
Die Worte schienen mehr zu beinhalten als eine einfache Richtungsbestimmung.
Andere Seite. Die andere Seite von was?
Es vergingen mehrere Minuten, bis sich die Lichter eines Zuges aus der Mainzer Richtung näherten, vorbeisausten und sich im Dunkel verloren. Dieser Zug würde irgendwann Guntersblum passieren, dann Worms und später auch Frankenthal, die Stadt, in deren Nähe Stephanie vor wenigen Tagen die Richtung geändert hatte. ›Die Richtung ändern‹. Noch so eine Formulierung, in die Fischer doppelte und dreifache Bedeutungen hineindachte.
Die Schranke öffnete sich, die ›andere Seite‹ wartete.
Fischer startete, fuhr los, wartete auf eine Anweisung. Die schmale Straße führte hoch in die Weinberge. Fischer musste unwillkürlich an den Geiersberg bei Bechtheim denken, auf dem er vor wenigen Jahren das Schlüsselerlebnis hatte, das ihn dazu brachte, sich dem Detektivberuf zuzuwenden.
Nach cirka dreihundert Metern sah er einen Feldweg auf der rechten Straßenseite.
Stephanie sah ihn auch. »Fahren Sie bitte hier rein und halten Sie.«
Er tat es.
Alles in ihm war angespannt.
Er sah weiter geradeaus, obwohl es keinen Grund mehr gab, den konzentrierten Fahrer zu mimen.
Seine Augenwinkel waren begierig, optische Informationen vom Beifahrersitz aufzunehmen. Er ahnte mehr als dass er sah, dass auch die Frau neben ihm geradeaus blickte. In ein vom Scheinwerfer angestrahltes Weinberggrün. Fischer musste an ihre erste Begegnung denken. Er, sie, Nacht und Scheinwerfer. Nur dass es sich diesmal lediglich um ein Auto handelte und zum Glück kein schwarzer Mercedes beteiligt war.
»Die Schrift auf dem Spiegel ...« sagte Stephanie und eine Sekunde

lang überlief Fischer ein Schauer. Sie hatte wie ihre Tante geklungen.
»Die Schrift ... das war ich!«
Da gab es nichts nachzufragen. Das musste er einfach so stehen lassen.
»Und weggewischt habe ich sie auch.«
Fast wäre ihm ein »Oh« herausgerutscht, aber das blieb ihm in der Kehle stecken.
»Ich habe es für Sie gemacht«, sagte Stephanie. »Damit Sie ein Rätsel haben. Detektive brauchen doch Rätsel.«
Der Geruch des Fliederparfüms, obwohl dezent, wurde übermächtig.
Sie fuhr leise fort: »Und ich wollte, dass Harald und Clarissa einen Grund haben, Sie zu rufen.«
Jetzt wandte er ihr seinen Kopf zu.
Sie sagte: »Ich habe meine Tante überzeugen können, Sie bei der Beichte dabei zu haben.« Ihr Kopf blieb nach vorn gerichtet.
»Das waren schon zwei Gründe, mich zu holen«, sagte Fischer. »Gab's einen dritten?«
»Lui kommt von Ludwig«, sagte sie. Sie klang schon lange nicht mehr wie ihre Tante.
»Ja!«
»Sie mögen beides nicht?«
»Nein!«
»Soll ich Sie einfach weiter Herr Fischer nennen?«
»Fischer allein genügt!«
Sie drehte ihm ihr Gesicht zu. Endlich.
»Wissen Sie, was einen Fischer auszeichnet?« fragte er, und obwohl das etwas auswendig gelernt klang, wie eine Masche, die er vielleicht öfter benutzt hatte, kam es ganz spontan.
Sie sah ihn an, er roch ihren Atem. Ihre Augen waren schwärzer als jede Nacht es je hätte sein können.
Es war ihm nicht bewusst, dass seine Hände längst an ihren Wangen lagen. Sie sagte nichts, er führte seinen Gedanken mit dem, was einen Fischer auszeichnet, nicht weiter. Jedenfalls nicht verbal.

Als sich ihre Lippenpaare trafen, waren sie längst geöffnet und bereit, den Reigen zu beginnen.
Es war völlig gleichgültig, dass sie den Weg geebnet hatte. Dass es ihr Schritt gewesen war. Dass sie die ›andere Seite‹ als erste erreicht hatte.
Nach Minuten, die zu Sekunden wurden, waren ihre Kleidungsstücke im Wagen verstreut, wurden die Sitze zu Gegenständen umfunktioniert, wie sie, zumindest offiziell, vom Konstrukteur nicht gedacht waren.
Scheiben und Spiegel beschlugen von der gemeinsamen Wucht ihrer beider Atem.
Gewimmerte Laute, halb gesprochene, halb gestöhnte Worte füllten die enge Fahrerkabine.
Schweiß perlte, rann, floss, Fingernägel krallten, Haut rieb an Haut.
Nichts, was sie taten, war falsch, nichts war richtig, alles war ...
Der Augenblick des Höhepunktes kam sehr viel später, aber er wurde seinem Namen gerecht.
Es dauerte sehr lange, bis sie sich wieder anzogen. In der Zwischenzeit schmiegten sie sich aneinander. Über ihnen lag Fischers Lederjacke wie eine Decke, um ihre Nacktheit vor einer neugierigen Außenwelt zu beschützen. Keiner von beiden wischte Flüssigkeiten ab.
Es gab nichts, was sie noch voreinander verbergen mussten.
Nicht nur die Körper waren eins gewesen.
Der höchste Moment!
Über Unbequemlichkeit dachten sie erst nach langer Zeit nach.
Als sie wieder angezogen waren und so auf ihren Sitzen saßen, dass sie weiterfahren konnten, legte Stephanie zwei Finger auf Fischers Lippen, fuhr die Konturen nach und ließ sie dann auf deren Mitte liegen. »Soll ich dich wirklich Fischer nennen?«
»Nenn mich wie du willst!«

33
B 9
August, Sonntag später Abend

Sie hatten ihn nicht verloren. Er fuhr vor ihnen her auf der B 9 wie ein Fremdenführer. Bei Nackenheim hatte Susanne kurz das Gefühl, sie sähe Fischers Mitsubishi über einen Bahnübergang auf die Bundesstraße einbiegen und rasch Richtung Mainz aus ihrem Sichtfeld verschwinden, noch bevor Kennichmeier diese Stelle passierte, aber das sagte sie nicht laut. Es gab immerhin noch mehr Wagen dieser Marke in der Gegend. Was sollte Fischer auch hier? Annerose schien ähnliche Beobachtungen nicht gemacht zu haben. Die stellte sich andere Fragen: »Ob der was gemerkt hat? Ich meine, wir sind ihm seit Oppenheim auf den Fersen, und immer dicht dran.«

»Das ist keine so ungewöhnliche Strecke. Ich glaube, es gibt täglich Tausende, die den gleichen Weg nach Mainz rauf fahren.« Susanne klang überzeugend genug, so dass Annerose nichts mehr dazu sagte.

Susanne hatte einen Impuls, dem sie nachgeben musste. Sie tippte ihre eigene Festnetznummer in Alzey ein. Edgar meldete sich sofort. »Wolltet ihr Mädels nicht bald heimkommen?« lautete seine erste Frage. »Junior will einfach nicht einschlafen.«

»Aha, die Frau und Mutter wird benötigt. Ihr einziger Lebenszweck wird geordert.« Susanne blinzelte vergnügt Annerose zu.

Edgar stöhnte: »Hört mal zu, ihr habt mir versprochen, dass ihr euch bald auf den Weg machen wolltet. Es geht mir nicht um mich und mit Junior werde ich auch noch fertig, aber das ist nicht ungefährlich, was ihr da treibt. Steht ihr noch vor seinem Haus?«

»Nein, er fährt Richtung Mainz.«

»Ach, und die beiden Miss Marples hinterher. Na, prima. Wenn er jetzt in Mainz zum Essen geht, wartet ihr vor dem Lokal, bis er wieder zurück nach Oppenheim fährt, oder was?«

»Nein. Wir wollen nur mal sehen, wo er hinfährt, dann geben wir Ruhe.«

»Und wenn er bis Amsterdam durchfährt?«

Susanne hatte die Lautsprecherfunktion eingeschaltet. Annerose beugte sich in Richtung Handy: »In Mainz ist Schluss. Auch wenn er weiter zuckelt. Versprochen!«

»Na, ich will's euch mal glauben.«

Als Edgar ein paar zärtliche Worte für Susanne anhängen wollte, schaltete sie den Lautsprecher rasch ab.

»Süß, dass man in deinem Alter noch rot wird«, sagte Annerose und meinte es ehrlich.

34
Mainz
August, Sonntag später Abend

Kurt Landvogt öffnete ihnen die Tür. »Tag, Stephanie«. Er gab ihr die Hand wie einer Fremden. So wie Harald sie seiner Frau gegeben hatte.
Dann machte er das Gleiche mit ihrem Begleiter: »Sie sind ...«
»Fischer. Mein Beileid, Herr Landvogt!«
»Beileid? Ach so. Ja, danke. Kommt rein.«
Er führte sie durch den Flur in die Küche. Bat sie, am Tisch Platz zu nehmen und ging zum Fenster, das zum Balkon hinaus führte. Er zog die Gardine vor.
»Kaffee?« fragte er.
Stephanie und Fischer setzten sich nebeneinander an den derben alten Holztisch.
»Ja, bitte«, sagte Stephanie und Fischer fand es selbstverständlich, dass sie für ihn mitsprach.
Landvogt hatte das aber nicht so verstanden. »Sie auch?«, fragte er.
Ein winziges Lächeln huschte über Stephanies Gesicht: »Ja, er auch!«
Fischer grinste.
Dann fragte Stephanie: »Kennichmeier ist noch nicht da?«
»Siehst du ihn irgendwo?«
»Er könnte ja in einem anderen Zimmer ...«

»Ich werde keinen fremden Menschen allein irgendwo in meiner Wohnung lassen. Noch dazu einen, der mich betrogen hat. Ich verstehe das Ganze sowieso nicht.«
Stephanie blickte sehr verschlossen: »Es wird sich heute klären. So manches wird sich klären.«
Fischer beobachtete sie. Zum ersten Mal, nachdem sie sich so nahe gekommen waren, spürte er wieder etwas Fremdes in ihr. Ganz kurz nur, aber störend.
Kurt Landvogt bereitete Kaffee zu. Er tat es in seiner rustikalen Küche auf eine Weise, die weder zur Wohnung noch zu ihm zu passen schien: Nämlich mit einem hochmodernen Kaffeeautomat, mit dem man auch alle italienischen Kaffeesorten zubereiten konnte.
Während sich die Maschine mit asthmatischen Geräuschen, die Fischer an die letzten Stunden in Guntersblum erinnerten, mit der Herstellung der Getränke abmühte, stellte Landvogt vier dicke Kaffeepötte auf den Tisch.
Dann, noch bevor das Gebräu fertig war, setzte er sich den beiden gegenüber hin.
Plötzlich fragte er: »Hatte Sie es ... leicht?«
Stephanies Hand zuckte, als wolle sie sich über den Tisch auf die Pranke des alten Mannes zu bewegen. Aber es blieb bei dem Zucken.
»Ja, ich glaube ... ja!«
»Hm, gut!«
Dann war der Kaffee fertig.

35
Mainz
August, Sonntag später Abend

Er hatte es geschafft, den verdammten silbergrauen BMW abzuhängen. Ein paar Kapriolen in der Mainzer Innenstadt unter Ausnutzung seiner Kenntnisse der Einbahnstraßenfallen, und schon war es passiert. Nun hatte er den Wagen geparkt und stand vor dem alten Haus in der Nähe des Domes, in dem Landvogt wohnte. Er sah Fischers Mitsubishi. Was hatte der hier zu suchen? Was ging verdammt noch mal in Stephanie vor, dass sie den hier anschleppte? Es war Kennichmeier völlig klar, dass sie ihn mitgebracht haben musste. Außerdem war ihr Wagen nicht zu sehen. Ergo war sie mit dem Schnüffler gekommen. Verdammt, da lief etwas völlig schief!

Unter diesen Umständen war es unmöglich, dass er da oben einfach erschien, wie ein Gast zum Skat.

Kennichmeier inspizierte das Haus von außen. Studierte die Klingelleiste. Sah in nur wenigen Fenstern Licht. Dort im zweiten Stock, mehrere erleuchtete Fenster nebeneinander. Lange Balkone in jedem Stockwerk.

Noch während er etwas unschlüssig vor dem Eingang stand, ging im Treppenhaus das Licht an. Herunterkommende Schritte waren zu hören. Kennichmeier tat, als würde er in seinen Hosentaschen etwas suchen. Er senkte den Kopf und tat, genau in dem Augenblick, als sich von innen die Tür öffnete, so, als käme er gerade erst an.

Ein Pärchen mittleren Alters betrat die Straße. Kennichmeier ließ in der Hosentasche seine privaten Schlüssel klimpern, murmelte »Danke« und huschte ins Treppenhaus.
Als er im zweiten Stock ankam, ging er so leise wie möglich einen kurzen Gang entlang. Die dritte von vier möglichen Türen war es. Auf einem goldglänzenden Schild prangte in verschnörkelten Lettern: ***›K. und E. Landvogt‹***.
Das Treppenhauslicht ging aus.
Kennichmeier brauchte einen Augenblick, bis er den Knopf gefunden hatte. Als das etwas diffuse Licht wieder brannte, schaute er sich um, ging zum Treppenabsatz zurück und blickte durch ein schmales Fenster. Dort, unmittelbar vor dem Fenster, begann der langgestreckte Balkon.
Der würde doch bis zu den Fenstern vor Landvogts Wohnung führen.
Kennichmeier sah sich um wie ein witternder Hund. Niemand war zu sehen. Kein verräterisches Geräusch zu hören.
Er öffnete das Fenster. Er schaffte es hinauszuklettern, ohne sich zu sehr anstrengen zu müssen. Es galt eine winzige Kluft von wenigen Zentimetern zu überwinden, dann stand er auf dem Balkon. Er beugte sich zurück und zog das Fenster an.
Dann blickte er auf die Straße, entdeckte aber niemanden, der zu ihm hochgeguckt haben könnte.

36
Mainz
August, Sonntag später Abend

Fischers Handy läutete. Er hatte es wieder eingeschaltet, nachdem er und Stephanie vor dem Haus ausgestiegen waren, in dem Landvogt wohnte. Heute Nachmittag, bevor er ins Krankenzimmer von Frau Heller gegangen war, hatte er es ausgeschaltet. Es war nicht nötig, dass lustige Klingeltöne die Beichte störten. Sie waren beim Kaffeetrinken in der Küche, als es läutete und Fischer meldete sich.

Der Anrufer war Edgar. »Na, da bin ich aber froh.«

»Es freut mich, dass du froh bist, Neffe, aber so toll ist es auch nicht, dass du mich erwischst.«

Kurt Landvogt stand auf, winkte Stephanie, und sagte zu Fischer: »Telefonieren Sie in Ruhe weiter, ich gehe mit meiner Nichte mal rüber ins Schlafzimmer zum Safe. Wenn Sie uns suchen: Zweite Tür links.«

Fischer nickte etwas unkonzentriert, weil Edgar weiter redete.

»Doch, es ist ungewöhnlich, dass ich dich erwische. Ich hab's mindestens fünfmal probiert.

»Ach so, sorry, ich war in Guntersblum und hatte mein Handy ausgeschaltet. Was gibt's denn so Dringendes?«

Stephanie war indessen aufgestanden und drehte sich an der Tür zum Flur noch einmal um. Ihr Lächeln eine Offenbarung zu nennen

war in Fischers Augen die Untertreibung des Jahrhunderts. Er lächelte zurück, Stephanie verließ mit ihrem Onkel die Küche. »Die beiden Mädchen machen Blödsinn. Sie wollen dir helfen und verfolgen diesen Kennichmeier.«
»Was, wie kommen die denn auf eine solche hirnrissige Idee?«
»Deine neue Freundin hat Susanne Flausen ins Ohr gesetzt. Detektiv spielen. Großes Abenteuer. Ich fand's ja zuerst auch ganz lustig aber jetzt übertreiben sie's.«
»Sie verfolgen ihn? Weißt du wohin?«
»Nach Mainz, soviel ich weiß.«
»Scheiße. Ich bin mit Frau Lorenz, ihrem Onkel und Kennichmeier hier in Mainz verabredet.«
»Könnte das gefährlich werden?«
»Keine Ahnung, aber die Mädels haben dabei sicher nichts zu suchen.«
»Kannst du sie davon abhalten? Susanne hat ihr Handy dabei.«
»Okay, Neffe, ich mach's. Die sollen dich dann zurückrufen, okay?«
»Danke, alter Onkel. Weiber, nicht wahr?«
Fischer hatte im Augenblick keine negativen Gefühle für ›Weiber‹, darum beendete er das Gespräch.
Er verließ die Küche, fand gleich darauf das Schlafzimmer, dessen Türe offen stand, und sah Stephanie und ihren Onkel vor einem geöffneten Wandsafe stehen.
»Entschuldigung, ich muss noch mal telefonieren.«
»Ja, schon gut, Sie müssen nicht jedes Gespräch bei mir anmelden. Es ist ja schließlich ihr eigener Apparat«, brummte Landvogt. Fischer sagte: »Ich wollte nur bemerken, ist es nicht seltsam, dass Herr Kennichmeier noch nicht da ist?«
»Er wird kalte Füße bekommen haben«, sagte der alte Mann, »immerhin wollen wir ihm ja an den Karren fahren.«
Stephanies Gesicht war eine undefinierbare Maske, als sie sagte: »Ich glaube nicht, dass der so schnell kalte Füße bekommt.«
Fischer war etwas überrascht: »Na ja, wie dem auch sei, ich will Sie nicht stören, ich gehe noch mal rüber zum Telefonieren.«
Landvogt rief ihm nach: »Gehen Sie doch ins Wohnzimmer, da ist

es gemütlicher. Erste Tür rechts. Aber Vorsicht, das Schloss klemmt.«
Fischer tat, wie ihm geheißen, musste zweimal fest drücken, um ins Wohnzimmer zu gelangen und setzte sich dann in einen dicken Ohrensessel, der mit der Rückenlehne zum Fenster stand. Er tippte Susannes Nummer ein.
Die meldete sich sofort. »Lui, womit habe ich deine Aufmerksamkeit verdient?« »Susannchen, ich fürchte, der liebe Onkel Lui muss dir einen Verweis erteilen. Edgar hat mir Bescheid gesagt. Ich weiß, dass ihr Herrn Kennichmeier nachgefahren seid.«
Fischer hörte zwei Frauenstimmen synchron: »Oh!«
»Ja, oh, das ist kein Kavaliersdelikt. Ich bin mit ihm hier in Mainz verabredet.«
Noch ein gemeinsames »Oh!«
»Seid ihr schon vorm Haus?«
Susanne antwortete nicht, statt dessen erklang Anneroses Stimme: »Fast, ganz nah beim Dom. Die Straße heißt warte mal, ich kann den Namen und die Hausnummer so schlecht lesen ...«
Fischer sagte beides und biss sich gleich darauf auf die Lippen, denn am Kichern der Frauen merkte er, dass sie es gar nicht gewusst hatten. »Heisst das, er hat euch abgehängt?«
»Ja«, antwortete Annerose, noch mit Lachen beschäftigt.
»Dann müsste er doch schon längst da sein«, sagte Fischer laut.
»Ist er nicht?«
»Nein, ist er nicht. Und ihr untersteht euch, hierher zu kommen. Ich habe Edgar versprochen, dass ihr ihn anruft. Sofort! Okay?«
Susanne meldete sich: »Bist du uns böse?«
»Wenn ihr jünger wärt, würde ich euch übers Knie legen. Also, ihr ruft bitte Edgar an. Und hier will ich euch nicht sehen.«
Er kam sich ein wenig altväterlich vor, aber das hatten die beiden verdient. Gewiss, er war auch geschmeichelt, weil sie das ja schließlich für ihn getan hatten, aber ... »Tschüß, Lui«, kam es unisono durch das Handy. Dann leuchtete die Schrift: ›Anruf beendet‹ auf.
Fischer blieb einen Moment sitzen. Heute war einiges auf ihn eingestürmt, was er noch nicht annähernd verkraftet hatte. Und es war noch

nicht ausgestanden. Aber eine der heutigen Erfahrungen würde er nie mehr im Leben vergessen. Und er hoffte inständig, dass aus dieser Beziehung etwas für die Zukunft werden würde.
Zukunft, welch ein Wort. Das hatte er lange nicht mehr gedacht. Gewiss, es gab Harald Lorenz. Und es gab diese Mafiasache, die für ihn gar nicht überschaubar war. Da hing ja wohl der alte Landvogt auch mit drin. Aber Stephanie musste aus diesem ganzen Wust übrig bleiben. Für ihn. Eine solche Liebe hatte er sich verdient.
›Idiot! Liebe ist ein Geschenk, die verdient man sich nicht.‹
Er stand langsam auf. Ein Luftzug erfasste ihn über den Sessel hinweg. Er drehte sich um und sah eine Gardine wehen. Dahinter war wohl ein Fenster geöffnet. Der alte Mann lüftete sein antiquiertes Zimmer über Nacht aus. Fischer grinste. Das hatte es auch nötig, bei dem Mobiliar. Dann wandte er sich zur Tür und wollte gehen.
Das Geräusch in seinem Rücken war leise. Dennoch stellten sich seine Nackenhaare auf. Der Luftzug wurde stärker und die Gestalt war so schnell bei ihm, dass er keine Zeit mehr fand, sich umzudrehen. Das brauchte er auch gar nicht, denn der Weinbuchvertreter riss ihn an der Schulter herum und bohrte ihm etwas hartes in den Bauch. »Die geht los, wenn ich will«, zischte Kennichmeier.
Fischer hielt unwillkürlich die Luft an. Eine Pistolenmündung hatte er schon mal an seinem Bauch spüren müssen, aber die hatte sein damaliger Gegner nicht so fest dagegen gepresst. Kennichmeier war da weniger zimperlich.
»Hätten Sie nicht durch die Wohnungstür kommen können?« fragte Fischer mit schmerzverzerrtem Gesicht.
»Halt's Maul!« Der Weinbuchvertreter mit dem runden Gesicht über dem schmächtigen Körper nahm die kleine, silberne Pistole von Fischers Bauch weg und schlug ihm mit dem Lauf der Waffe über das rechte Ohr.
Fischer spürte Schmerz und fühlte Blut.
»Ich hätte dich heute sowieso noch erwischt. Warum nicht gleich hier.«
Fischer kapierte nichts. Kennichmeier griff nach Fischers Schulter und schob ihn Richtung Balkon. Die gläserne Verbindungstür stand

jetzt ganz offen.
»Raus«, kommandierte Kennichmeier. Fischer stolperte vor ihm her auf den Balkon. Er merkte gar nicht, dass er ein paar Regentropfen abbekam. »Guck auf die Straße!«
Fischer sah durch einen rötlichen Schleier hindurch hinunter. »Kennst du den Wagen?«
Fischer sah den schwarzen Mercedes und ihm fiel so manches ein.
»Wo hast du ihn zuerst gesehen?«
Fischer würgte beim Sprechen: »Auf der B 9, bei Frankenthal.«
»Meinst du, ich war zufällig da?«
»Sie waren hinter Frau Lorenz her.«
Kennichmeier riss den Detektiv wieder an der Schulter zu sich herum. »Tolle Formulierung. Hinter ihr her. Ich bin hinter ihr her, du bist hinter ihr her. Nur ihr alter Ehekrüppel ist nicht mehr hinter ihr her. Aber die Polizei, wenn die wüsste, wäre sie auch hinter ihr her.« Er stieß Fischer die Pistole unter die Nase, so heftig, dass auch sie zu bluten begann.
»Wieso war ich nicht zufällig da?« schrie Kennichmeier.
»Weil Sie ihr die ganze Zeit gefolgt sind?« Fischer wusste nicht, was schlimmer war, die verschiedenen Schmerzquellen oder die Angst, dass ihn dieser Verrückte vom Balkon werfen könnte.
»Du redest Scheiße, Mann. Dann hättest du mich die ganze Zeit gesehen. Ich war nicht zufällig da, weil ... na ...«
›Weil Sie gerufen wurden‹, das schoss Fischer plötzlich durch den Kopf. Aber er sagte es nicht. Er wollte es nicht sagen. Er wollte es nicht einmal denken.
Der Weinbuchvertreter übernahm das für ihn. »Sie hat mich gerufen. Sie wollte sehen, wer sie da verfolgt. Da hatte sie noch keine Ahnung, dass ihr Alter nur an der Erbschaftssache interessiert war. Und ich bin gekommen, denn es hätte ja sein können, dass unsere Geschäfte in Gefahr waren.«
Fischer stöhnte. »Geschäfte? Sie machen Geschäfte mit Frau Lorenz?«
»Davon hast du keine Ahnung, du verdammter kleiner Schnüffler. Das sind Größenordnungen, in denen kannst du nicht mal denken.

Aber ihr den Kopf verdrehen, das kannst du.«
Fischer versuchte es mit Leugnen: »Ich weiß nicht, wovon sie reden ...«
Kennichmeier schlug wieder mit dem Lauf zu, traf das Ohr an der gleichen Stelle wie eben. Fischer brüllte vor Schmerz auf.
Jetzt schrie Kennichmeier: »Sie hat mir gesagt, dass sie dich gut findet.« Fischer glaubte einem Halbwüchsigen zuzuhören. Es musste allmählich etwas geschehen, wenn sein Körper nicht auf Dauer ein Fall für Wundsalben und Prothesen werden sollte.
Plötzlich hörte er das Auto. Er folgte Kennichmeiers Blick, der erschrocken auf die Straße starrte. »Ach, du hast deine ganze Armee mitgebracht« Es gelang Fischer, auf die Straße zu schielen.
Der silbergraue BMW.
Die Beifahrertür öffnete sich. Blondes Haar war zu sehen.
»Das ist die verdammte Hexe, die dich gestern heimgefahren hat. Die war bei mir vor dem Haus. Ihr denkt wohl, ihr habt mich ...«
Kennichmeier hob die Pistole und feuerte zwei Schüsse über die Balkonbrüstung hinunter. Fischer sah die blonde Frau zusammenbrechen, sah, dass auch die Fahrertür aufgerissen wurde. Gleichzeitig wurde ihm klar, wer da getroffen worden war, obwohl eine so aussah wie die andere. Er schrie : »Susanne!«
Kennichmeier hätte komisch ausgesehen, wenn er nicht so gefährlich gewesen wäre. Sein großer Kopf war jetzt knallrot, er richtete die Pistole aus wenigen Zentimetern auf Fischer. Der sprang ihn an, fegte die Waffe zur Seite und trat Kennichmeier ans rechte Knie. Dann umklammerten sich die beiden Männer in einem zähen, tödlichen Zweikampf.

* * *

Stephanie und Kurt Landvogt hatten die Schreierei gehört. Der alte Mann hatte seinen Safe Safe sein lassen und war zum Schrank gerannt, so schnell er konnte. Aus der Schublade hatte er den Revolver gerissen, den er seines Wissens nicht entladen hatte. Dann war er aus der Schlafzimmertür rüber zum Wohnzimmer gelaufen. Stephanie wollte hinterher, stieß im Vorbeilaufen gegen die offene Schub-

lade, sah unwillkürlich hinein. Mit einem blitzschnellen automatischen Griff riss sie die Würgeschlinge aus Draht heraus, die zwischen Tüchern, Wehrmachtsabzeichen und BHs gelegen hatte.
Mit wenigen Schritten stand sie neben Kurt Landvogt, der versuchte, die Türklinke zum Wohnzimmer herunter zu drücken. »Das verflixte Ding klemmt«, schnaubte er und versuchte es noch einmal.
Er blickte seine Nichte verzweifelt an. »Die Küche, man kann über den Balkon zum Wohnzimmer kommen.«
Stephanie wollte losrennen. Ihr Onkel hielt sie zurück: »Du kannst nicht ...«
»Eher als du!«
»Dann nimm das mit«, er nahm den Revolver am Lauf und hielt ihn ihr hin.
»Danke, ich bin versorgt.«
Dann lief sie in die Küche.
In diesem Moment fielen die beiden Schüsse.

* * *

Fischers Finger gruben sich in den Mund seines Gegners. Der versuchte in Fischers Augen zu stechen. Sie wälzten sich dabei auf dem Boden des Balkons, der immer nasser wurde. Es war eine Mischung aus Fischers Blut und dem Regen, der inzwischen prasselte. Es war ein Kampf wie unter Schülern, die alle ungeschützten Körperpartien ihres Kontrahenten suchen und finden. Ohne Gnade!
Irgendwann gelang es Kennichmeier plötzlich, sich zu lösen und einen halben Meter nach hinten zu entkommen. Da lag hinter ihm seine Pistole. Noch konnte er sie nicht mit der Hand erreichen, aber er versuchte es. Tastete halb in der Hocke hinter sich. Aber Fischer stürmte vor, riss an Kennichmeiers Jackett. Der konnte sich befreien, fiel nach hinten, war aber dadurch viel näher an seine Waffe gekommen, hatte sie jetzt in Reichweite. Fischer setzte nach. Er wusste, dass er es nicht rechtzeitig schaffen würde.
Kennichmeiers Hand umschloss den Knauf der Pistole. Sein Arm schnellte nach vorn, wies auf Fischers Kopf.
Der wollte sich zur Seite werfen, wusste nicht, ob er das rechtzeitig

zuwege bringen konnte - da erschien etwas hinter Kennichmeier.
Ein schwarzer Schatten.
Es ging so schnell, dass Fischer Stephanies Hände erst wahrnahm, als es vorbei war. Als der große Kopf Kennichmeiers wieder nach vorn auf die schmale Brust sackte, nachdem er mit einem hässlichen Ruck nach hinten gerissen worden war. Das Knacken war sehr leise, aber es brannte sich in Fischers Hirn ein wie ein Kanonenschuss.
Stephanie ließ die Hände sinken. Die Drahtschlinge fiel zu Boden.
In diesem Augenblick stürmte der alte Mann mit seinem Revolver durch das Wohnzimmer auf den Balkon.
Von unten war eine Sirene zu hören.
Fischer taumelte zur Brüstung. Er sah, wie sich die eine blonde Frau über die andere blonde Frau beugte.
Er sah mehrere Passanten.
Fischer nahm den Regen nicht wahr, spürte keinen Schmerz und fühlte kein Blut.
Er fühlte nur die Hand an seinem Arm. Die Hand, die soeben getötet hatte.

37
Mainz
August, Sonntag auf Montag

Hauptkommissar Bühler von der Mainzer Mordkommission hatte Bereitschaft an diesem Wochenende. Fischer war dankbar für diese Tatsache. Er hatte ihn gebeten, bei der Presse weitgehend rausgehalten zu werden. Er hatte schon wieder flachsen können, nachdem seine Wunden notdürftig versorgt worden waren. »Einen Sektenfall kann ich Ihnen heute leider nicht bieten, Herr Hauptkommissar«, hatte er gesagt. »Dafür haben Sie diesmal gleich gemerkt, dass einer tot ist«, hatte Bühler mit unbewegtem Gesicht geantwortet.

Bühler hatte Stephanie gefragt, ob sie psychologischen Beistand brauchte. Sie hatte nur stumm den Kopf geschüttelt. Sie saßen jetzt im Polizeipräsidium und warteten auf eine weitere Befragung durch Bühler.

Stephanie hielt Fischers Hand.

»Die Frau deines Neffen ... ist sie schwer verletzt?«

»Er hat zweimal auf sie geschossen. Aber nur einmal getroffen. Am linken Oberschenkel. Sie ist in der Uniklinik. Ihr Mann, Edgar, ist bei ihr. Ich glaube, er hat sogar ihren Sohn mitgebracht.«

Bühler sprach in seinem Zimmer gerade mit Annerose. Kurt Landvogt wurde in einem anderen Raum verhört.

Man konnte die Personen in Bühlers Zimmer durch eine Struktur-

glasscheibe wahrnehmen.
Die Beleuchtung im Gang war grell.
»Sie wird wohl in wenigen Tagen nach Worms verlegt werden. Da kann ich sie besuchen und mich gleich nach einem anderen Patienten erkundigen«, sagte Fischer.
Er plapperte drauflos, weil er bestimmte Dinge nicht erfragen wollte. Stephanies Hand glitt von seiner weg. Sie sah geradeaus, öffnete den Mund. Er griff seinerseits nach ihrer Hand. Streichelte sie.
Nein, er wollte sie nicht fragen.
Er wollte auch Bühler nichts sagen, nicht über Kurt Landvogt, nicht über das Skelett, das schon lange nicht mehr im Guntersblumer Keller lag. Und er wollte vor allem nichts von dem erzählen, was er nur ahnte, von dem er nichts wissen wollte.
»Ich war sechs Jahre alt!« sagte Stephanie. »Tante Illona hat nie erfahren, dass ich dabei war. Ich habe verbotenerweise im Keller gespielt. Hinter der Tür, im eigentlichen Weinkeller. Die Tür war zwar abgeschlossen, aber es gab an einer anderen Stelle im Gang eine Lücke, in die ein kleines Mädchen wie ich passte. Ich war öfter da drin. Ich hatte mir ein kleines Reich mit Kerzen und Puppen eingerichtet. Als ich meine Tante und den fremden Mann kommen hörte, fürchtete ich, dass sie in den Weinkeller kommen würden. Ich versteckte mich hinter einem alten Fass.
Dann hörte ich den Schlüssel. Und dann kamen die schrecklichen Geräusche, das Gerede des Mannes, der plötzlich nicht mehr deutsch sprach. Ich wusste nicht, was da geschah, aber ich hatte Angst um Tante Illona. Irgendwann war es vorbei und die Tür zu meinem Weinkeller wurde doch aufgeschlossen. Da stand er, grinste selbstzufrieden und wollte sich eine Flasche Wein nehmen. Er sagte etwas zu Tante Illona, das freundlich klang, aber ich fühlte, dass er nicht wirklich freundlich war.
Tante Illona ist dann von hinten gekommen und hat ihm die Drahtschlinge um den Hals gelegt, die ich in Onkel Kurts Schrank schon mal gesehen hatte.
Es hat eine Weile gedauert, bis ich begriff, dass er tot war. Ich habe mich weggeschlichen, bevor sie seine Leiche versteckt hat. Die habe

ich später gesehen, als sie nur von Brettern, aber noch nicht von der kleinen Mauer verdeckt war.«
Fischer hielt ihre Hand noch immer. »Das hat sie euch heute erzählt, nicht wahr?« Fischer nickte. »Ja! Aber nichts von Kennichmeier.«
»Der war ein sogenannter ›Bestrafer‹. Er hatte den Auftrag, an einem bestimmten Tag im Jahr 1992, eine Person der Familie Landvogt auf drastische Weise zu warnen, wenn nicht finanzielle Unregelmäßigkeiten eingestellt werden würden. Er hatte völlig freie Hand, nach welcher Methode er vorgehen und wen er sich aussuchen würde. Man streute bewusst das Gerücht, dass mit einem ›Bestrafer‹ zu rechnen wäre, um Angst zu schüren. Ich war an diesem Tag in Mainz, in einer Bücherei, um eine Freundin zu vertreten. Ich bin gelernte Buchhändlerin.
Kennichmeier hatte mich ausgesucht. Obwohl ich mit den Geschäften der Familie nichts zu tun hatte. Er hat mir alles erzählt und mich in seinem Wagen entführt, einem schwarzen Mercedes. Ein ähnliches Modell, wie das, was er zuletzt gefahren hat. Er hat mich gefoltert. Und dabei hat er immer gesagt, wie schön ich doch wäre und wie leid es ihm täte. Und er sagte, dass einmal ein Mann aus seiner Organisation in Guntersblum verschwunden sei, und dass er eine Ahnung hatte, was dem damals passiert sei. Und dass es Frauen gäbe, die bestimmte Männer gerne töten würden. Mit Vorliebe durch Gift. Und dass es in seiner Organisation viele Verräter gäbe, die es verdient hätten, getötet zu werden.
Dann hörte er auf, mich zu foltern und forderte mich auf, ihn umzubringen. Ich sagte ihm voller Verachtung, dass ich das nur täte, wenn ich eine Drahtschlinge hätte. Er lachte über diese Waffenwahl. Er fand es nicht ›ladylike‹. Aber er schien bei mir genau zu wissen, wie er mich behandeln musste. Ich forderte von ihm das Versprechen, dass er niemandem in Guntersblum etwas antun würde. Er gab es mir und versprach, mir eine Schlinge zu besorgen. Er hat an diesem Tag Tante Illona besucht und sie verschont. Später hat er mir eine Drahtschlinge besorgt. Und Aufträge. Und Geld für die Aufträge. Und die Befriedigung, böse Männer zu töten, die alle in Verbrechen verstrickt waren. Er hat mich regelrecht rekrutiert. Bei meinen Ein-

sätzen habe ich den schwarzen Mercedes immer selbst gefahren.« Annerose kam aus Bühlers Zimmer. »Er möchte gern mit Ihnen sprechen«, sagte sie zu der Frau, deren Hand Fischer immer noch festhielt. Anneroses Lächeln war bedauernd, aber nicht bitter. Stephanie zog langsam ihre Hand unter Fischers Hand weg. Dann stand sie auf, küsste Fischers Stirn. Er küsste ihre Fingerkuppen. Sie sagte: »Ich werde ihm da drin jetzt das Gleiche wie dir erzählen. Du wirst nicht lügen müssen.« Dann ging sie zu Bühler.

Epilog

Worms

August, Freitag früher Abend

Mit dem Zug brauchte Drell etwas über eineinhalb Stunden von Stuttgart nach Worms. Eine halbe Stunde weniger als vor knapp einer Woche mit dem Mietwagen.

Er war wieder mit einem Bus der Linie 408 vom Hauptbahnhof nach Hochheim gefahren. Die Erfahrung hatte ihn gelehrt, dass er nicht bis zum Hauptfriedhof fahren musste, sondern schon eine Station früher an der Konventstraße aussteigen konnte.

Es ging immer noch um den Privatdetektiv Fischer. Der Mann lebte allem Anschein nach. Das hatte ein Mittelsmann seinem direkten Auftraggeber mit Süffisanz weiter gegeben. Da musste sich wohl jemand beschwert haben.

Drell verspürte nicht einen Hauch von Lust, aber er war Profi und als solcher konnte er es sich nicht leisten, so versagt zu haben.

Zwei Frauen und ein Hund hatten ihn vertrieben. Das durfte man ja nun wirklich niemandem erzählen.

Er musste zumindest versuchen, die Scharte wieder auszuwetzen. Ein Plan musste her. Aber dazu war es notwendig, wieder die Atmosphäre in sich aufzunehmen.

Er wusste, dass von der Berggasse aus eine Treppe direkt in die Obergasse vor das Haus führte, in dem sich Fischers Büro befand. Diese Treppe steuerte er von der gegenüberliegenden Straßenseite her an. Das Klima war mild und ein leichter Wind wehte. Ein angenehmes Arbeitswetter. Er befand sich nun auf der Höhe der Treppe und wollte die Straße überqueren. Es herrschte reger Verkehr. Da er genau inmitten einer langgezogenen Kurve in der Hohl stand, musste er eine Weile warten, bis er von beiden Seiten kein Auto mehr sah oder hörte, um dann in leichtem Trab auf die andere Seite zum Fuß der Treppe zu laufen. Dort angekommen, sah er auf seine Armbanduhr. 18.55 Uhr. Eine sehr zivile Zeit an einem Freitag. Ob Fischer noch im Büro war? Nun, Privatdetektiven ging es wie Auftragskillern, sie waren keine Beamten und hielten sich folglich auch nicht an feste Dienstzeiten.

Wenn für die Masse der Bevölkerung das Wochenende freitags schon am frühen Nachmittag begann, hieß es für Leute wie Drell oder Fischer noch lange nicht ›Feierabend.‹

Drell begann die steile Treppe emporzusteigen. Nach einigen Stufen machte sie einen Knick und würde oben auf der Obergasse fast direkt vor dem Detektivbüro herauskommen. Drell erinnerte sich an die Haingasse, nach der die Hundebesitzerin ihn gefragt und mit der alles angefangen hatte.

Als der Stuttgarter Auftragsmörder am Treppenknick ankam, blickte er hoch und sah gerade einen Mann Richtung Haingasse gehen, der offensichtlich aus dem Haus des Detektivs gekommen war. Der Mann trug einen kleinen Blumenstrauß, irgendwelche Feld- und Wiesenblumen, die Drell nicht identifizieren konnte, und eine Flasche Wein. Unter den Arm geklemmt hielt er einen Sechserpack mit kleinen Bierflaschen und über den Schultern lag locker eine schwarze Lederjacke. Er hatte ein Pflaster am Ohr und sah allgemein nicht ganz gesund aus.

Drell erklomm zwei weitere Stufen und sah jetzt, wohin der Mann unterwegs war. Es war gar nicht weit zum Nachbarhaus neben der Einmündung zur Haingasse. Dort standen mehrere Menschen vor der Eingangstür und schwätzten miteinander.

Eine sehr schlanke, beinahe dünne Frau aus dieser Gruppe entdeckte den Lederjackenmann und jauchzte erfreut auf. »Das ist aber schön, dass Sie kommen konnten, Herr Fischer. Darf ich Ihnen meinen

Mann vorstellen?«
Eine kleine, mollige Frau stürzte sich förmlich auf den Detektiv. »Ach, Sie sind das! Ich habe Sie doch schon mal beim Einkaufen gesehen ...«. Sie kicherte. »Verzeihung, Münstermann. Ich wohne drüben, beim Dentisten.«
Der Stuttgarter hörte ein leises Tappen. Auf der obersten Stufe der Treppe erschien ein kleiner, ihm wohlbekannter Hund.
»Schade, dass der Herr Schulz nicht kommt«, sagte Frau Münstermann gerade.
»Ja, komisch«, antwortete die schlanke Frau Gellert, »in der Nummer Sieben wohnt er jedenfalls nicht.«
Der Hund unterließ es zu bellen.
»Wigbert, komm hierher!« Der Ton des ›Frauchens‹ war sehr herrisch.
Drell zog seinen Kopf ein und stieg äußerst geschickt langsam zwei Stufen rückwärts. Das Tier knurrte leise.
»Wiiigbert!«
Der Hund sah kurz zu seiner Herrin, dann wieder zu Drell, schließlich trottete er aus dem Blickfeld des Killers.
Der drehte sich um, ging sehr rasch die restlichen Treppenstufen hinunter und beeilte sich, zur Bushaltestelle zu kommen. Der Entschluss war nun endgültig: Er würde diese Stadt nie wieder betreten!

Der Autor bedankt sich ...

bei *Renate Böhm* für erwartete Bebilderung und unerwartete grammatikalische Unterstützung

bei *Heike Chazinikolau* für Ideen, Ohren und Fotoreisen

bei *Wolf Iwand* für Verständnis und Videofahrten

bei *Stefan Kehl* für das, was ein Verleger schenken kann: Geduld

bei *Yves Ozaine* für Beihilfe zur Weltschmerzbewältigung

und für einige gute Tipps aus der *Guntersblumer Gemeinde*

Weitere Krimis aus dem KEHL-VERLAG

Der Rheinhessen-Krimi, Band I.

Mord am Geiersberg

Dies ist der 1. Roman unserer Reihe *»Der Rheinhessen-Krimi«* von Walter Passian.

194 Seiten im Format 13,5 x 20,5 cm
ISBN: 3-935651-06-6
Preis: Euro 9,00

Der Rheinhessen-Krimi, Band II.

Tief im Rhein ...

Dies ist der 2. Roman unserer Reihe *»Der Rheinhessen-Krimi«* von Walter Passian.

239 Seiten im Format 13,5 x 20,5 cm
ISBN: 3-935651-01-5
Preis: Euro 11,00

Der Rheinhessen-Krimi, Band III.

Höhlengesänge

Dies ist der 3. Roman unserer Reihe *»Der Rheinhessen-Krimi«* von Walter Passian.

230 Seiten im Format 13,5 x 20,5 cm
ISBN: 3-935651-03-1
Preis: Euro 11,00

Der Bergstrassen-Krimi, Band I.

Tod im Saukopftunnel

Dies ist der 1. Roman der Reihe *»Der Bergstrassen-Krimi«* von Manfred H. Krämer.

211 Seiten im Format 13,5 x 20,5 cm
ISBN: 3-935651-15-5
Preis: Euro 11,00

Online bestellen: www.kehl-verlag.de

Volker Gallé
Rheinhessen

Kultur und Geschichte im Hügelland zwischen Worms und Bingen, Mainz und Alzey.

Mit einer Rheinhessen- und Mainz-Karte, diversen Plänen, 4 Farbteilen und großem Serviceteil

472 Seiten, 15 x 20,5 cm
ISBN: 3-935651-00-7

Preis: Euro 24,--

Buchshop: www.kehl-verlag.de

Rheinhessen liegt links vom Rhein, also nicht in Hessen, sondern in Rheinland-Pfalz, genauer gesagt zwischen Rheinland und Pfalz. Während das Rheinland im 19. Jahrhundert preußisch und die Pfalz bayrisch war, gehörte das Hügelland im Rheinknie zwischen Worms, Mainz und Bingen bis 1945 zu Hessen. Daher der Name Rheinhessen.

Besonders sehenswert sind die bereits im Mittelalter bedeutenden Domstädte Mainz und Worms mit ihren vielfältigen Spuren europäischer Geschichte seit der Romanik, das zum Rhein orientierte Bingen mit der Basilika St. Martin und dem Mäuseturm, die Rotweinstadt Ingelheim mit dem karolingischen Pfalzbereich, Oppenheim mit der gotischen Katharinenkirche sowie Alzey mit dem restaurierten Pfalzgrafenschloss.

Der **Kunst-Reiseführer** geht ein auf die Geschichte von Landschaft, Kunst und Kultur, stellt die Kunstdenkmäler vor, skizziert die Natur und macht mit dem Brauchtum vertraut. Rundgänge in Mainz, Worms, Bingen, Alzey und Oppenheim ermöglichen dem Tages- und Wochenendtouristen eine schnelle Urlaubsplanung. Alle Gemeinden werden im Text mit ihren charakteristischen Eigenheiten vorgestellt. Im Serviceteil gibt es darüber hinaus eine Vielzahl von Tipps zu Freizeitangeboten.

Bereits am **24.10.2005** bei uns erschienen!

Der Bergstrassen-Krimi II.

Manfred H. Krämer
Der Kardinal von Auerbach

215 Seiten, 13,5 x 20,5 cm
ISBN: 3-935651-21-X

Preis: Euro 11,00

Weitere Infos unter:
www.bergstrassen-krimi.de

oder online bestellen unter:
www.kehl-verlag.de

Historiker haben in jüngster Zeit Hinweise auf eine alte Grabstätte in der Umgebung von Schloss Auerbach gefunden.

Als die Grabungsarbeiten unter der Leitung von Dr. Linda Reining beginnen, häufen sich jedoch merkwürdige Zwischenfälle: Arbeitsgerät verschwindet, Mitarbeiter werden anonym bedroht. Eine Studentin, die als Helferin arbeitet, wird überfallen. Dr. Reining engagiert ihre Freunde Bertha Solomon und Lothar Zahn als Sicherheitsleute.

Wer will um jeden Preis verhindern, dass in der Nähe von Schloss Auerbach Ausgrabungen stattfinden? Welches Geheimnis verbirgt sich unter den meterdicken Mauern der alten Festung? Zwei zehnjährige Jungen, die eine sensationelle Entdeckung im Burgwald gemacht haben, könnten diese Fragen beantworten. Aber das ist schon über 80 Jahre her ...

Der Kardinal von Auerbach ist auch 500 Jahre nach seinem Tod noch ein mächtiger Mann.

KURZGESCHICHTEN

NACHT

von

Walter Passian

WELTEN

Wer Kriminalromane schreibt, behält immer etwas übrig. Mal im Papierkorb, mal in der Schublade, mal im Kopf. Gedanken, die aus irgendeinem logistischen oder phantastischen Grund nicht in die lange Romanform passten, spuken herum, wollen neu oder umformuliert sein und dürfen auf jeden Fall nicht verloren gehen.

Diese Gedanken als Schrott oder Abfall zu bezeichnen hieße, ihnen bitter unrecht zu tun. Ein Autor sollte sich nicht scheuen, sie auszubauen und teilweise neu zu denken und zu gestalten.

Walter Passian, Autor der vier Rheinhessen-Krimis, hat sich diese Arbeit gemacht und siehe da, er hat in den dunklen **Nachtwelten** seiner Kopf- und Seelengeburten düstere Schätze geborgen, die er dem Leser als Schlaflektüre empfehlen möchte.

Für Freunde der rheinhessischen Mundart finden sich zwei Übersetzungen vom Wormser Mundartautor Hartmut Keil in diesem Buch.

Holen Sie die Taschenlampe hervor.

Die **Nachtwelten** von Walter Passian werden **2006** in unserem Verlag erscheinen.